Larissa Sachsenheimer

Vertrau mir

tredition

Druck und Distribution im Auftrag der Autorin:
tredition GmbH, Heinz-Beusen-Stieg 5, 22926 Ahrensburg, Deutschland

Kontaktadresse nach EU-Produktsicherheitsverordnung:
impressumservice@tredition.com

Auf den Roman “DITO!”, den ich im Jahr 2021 unter meinem Pseudonym Jana Nina Fabiani veröffentlicht habe, folgt der Fortsetzungsroman „Vertrau mir“.

Kapitel 1

Als ich ein Jahr später auf der B39 in Richtung Hockenheim fahre, werde ich angesichts des anstehenden Wiedersehens mit ihr nervös. In der Zwischenzeit ist viel passiert. Weil zwischen uns Funkstille herrschte, habe ich keine Ahnung, wie es ihr in der Zeit ergangen ist und, ob sie mittlerweile einen festen Freund hat. Ich gebe mir Mühe, diesen lästigen Gedanken zu verscheuchen, indem ich mich auf den Straßenverkehr konzentriere. Auf dem Gelände des Hockenheimrings angekommen, folge ich der Beschilderung. Die Zufahrt zum Fahrerlager wird bewacht und da mir die Befugnis fehlt, bittet man mich, an der Seite zu parken. Mein Freund und Kollege Jason, der sich bereits im Fahrerlager befindet, wird über meine Ankunft verständigt. Fünfzehn Minuten später wird er zum Ausgang gebracht und steigt in mein Auto ein. Die Männer am Tor winken und geben den Weg für uns frei, doch als ich meinen Wagen starten möchte, sagt Jason aufgeregt: „Alter, du kommst zu spät! Deine Prinzessin und ich sind das Rennen gegeneinander schon gefahren."
„Verarschst du mich?", frage ich ungläubig.
„Nein, Mann!"
„Sollten nicht vor eurem noch zwei weitere Rennen stattfinden?"
„Sie haben unser Rennen vorgezogen und die anderen nach hinten verlegt, weil irgendein Herr von und zu Schlag-mich-tot sich verspätet", antwortet er, während

ich fieberhaft überlege, was diese Planänderung für mich bedeutet.
„Ist sie noch da?“, frage ich so gleichgültig, wie es nur geht und hole meine Sonnenbrille aus dem Etui heraus. Trotz meiner Bemühung, distanziert zu wirken, lässt ihn meine Stimme aufhorchen. Aufmerksam beobachtet er mich von der Seite, bis er weiterspricht.
„Nach unserem Rennen ist sie sofort gegangen. Ihr Schatten ist ihr gefolgt“, informiert er mich.
Fuck! Dann hat sie wirklich einen Freund. Sein letzter Satz versetzt mir einen regelrechten Stromschlag und lässt meinen Verstand für einen kurzen Moment aussetzen.
„Einer begleitet sie auf einem Fahrrad. Die anderen sind auch schon weg“, spricht er unterdessen weiter.
Jetzt erst begreife ich, wen er als ihren Schatten bezeichnet und atme erleichtert aus. Wahrscheinlich meint er Steven Falk. Er ist so etwas wie Magdas Bodyguard. Da ihr Vater zu den hundert reichsten Menschen in Deutschland gehört, wird sie auf sein Geheiß hin von einem Sicherheitsteam bewacht, dessen primäre Aufgabe es ist, Magda vor einer Entführung zu bewahren. Meine Erleichterung währt nicht lange, weil mir bewusst wird, dass ich die Gelegenheit, eines unverbindlichen Treffens mit ihr, verpasst habe.
Jason sieht meine enttäuschte Miene, und zieht aus seiner Designer-Bauchtasche einen personifizierten Ausweis, der auf meinen Namen ausgestellt ist. Er spielt mit den Fingern am Band der Eintrittskarte und diese baumelt hin und her. „Das ist deine. Ohne sie

kommst du nicht rein. Das gesamte Gelände ist der reinste Hochsicherheitstrakt. Ich durfte nicht einmal mein Handy mit reinnehmen. Ich schwöre, es existiert kein einziges Foto von dieser Veranstaltung. Echt krass, Mann!“

„Was nützt es mir, dort hinzugehen, wenn sie nicht mehr da ist?“, frage ich entnervt und gebe ihm zu verstehen, dass er den Ausweis wieder einstecken soll.

„Alter, das ist der einzige Beweis für dieses Rennen. Ich musste meine Karte beim Verlassen des Geländes wieder abgeben“, informiert er mich.

Ohne weitere Kommentare starte ich endlich den Wagen. Ich bin ihretwegen hier, nicht wegen des Rennens oder irgendeiner Veranstaltung für reiche, gelangweilte Schnösel. Gern würde ich ihn nach dem Grund ihres frühen Verschwindens fragen, glaube jedoch, dass er mir lediglich meine eigene Vermutung bestätigen wird, und schweige. Ich nehme an, dass sie mir nicht begegnen wollte und deshalb dafür gesorgt hat, dass ihr Rennen, bei dem ich als Zuschauer dabei sein wollte, um zwei Stunden vorgezogen wurde.

Dieses Wettrennen resultierte aus einem nicht ernstzunehmenden Wettstreit zwischen ihr und Jason, der sich vor über einem Jahr auf einer Party zwischen ihnen entspann. Und vermutlich hätte dieses verflixte Rennen überhaupt nicht stattgefunden, wenn Magdas Bruder Richard nicht die Rennstrecke fürs Wochenende gemietet und eine höchst private Rennveranstaltung organsiert hätte.

Ursprünglich war ich ebenfalls zu einem nachfolgenden Rennen mit über zwanzig Fahrern eingeladen, aber ich hatte abgesagt. Möglicherweise nahm Magda deshalb an, dass ich an einer Begegnung mit ihr nicht interessiert war. Verdammt!

Während meine Gedanken um sie kreisen, berichtet Jays ausgelassen weiter. Ich werde erst wieder hellhörig, als er sagt: „Die Frau ist total verrückt. Ich gebe zu, sie sieht gut aus und für eine Superreiche ist sie krass bodenständig. Aber, wer ist so bekloppt und fährt nach einem Autorennen freiwillig mit dem Fahrrad nach Hause? Ihr Bodyguard wollte ich echt nicht sein. Oder vielleicht doch?“ Er grinst selbstgefällig.

„Hör auf, zu sabbern! Sag mir lieber, wer gewonnen hat“, maule ich ihn an.

„Was denkst du denn?“

„Du hast sie gewinnen lassen“, äußere ich meine Vermutung. Ich bin eifersüchtig, deshalb klingt meine Stimme schärfer als beabsichtigt.

„Hättest du es an meiner Stelle nicht getan?“, fragt er und schaut mich prüfend an.

Mein entschlossener Blick und meine Körperhaltung verraten ihm die Antwort.

„Nein! Du nicht! Du musst deinen Frauen immer zeigen, wer der Chef im Haus ist“, stichelt er und lacht über meine Macke. Ich gönne ihm seinen Spaß. Seine Schwächen sind mir genauso gut bekannt, wie meine ihm. Der Vorteil unserer Freundschaft besteht darin, dass wir uns unter vier Augen alles unzensiert sagen können. Wir verstellen uns voreinander nicht.

„Vielleicht hat sie dich ja deshalb verlassen?“ Er ist immer noch im Spaßmodus und grinst mich breit an.
Es stört mich, dass er darin einen Spaß sieht. Wenn er Witze über meinen Charakter reißt, habe ich kein Problem damit. Aber, wenn es um sie geht, reagiere ich empfindlich. Selbst nach dieser langen Trennungszeit.
„Sie hat mich nicht verlassen“, sage ich erbost.
„Das sind ja ganz neue Töne!“
„Wir hatten keine feste Beziehung. Es war rein körperlich.“ Als der Satz zu Ende gesprochen ist, frage ich mich, wer von uns beiden weniger daran glaubt.
„Dann hat sie halt deinen Körper verlassen“, ärgert er mich weiter, obwohl er merkt, dass ich mich innerlich wie ein Fisch im Wasser winde, der mit aller Kraft versucht, seinem Fänger aus den Händen zu gleiten.
Doch obwohl es mich ärgert, muss ich ihm Recht geben. Die Anziehungskraft zwischen Magda und mir war nie rein körperlich. Wäre sie das gewesen, dann wäre es in den letzten vierzehn Monaten ein Kinderspiel, sie zu ersetzen. Die Anzahl der Frauen, mit denen ich mich in dieser Zeit vergnügt hatte, kennt nur mein Terminkalender. Aber ich kann mich beim besten Willen an keine Einzige von ihnen erinnern. Alles, was mir nach diesen Dates blieb, war eine tiefempfundene Enttäuschung.
„Und! Welches Auto schuldest du ihr jetzt?“, frage ich Jays, um mich von meinen bedrückenden Gedanken abzulenken.
„Wieso ein Auto?“

„War es damals nicht euer Wetteinsatz?“, frage ich verwirrt. An den Abend vor über einem Jahr habe ich nur noch vage Erinnerungen.
„Damals war ich high“, sagt er, als würde das meine Frage beantworten.
„Damals?!“
Er geht nicht darauf ein. Stattdessen sagt er: „Wir haben nachverhandelt und uns auf Zwanzigtausend geeinigt. Der Verlierer spendet die Summe einer Hilfsorganisation, die der Gewinner festlegt.“
Nun bin ich derjenige, dem es nicht gelingt, sein Grinsen zu unterdrücken.
„Was ist?“, fragt er.
„Wahrscheinlich hast du sie bloß gewinnen lassen, weil dir keine Organisation eingefallen ist“, ziehe ich ihn auf.
„Mir wären einige Organisationen eingefallen, aber ich wollte sie nicht schockieren“, sagt er und lacht schallend.
„Seit wann interessiert es dich, ob du eine Frau mit deinen Sprüchen schockierst? Willst du sie etwa beeindrucken?“
„Ich will sie nicht beeindrucken“, verteidigt er sich. „Ich habe bloß keinen Grund, sie zu ärgern.“
„Hey, Jays…“, sage ich. Ohne meinen Satz zu beenden, schaue ich ihn kurz an.
„Hey, Mann! Sie hat *mich* wegen des Rennens angerufen, nicht umgekehrt. Außerdem warst du auf der Party dabei, als sie mich herausgefordert hatte. Ich wusste

nicht einmal, dass sie es ernst meinte. Du weißt, ich würde sie niemals…“

„Ich weiß“, beruhige ich ihn. Dennoch quält mich der Gedanke daran, dass sie ihn und nicht mich kontaktierte. Meine innere Unruhe überträgt sich auf ihn. Auf der Suche nach einer bequemen Sitzposition beschäftigt er sich mit den Autositzreglern.

„Den Soundcheck und die Probe, für den Auftritt heute Abend, könnten wir auch später durchführen“, sagt er, wie zu sich selbst.

„Warum?“, frage ich einfältig, obwohl ich ahne, was er mir damit vermitteln möchte.

„Du könntest vorher zu ihr fahren und mit ihr reden“, spricht er laut aus, worüber wir beide nachdenken.

Sie hat das Scheißrennen vorgezogen und ist anschließend sofort gegangen. Es liegt auf der Hand, dass sie das alles unternahm, um mir nicht zu begegnen. Soll ich ihr etwa wie ein verliebter Schuljunge nachlaufen?

„Keine gute Idee“, lautet meine Antwort.

Kapitel 2

Am nächsten Morgen wache ich im Tourbus auf, packe meine wenigen Sachen und bin im Begriff, nach München zu fahren. Als ich in meinem BMW X6 M das Arena-Gelände verlasse, schlafen die Jungs alle noch. Die diesjährige Tour ist zu Ende. Die nächste ist bereits in Planung. Aber bis dahin haben wir ausreichend Zeit, um uns zu erholen, und neue Songs zu produzieren. Die Verträge mit den Eventhallen- und Arenabetreibern haben wir so gut wie alle im Kasten. Deutschrap befindet sich auf dem Vormarsch. Er wird von den Jugendlichen gehypt und erobert sowohl die Charts als auch die Clubs. Rap ist sozusagen die zerrissene Jeans, die zwar noch nicht salonfähig, aber zumindest in vielen Lebensbereichen gesellschaftskonform geworden ist.

Keine Ahnung weshalb, aber bei dem Wort salonfähig, muss ich unvermittelt an Magda denken. An die Art, wie selbstbewusst sie sich auf der großen Benefizgala unter den Superreichen Deutschlands bewegte und wie scheu sie in manchen Situationen mit mir war. Vor meinem geistigen Auge sehe ich uns unter der luftigen Sommerdecke liegen. Zwischen unseren Küssen bat ich sie, mir zu verraten, worauf sie steht. Wie heute höre ich sie schüchtern in mein Ohr flüstern: „Finde es doch heraus."

Bei dieser Erinnerung muss ich unwillkürlich lächeln.

Jason hat mir erzählt, dass er nach der Show nochmal in Hockenheim war, weil Magdas Bruder dort nach

dem Rennen noch eine Party gab. Allerdings befand sich Magda nicht unter den Anwesenden. Wo warst du bloß?, stelle ich ihr die Frage in meinen Gedanken und fühle wie damals die Berührung ihrer erhitzten Wange an meiner, begleitet von dem leisen Flüstern: „Finde es doch heraus."
Daraufhin wende ich meinen Wagen und fahre zu ihr. Nachdem ich in der Einliegerwohnung des Einfamilienhauses geklingelt habe, höre ich eine verschlafene Frauenstimme in der Gegensprechanlage, die mir verrät, dass Magda hier nicht mehr wohnt. Auf mein Drängen hin, erhalte ich Magdas derzeitige Wohnadresse. Sie erklärt mir, dass die Navigationssysteme diese Adresse noch nicht kennen und beschreibt mir den Weg dorthin. Ich hoffe, dass ihre Auskunft stimmt, und sie mich nicht bloß damit abwimmelt. Ich kann mir nicht vorstellen, dass jemand dermaßen unbedarft mit der Herausgabe von Magdas Daten umgeht.

Tatsächlich entdecke ich nach einer zehnminütigen Fahrt eine Neubausiedlung, die sich zum größten Teil noch in der Aufbauphase befindet. Außerhalb der Siedlung befindet sich eine Reihe von Supermärkten mit einem mehrstöckigen Parkhaus daneben. Da das Befahren der Siedlung eingeschränkt ist, parke ich im Parkhaus. Im Erdgeschoss ist über die Hälfte der Parkbuchten mit Ladesäulen ausgestattet und das gesamte Erdgeschoss ist für die Anwohner und Gäste der Siedlung *Kunterbunt* reserviert. Bei kunterbunt muss ich augenblicklich daran zurückdenken, wie Magdas

Bruder sie bei einem Geplänkel vor einem Jahr als Pippi Langstrumpf bezeichnete.

Über eine Fußgängerbrücke erreiche ich das neue Baugebiet und bleibe interessiert vor einem Bauplanbanner stehen. Aus dessen Beschreibung erfahre ich, dass es sich um ein rechteckförmig angelegtes energieautarkes Bauprojekt handelt. Auf jedem Dach sind Photovoltaikanlagen geplant. Zusätzlich ist ein externes, zentrales Blockheizkraftwerk außerhalb der kleinen Siedlung abgebildet, welches die Anwohner im Bedarfsfall zusätzlich mit Energie versorgen wird. Die meisten Häuser werden dreistöckig.
Auf der Suche nach Magdas Haus laufe ich weiter und stelle fest, dass es sich bei allen Wohngebäuden um Mehrfamilienhäuser handelt, deren Fassaden kunstvoll bemalt und einzelne Fenster nach Hundertwasser gestaltet wurden. Im Zentrum der Siedlung befindet sich eine Kindertagesstätte, mit einem angrenzenden Abenteuerspielplatz. Die Spielhäuser auf dem Spielplatz sind asymmetrisch. Manche von ihnen stehen auf ihren Dächern, so dass die Grundflächen der Häuschen, die sich nun oben befinden, als kleine Blumenwiesen angelegt wurden. Alle Fenster sind schief. Das wirkt total verrückt. Ich frage mich, wie es bautechnisch gelöst wurde, dass die Häuser auf den Dachspitzen stehen, und bin sicher, dass Kinder viel Freude an diesen ungewöhnlichen Bauwerken haben. Hinter dem Spielplatz entsteht ein Restaurant, welches den Namen KINDERschMAUS tragen wird, und laut dem

Banner, Kindern als Begegnungsstätte dienen soll. In der gesamten Siedlung gibt es keinen einzigen Parkplatz, sondern lediglich abgegrenzte Anlieferzonen. Üppige Blumenbeete sowie zahlreiche Fahrbahnschwellen verhindern das schnelle Befahren der Straßen. Fürs gesamte Wohngebiet gilt Schrittgeschwindigkeit.

Die Gegensprechanlagen-Frau riet mir, Ausschau nach dem Fenster mit bekannten Kinderbuch-Motiven zu halten. Schon stehe ich vor einem Haus, auf dessen Wand sich Bilder von Büchern befinden, denen Hauptfiguren aus Astrid Lindgrens Kindergeschichten entspringen. Aus einem der Bücher steigt Carlsson vom Dach mit Hilfe seines Propellers in die Lüfte. Auf dem anderen aufgeschlagenen Buch turnt Pipi Langstrumpf mit Herrn Nilsson. Auf dem Dritten erkenne ich ein Mädchen auf einem zu großen Fahrrad. Der Künstler hat ein wahres Meisterwerk erschaffen. Fasziniert von der Lebendigkeit, die aus diesen Bildern spricht, steige ich die Stufen der Außentreppe hoch, und vergesse, dass die Frau mich anwies, nicht zu läuten, sondern zu klopfen. Erst nach dem Läuten fällt mir ihre Mahnung wieder ein. Doch trotzt der deutlich hörbaren Klingel passiert drinnen nichts und die Tür bleibt verschlossen. Alles deutet daraufhin, dass sie nicht zu Hause ist. Vielleicht hat sie die Nacht bei ihrem aktuellen Freund verbracht. Bei diesem Gedanken bin ich kurz davor, mit der Faust gegen die Tür zu hauen. Beherrsche mich jedoch. Was soll das denn bringen?

Gerade, als ich im Begriff bin, zu gehen, wird die Tür geöffnet und ich drehe mich um. Mit zwei über die Schultern hängenden blonden Zöpfen steht sie vor mir. Im ersten Moment sieht sie fröhlich zu mir hoch, bis sie mich erkennt. Prompt verschwindet ihr Lächeln. „Du?“, fragt sie überrascht, senkt ihren Blick und fährt sich nervös durchs Haar.
„Erwartest du jemand anderen? Komme ich ungelegen?“, frage ich plötzlich unsicher.
„Ja und nein“, beantwortet sie meine Fragen, während sie ihren Blick hebt und mir nun direkt in die Augen sieht.
„Was denn nun?“
„Ich warte auf jemanden, aber du störst nicht.“
„Ich störe nicht. Aber du freust dich auch nicht sonderlich über meinen Besuch“, sage ich vorwurfsvoll. Die Enttäuschung in meiner Stimme ist nicht zu überhören und ich könnte mir deshalb auf die Zunge beißen. Aber nun ist es dafür zu spät.
„Ich habe nicht mit dir gerechnet“, sagt sie verlegen und schiebt abermals ein eigensinniges blondes Haarsträhnchen hinter ihr rechtes Ohr. Ganz offensichtlich fühlt sie sich unbehaglich, aber ich begreife nicht, woran es liegt. Möchte sie, dass ich gehe? Als sie erneut den Kopf hebt, um mich anzusehen, löst sich das störrische Strähnchen wieder. Unvermittelt trete ich ein kleines Stückchen auf sie zu, strecke meine Hand aus und schiebe den blonden Störenfried sanft hinter ihr linkes Ohr. Sie lässt die zärtliche Berührung zu. Dann

neigt sie leicht ihren Kopf gegen meine Hand und ich verhülle damit ihre Wange.
„Du bist wunderschön“, entfährt es mir unwillkürlich.
Ein leiser Seufzer verlässt ihre Kehle, aber ich kann ihn nicht einordnen. Freude oder Unmut? Vergeblich suche ich die Antwort in ihrem Gesicht. Mein Blick ist intensiv. Sie hält ihm nicht stand und schließt ihre Augen.
Ich will wissen, ob ich gehen oder bleiben soll.
Weil ich es nicht aushalte, ihre Gedanken nicht zu kennen, bitte ich sie, mich anzusehen. Sie widersetzt sich meinem Wunsch und lässt ihre Augen weiterhin geschlossen. Ich möchte sie nicht drängen. Allerdings gehört Geduld nicht zu meinen Stärken. Deshalb fahre ich mit den Daumenkuppen zunächst die Konturen ihrer wohlgeformten Augenbrauen nach und spiele anschließend mit ihren vollen Lippen, die sich öffnen, als ich sanft darüberstreiche. Es sind zwar vierzehn Monate vergangen, aber in diesem Augenblick fühlt es sich an, als hätte jemand die Zeit zurückgedreht, denn unser Verlangen lodert immer noch. Ich ermahne mich, mich zurückzuhalten. Nichts überstürzen. Diesmal möchte ich mehr, als nur ein paar vergnügliche Stunden mit ihr. Diesmal will ich sie ganz. Ganz oder gar nicht.
Mich nun in Geduld übend, betrachte ich ihre halbgeschlossenen Augenlider. Sehnsüchtig wartet sie auf einen Kuss. Ihre erwartungsvolle Körperhaltung raubt mir den Verstand. Doch ich bleibe auf Distanz. Als ihr die Wartezeit zu lange wird, öffnet sie ihre Augen und

schaut mich verwirrt an. Unsere Blicke treffen sich, und plötzlich sind alle meine Gedanken mit ihren verschmolzen. Meine guten Vorsätze lösen sich in dem Augenblick auf, als sie besitzergreifend ihre Hände auf meine Hüften legt und mich näher an sich heranzieht. Sie möchte nicht mehr länger warten und drückt ihre Lippen gegen meine. Zum Teufel mit den Vorsätzen! Fordernd schiebe ich meine Zunge zwischen ihre Lippen. Sie zieht mich noch ein kleines Stückchen näher an sich heran, während sie den Kopf in den Nacken legt. Wie von selbst wandert meine Hand an ihren Hals. Mein Verlangen nach ihr wächst ins Unermessliche. In den Untiefen meines, beinahe außer Betrieb gesetzten, Bewusstseins wird mir klar, wie sehr sie mir gefehlt hat.

Ihre Finger befinden sich unter meinem T-Shirt, welches sie bereits hochzuschieben versucht, während ich aus ihrer Wohnung ein leises Wimmern vernehme. Davon alarmiert, packe ich grob nach ihren Handgelenken und drücke sie weg. Verständnislos schaut sie mich an. Als sie jedoch die Babyschreie hört, löst sie sich von mir und läuft rasch in die Wohnung. Nun bin ich derjenige, der verständnislos dreinschaut.

Was ist hier los? Hat sie in der Zwischenzeit geheiratet und ein Baby bekommen? Aber dann würde sie doch nicht hier mit mir knutschen!

Ratlos stehe ich da, unfähig eine Entscheidung zu treffen. Am liebsten würde ich auf der Stelle verschwinden. Aber mein nächster Gedanke hält mich davon ab: Was ist, wenn das da drinnen mein Kind ist? Allerdings

ist das höchstunwahrscheinlich, da wir immer verhütet haben. Dennoch bin ich unschlüssig.
Schließlich gewinnt die Neugier und ich folge Magda in die Wohnung. Nichts zeugt davon, dass hier auch ein Mann wohnt. In der abhörsicheren Box ist kein zweites Handy. Gewohnheitsgemäß lege ich meines zu ihrem hinein und verschließe die Box. Magdas Sicherheitsteam weiß zwar sowieso alles über sie, aber ihr ist es stets lieber, wenn sie nicht alles hören, was in der Wohnung passiert. Es sind auch keine Schuhe im Flur, die auf die Existenz eines Mannes hindeuten. Es sei denn, er trägt Schuhgröße siebenunddreißig.
Ich werfe einen flüchtigen Blick in ihr Wohnzimmer, aber auch da fehlen jegliche Hinweise darauf, dass sie verheiratet oder liiert sein könnte. Kein einziges Bild von einem Mann, den ich nicht kenne. Auf mehreren Fotos sind Kinder abgebildet, die meisten davon sind mir ebenfalls bekannt. Es handelt sich um die Kinder ihrer Freundinnen, ihre Schüler aus der Tanzschule und um die Schützlinge aus ihrer Stiftung für alleinerziehende Eltern.
Kein einziges Foto von einem Baby.
Es ist allerdings eindeutig ein Säugling, welcher in Ihrem neuen Schlafzimmer in einem hellblauen dünnen Strampler aus Leibeskräften brüllt. Ganz offensichtlich ist in dieser Wohnung auch kein Babybett vorhanden, denn das Würmchen liegt brüllend auf dem großen Bett, auf dem es von mehreren Kissen umringt wird. Magda sitzt neben ihm und versucht, ihn zu beruhigen, indem sie ihm den kleinen Bauch massiert. Aber diese

Mühe macht sich nur kurz bezahlt - keine Minute später beginnt das Kind, erneut zu schreien. Sie ist ratlos und breitet daraufhin eine Wickelunterlage auf dem Bett aus, um zu überprüfen, ob er gewickelt werden müsste. Es stellt sich heraus, dass seine Windel noch frisch ist. Rasch holt sie ein Fläschchen aus der Küche. Sie vergewissert sich, dass die Milch die richtige Temperatur hat, indem sie einen Tropfen davon aufs Handgelenk drückt und bietet dem Baby die Flasche an. Mit lautem Gebrüll verweigert es die Nahrungsaufnahme, biegt seinen Rücken auf ihrem Schoß durch, und brüllt aus Leibeskräften.
Verzweifelt sieht sie mich an und automatisch nehme ich ihr den Kleinen ab. Ich lege ihn mir bäuchlings auf den Unterarm. Seine winzigen Beinchen lasse ich seitlich hängen und massiere ihm gegen den Uhrzeigersinn im Kreis den kleinen Rücken. Magda verlässt das Schlafzimmer. Ich vermute, dass sie sein Fläschchen zurück in die Küche bringt. Ich bleibe mit dem winzigen Schreihals im Schlafzimmer. Er schreit nochmal laut auf, bevor er beginnt die Blähung loszuwerden, die ihn offensichtlich plagte. Nachdem die Luft entwichen ist, döst er wieder ein.
„Ist das zu fassen?“, höre ich Magda hinter mir flüstern. „Er hat mich die ganze Nacht wachgehalten. Dabei hätte ich ihn einfach nur auf diese Weise tragen sollen.“
Sie lächelt mich an, aber mich beschäftigt ein einziger Gedanke. Deshalb erwidere ich ihr Lächeln nicht und starre sie stattdessen mit zusammengekniffenen

Augen an. Sie weiß ganz genau, was ich wissen möchte, und spannt mich absichtlich auf die Folter, indem sie wortlos das Zimmer verlässt.
Als ich das Gefühl habe, der Kleine ist tief genug eingeschlafen, lege ich ihn vorsichtig auf dem großen Bett ab. Dann mache ich mich auf die Suche nach der Frau, die mir eine Erklärung schuldet. In der Küche werde ich fündig. Der Kaffeeautomat mahlt geräuschvoll die Kaffeebohnen für einen Cappuccino, für den sie gerade die Milch aufschäumt. Die Eier befinden sich im Eierkocher und in der Pfanne brutzelt der Speck. Der Tisch ist für zwei Personen gedeckt.
Wie hat sie das so schnell geschafft? Das Meiste davon muss sie vor meiner Ankunft vorbereitet haben. Was bedeuten würde, dass sie jemanden zum Frühstück erwartet. Möglicherweise lebt sie von dem Vater des Kindes getrennt. Aber, was war das dann vorhin zwischen uns? Vielleicht sind sie auch kein Paar mehr. Von wem ist dieses Kind? Von mir kann es nicht sein. Dafür ist es zu jung. Und sehen Frauen überhaupt so aus, wenn sie frisch entbunden haben? Zugegeben, sie sieht müde aus, aber keinesfalls so, als hätte sie vor Kurzem ein Kind geboren.
Verdammt!
Ich habe tausend Fragen und weiß nicht, welche ich zuerst stellen soll, da ich keine Ahnung habe, wie lange wir noch unter uns bleiben werden. Mein Gefühl sagt mir, dass es ihr ähnlich geht. Sie vermeidet jeglichen Blickkontakt und werkelt geschäftig in der Küche, als ginge es um eine Erstplatzierung in der

Sendung *Die Küchenschlacht*. Unsicher, ob ich hier überhaupt willkommen bin, bleibe ich im Türrahmen stehen.

„Schläft er?“, fragt sie, ohne sich zu mir umzudrehen.

„Ja“, antworte ich einsilbig.

„Möchtest du mit mir frühstücken?“, fragt sie erneut über die Schulter. Ihr kühles Auftreten sowie die Ungewissheit, ob meine Anwesenheit in ihrer Wohnung sie stört, machen mich mürrisch.

„Wo ist die Toilette?“, frage ich sie, ohne auf ihre Frage zu antworten. Sie erklärt mir den Weg und wendet sich wieder ihrer Bratpfanne zu.

Auf der Suche nach einem Babyzimmer, schaue ich mich weiter in ihrer Wohnung um. Allerdings entdecke ich nur noch ein Gästezimmer, ein Arbeitszimmer, ein Badezimmer und eine Gästetoilette. Im Arbeitszimmer staune ich über meinen Fund. Die Medizinbücher und das Skelett kann ich mir erklären, denn Magda ist Physiotherapeutin. Auch ihre Leidenschaft für Klassische Literatur ist mir nicht neu. Kinderpsychologie, Fachliteratur zum modernen Tanz und Eishockey Trainingsbücher ergeben, angesichts ihrer Hobbys, für mich ebenfalls Sinn. Aber die Baupläne und die vielen Ordner mit der Aufschrift „Siedlung Kunterbunt“ geben mir ein Rätsel auf. Ich widerstehe dem Impuls, einen Blick in die Ordner zu werfen. Es geht mich nichts an. Doch meine Neugier ist hellwach und ich frage mich, wann Magda aufhören wird, mich zu überraschen.

Als ich in die Küche zurückkomme, sitzt sie bereits am Tisch und wartet auf mich. Am Platz ihr gegenüber entdecke ich einen Cappuccino. Wortlos setze ich mich dorthin. Sie lächelt mich an und greift nach dem Teller mit dem Rührei. Ich bin zu müde, um zu essen. Also nippe ich am Cappuccino und sehe ihr beim Essen zu.

„Wie war die After-Show-Party gestern?“, fragt sie unvermittelt.

Ernsthaft jetzt? In Ihrem Schlafzimmer liegt ein Baby, sie wohnt in einer neuen Wohnung und wir haben uns vierzehn Monate lang nicht gesehen. Da fällt ihr keine andere Frage ein als diese?

„Ich nehme an, nicht so spektakulär wie eure After-Race-Party“, antworte ich und versuche, dabei gelassen zu wirken.

„Heißt das, dass du nicht dort warst?“, fragt sie ungläubig. Sie gibt sich keine Mühe, ihre Erleichterung zu verbergen, und lächelt. Bis sich, aufgrund eines unerfreulichen Gedankens, ihre Gesichtszüge verändern. Unmutig zieht sie die Augenbrauen zusammen, senkt den Blick, und widmet sich ihrer Kaffeetasse.

Ich weiß, was sie denkt. Um sie von diesem quälenden Gedanken zu befreien, sage ich: „Ich musste mich endlich ausschlafen. Allein.“

„Das blieb mir heute Nacht leider nicht vergönnt“, beschwert sie sich abgekämpft. „Mein Übernachtungsgast hielt mich die ganze Nacht wach.“

Wie unsensibel ist sie denn? Ihr hat der Gedanke, ich könnte die Nacht mit einer anderen Frau verbracht haben, nicht gefallen. Aber, mir reibt sie ihr nächtliches Abenteuer schonungslos unter die Nase.

Als sie meinen Gesichtsausdruck sieht, stellt sie sofort klar: „Ich meine Ben. Das Baby!“
Weil es mir unangenehm ist, festzustellen, wie treffsicher sie meine Gesichtszüge deutet, versuche ich den Gelassenen zu spielen und sage vorgeblich amüsiert: „Ben, das Baby. Baby-Ben.“
Wer ist dieses Kind? Mann! Sie soll endlich mit der Wahrheit herausrücken. Doch das mentale Tauziehen setzt sich weiter fort. Sie grinst und trinkt seelenruhig ihren Kaffee. Garantiert spürt sie meine Anspannung. Ich könnte wetten, dass sie dieses psychische Folterspiel gerade auskostet, und versuche, ihr das Spiel zu vermiesen. Nach außen entspannt, hole ich mir eine Scheibe Brot und buttere sie augenscheinlich seelenruhig. Anschließend beiße ich genüsslich hinein.
„Ben ist mein Patenkind“, beendet sie die Scharade.
Innerlich werde ich von zwiespältigen Gefühlen übermannt. Die Palette reicht vom Jauchzen, weil sie mit keinem anderen Mann ein Kind gezeugt hat, bis hin zur Enttäuschung darüber, dass das nicht unser Baby ist. Äußerlich gebe ich weiterhin den Entspannten. Ehrlich über unsere Gefühle zu sprechen, ist uns bisher noch nie wirklich gelungen.
„Gratuliere.“
„Komm mir nicht mit deiner Coolness. Ich weiß genau, dass du dachtest, Ben wäre mein Kind.“
„Ich gebe zu, dass es Momente gab, in denen ich das tatsächlich glaubte“, gestehe ich ihr.
„Bist wohl erleichtert, dass das nicht deines ist und du keine Alimente zahlen musst“, zieht sie mich auf.

„Von mir hätte es gar nicht sein können, weil ich jedes Mal verhütet habe. Aber der Gedanke, dass du von einem anderen Mann ein Kind haben könntest, gefiel mir noch weniger“, sage ich ehrlich und hoffe, dass ich dieses Geständnis nicht gleich bereuen werde.
„Das ist so egoistisch von dir!“ Verärgert sieht sie mich über den Tassenrand hinweg an. Herausgefordert vom ärgerlichen Funkeln ihrer grünen Augen, starre ich sie genauso wütend an. Mein Wunsch, sie für mich zu gewinnen, hat sich nicht verändert. Er ist im Laufe des Jahres eher gewachsen. Vielleicht ist das egoistisch, aber ich möchte sie mit niemandem teilen. In dem Moment, als ich ihr das sagen möchte, läutet ihre Klingel. Widerwillig unterbrechen wir unser Blickduell. Beim zweiten Läuten springt sie fluchend auf und läuft eilig zur Tür. Noch bevor sie die Tür erreicht, höre ich bereits das klagende Schreien des Babys und begebe mich ins Schlafzimmer, um nach ihm zu sehen. Verärgert über die Schlafstörung, brüllt er wie am Spieß und lässt sich erst auf dem Arm wieder beruhigen. Just in diesem Moment höre ich die aufgeregte Stimme von Magdas Freundin Nina.
„Ist Vitali bei dir?“, fragt sie gereizt.
„Weshalb sollte er hier sein? Wollte er Ben abholen?“, fragt Magda irritiert.
„In letzter Zeit hängt ihr doch ständig zusammen“, antwortet ihre Freundin feindselig.
„Wir arbeiten an einem Projekt, bei dem er, auf deinen Wunsch hin, die Projektleitung übernahm. Außerdem muss ich dich doch nicht daran erinnern, dass heute

Sonntag ist und wir seit gestern drei Wochen Urlaub haben", antwortet Magda verärgert.
„Es tut mir leid. Er kam über Nacht nicht nach Hause. Ich dachte, dass er vielleicht bei dir ist", lenkt Nina ein und klingt dabei regelrecht verzweifelt.
„Vitali bleibt über Nacht weg und du glaubst, dass er bei mir ist", sagt Magda empört.
„Ehrlich gesagt, hatte ich es gehofft. Bei dir weiß ich, dass du ihn bloß seinen Rausch ausschlafen lässt und ihn dann nach Hause schickst."
„Ich hätte ihn gleich nach Hause geschickt", stellt sie unmissverständlich klar.
Magda bietet ihrer Freundin einen Kamillentee an und Nina nimmt das Angebot dankbar an. Als ich, mit Ben auf dem Arm, aus dem Schlafzimmer komme, sitzen die beiden bereits in der Küche am Tisch. Dort sehe ich, dass Magda meine Tasse in die Spüle gestellt hat. Vermutlich versuchte sie damit, einem inquisitorischen Verhör zu entkommen. Als sie mich im Türrahmen entdeckt, räuspert sie sich kurz. Ihre Wangen röten sich leicht, aber ihre Lippen sind zu zwei schmalen Linien zusammengepresst. Entweder ist es ihr peinlich, dass ich hier bin, oder es ist ihr unangenehm, dass sie Nina nicht sofort von meiner Anwesenheit erzählt hat. Ich hoffe, es ist das zweite. Magdas Blick folgend, dreht Nina sich zur Tür. Ihr Gesicht verrät, dass sie erleichtert ist, mich, und nicht ihren Mann hier zu sehen.
„Ihr solltet nicht gleich Panik schieben, sondern Magdas Bruder anrufen. Jason meinte, dass ein paar

Männer nach der Party noch zu Richard in die Penthousewohnung gegangen sind, um dort weiter zu feiern", informiere ich die beiden.
„Was machst *du* denn hier?", fragt Nina abfällig.
Ich weiß, dass sie mich nicht mag. Sie hypt zwar meine Lieder, aber mich persönlich kann sie nicht ausstehen. In unserem Fall ist die Antipathie keine Einbahnstraße.
„Wo ist der Kinderwagen? Solange ich mit Ben spazieren gehe, kannst du ja Magda verhören", erwidere ich, ihre Frage ignorierend.
„Wer bist du? Und was hast du mit dem echten Marco gemacht?", feixt sie, nur, weil ich das Wort Kinderwagen kenne und Spazierengehen freiwillig in Erwägung ziehe.
„Manche Menschen ändern sich", sage ich genervt, „und andere wiederum nicht."
„Weil sie von vornherein schon perfekt sind", ruft sie mir hinterher, als ich mit ihrem Baby auf dem Arm in die Diele gehe. Magda folgt mir und wir verlassen die Wohnung.
„Weil sie ach so perfekt ist, hat Vitali heute Nacht auswärts geschlafen", sage ich ärgerlich.
„Sie machen gerade eine schwere Phase durch", verteidigt Magda sie.
„Wenn sie ihre Laune nicht in den Griff bekommt, bleibt es nicht bei einer Phase", warne ich.
„Es ist mehr als nur eine Laune. Eigentlich bräuchten sie beide professionelle Hilfe. Sie hat auch schon die entsprechenden Kontakte, aber sie weigert sich, jemanden zu konsultieren."

„Die perfekte Nina“, sage ich und schneide eine Grimasse. Magda versucht sich ein Lächeln zu verkneifen, aber es misslingt ihr. Also beißt sie sich auf die Unterlippe. Ich gebe ihr den Kleinen zum Halten. Als sie Ben auf ihre Schulter legt und mit beiden Händen festhält, entwischt ihr abermals eine Haarsträhne. Sie versucht sie zur Seite zu pusten, was nur dazu führt, dass ihre Härchen ihr erneut ins Gesicht fallen. Sie gibt den Kampf auf und legt Ben vorsichtig in den Kinderwagen. Dann dreht sie den Jungen auf die Seite, zieht die Kinderwagenhaube hoch und spannt zusätzlich ein buntbedrucktes Mulltuch unter die Haube, damit Ben vor Sonne, Wind und Insekten geschützt ist. Genau in diesem Moment fängt er an, sich zu recken und zu quengeln.
„Danke, dass du das machst“, sagt sie plötzlich.
Ich sollte schon längst nach Hause unterwegs sein. Dort werde ich bereits sehnsüchtig erwartet. Aber, ich bin dem Drang, in ihrer Nähe zu sein, einfach unterlegen. Es liegt mir auf der Zunge, ihr das zu sagen, doch ich schaffe es nicht. Noch nicht. Erst muss ich herausfinden, wie sie zu mir steht.
Also antworte ich lapidar: „Ein Spaziergang ist mir lieber als ein Gespräch mit Nina.“

Kapitel 3

Während ich den Kinderwagen mit Ben vor mir herschiebe, scrolle ich mich durch die Kommentare auf meine Posts in den Social Medias. Mittlerweile habe ich jemanden engagiert, der meine Seiten pflegt, dennoch verwende ich täglich mehrere Stunden darauf, zu prüfen, was über mich im Netz landet. Zurzeit befinde ich mich in der glücklichen Lage, dass selbst die langweiligsten und kürzesten Posts von den Fans wie ein sechsstelliger Lottogewinn gefeiert werden und das Feedback durchweg positiv ist. Natürlich ist es mir bewusst, dass im Zeitalter des Internets nichts von langer Dauer ist. Deshalb ist es wichtig, früh zu erkennen, ob die Stimmung abflacht, um die Fans mit neuen Beiträgen bei Laune zu halten.

Die Nachricht über einen entgangenen Anruf von meiner Mutter geht ein und ich rufe sie zurück. Leider kann ich ihr nicht genau sagen, wann ich wieder in München sein werde. Deshalb verschiebt sie unseren auf morgen geplanten Urlaubsstart, bis ich wieder zu Hause bin. Eigentlich hatten wir vor, gemeinsam nach Italien zu reisen. Aber nun hänge ich hier fest und weiß nicht, wie mein Tag morgen sein wird.

Als ich mich dem Dreifamilienhaus, in dem Magda wohnt, nähere, erkenne ich Steven Falk. Magdas Sicherheitschef. Offensichtlich war er joggen und ist gerade im Begriff, die Wohnung im ersten Stockwerk zu betreten. Neugierig schaut er zu mir rüber. Als er mich ebenfalls erkennt, winkt er und kommt mir entgegen.

Um der Sonne zu entkommen, stellen wir uns unter die Wendeltreppe.

„Wieder in unserer Gegend?“, eröffnet er die Small-Talk-Runde.

„Ja, aber nicht lange“, antworte ich bedauernd.

„Ist ja nichts Neues“, stellt er pragmatisch fest.

Dann erzählt er mir von der Anlage. Es war Magdas und Vitalis Idee, einen autofreien Stadtteil zu errichten. Diesen Beschluss hatten sie gemeinsam mit Magdas Bruder Richard im Urlaub gefasst, nachdem dieser ihnen von dem Grundstück erzählt hatte. Richards ursprüngliche Idee war es, dort Luxuswohnungen für gutbetuchte Senioren zu bauen, aber der Bürgermeister teilte ihm mit, dass auf diesem Gelände eine Kindertagesstätte geplant war. Also war er von seinem ursprünglichen Plan zu Gunsten von Magdas Idee abgerückt. Mehrere Wohnungen sollen günstig an Alleinstehende mit Kindern vermietet werden.

„Zunächst waren sie darüber geteilter Meinung, da er befürchtete, dass die wohlhabende Klientel, sich nicht mehr in diesem Gebiet niederlassen würde. Aber sie war von ihrem Vorhaben nicht mehr abzubringen und letztendlich hat er nachgegeben“, berichtet mir Steven.

„Obwohl sie zehn Jahre jünger ist, wickelt sie ihn doch immer wieder um den Finger“, stelle ich laut fest.

„Welpenschutz“, sagt er und bringt mich damit zum Lachen.

Es wird eine Tanzschule sowie eine Musik- und eine Kunstschule für Klein und Groß gebaut. Verschiedene

Bioläden, ein Restaurant und ein Buchladen, aber auch Boutiquen, ein Optiker und Friseursalons sind angedacht. Innerhalb der Siedlung bewegen sich die Menschen zu Fuß, auf einem Tretroller oder mit einem Fahrrad. Damit die Kinder im gesamten Areal ungestört spielen können.
„Magda verändert die Welt", rutscht es mir heraus.
„Jemand muss ja damit anfangen", sagt er stolz.
„Sie hat mir gefehlt", gestehe ich ihm, ohne zu begreifen, warum es mir leichtfällt, es ihm anzuvertrauen.
„Das solltest du ihr sagen. Sie ist nämlich vom Gegenteil überzeugt", vertraut er mir an und wirft neue Fragen auf. Aber bevor ich sie ihm stellen kann, beginnt Ben zu weinen. Steven verabschiedet sich von mir. Während ich mit Ben auf dem Arm die Stufen hochsteige, verlässt Nina Magdas Wohnung und übernimmt den Kleinen. Kurz sehen wir den beiden zu, wie sie sich auf ein in der Nähe stehendes Haus zubewegen.
„Wohnen sie auch in dieser Siedlung?", frage ich Magda.
„Im Haus mit den Friedenstauben um das Fenster", sagt sie und deutet auf das vierte Haus von rechts.
„Passt wie die Faust aufs Auge", sage ich. Aber Magda schmunzelt nicht darüber, sondern schaut mich reserviert an und fragt, ob ich nicht zu Hause erwartet werde. Ich vermute, dass die Friedenstauben-Liebhaberin für diesen Stimmungswechsel verantwortlich ist und koche deswegen innerlich.
„Willst du mich loswerden?", frage ich sie ungehalten.

„Ich will nur sicher gehen, dass ich dir nicht deine kostbare Zeit stehle“, sagt sie distanziert.
„Du willst nichts mehr mit mir zu tun haben, deshalb hast du das Rennen vorziehen lassen“, werfe ich ihr vor.
„Das habe ich nicht! Ich habe mit der Planung dieses Renntages nichts zu tun“, ruft sie entnervt aus. Dann dreht sie sich um und stapft wütend die Stufen zu ihrer Wohnung hoch. Für mich ist unser Gespräch noch nicht beendet. Also folge ich ihr nach oben in ihre Wohnung.
Als ich die Tür schließe, telefoniert sie bereits mit ihrem Bruder. Sie wirft ihm vor, sich zu sehr in ihr Leben einzumischen und betitelt ihn als einen Kindskopf, weil er verheiratete Männer den Versuchungen ausliefert, denen er seit Jahren selbst nicht widerstehen kann. Bei dem Ausdruck Kindskopf muss ich schmunzeln. Sie beendet das Gespräch und setzt sich erschöpft aufs Sofa. Dann atmet sie zweimal tief ein und aus. Sie wirkt sehr müde, kein Vergleich zu der quirligen, vitalen Magda, die sich gern bewegte und sorgenfrei erschien. Es ist nicht, als wirke sie im Moment nicht mehr agil und jugendlich. Es ist eher, als hätte sie ihre Leichtigkeit eingebüßt.
Sie zuckt zusammen, als sie mich bemerkt.
„Ich dachte, du wärst schon fort“, ruft sie erschrocken aus und steht auf.
„Ich will nicht gehen“, gestehe ich ihr.
„Hast du denn keine ... Verpflichtungen?“, fragt sie vorsichtig. Ganz offensichtlich fällt es ihr schwer, danach

zu fragen, was sie wirklich wissen möchte und ich habe nicht vor, die verzwickte Situation, in die sie sich selbst hineinmanövriert hat, für sie zu entwirren. Wenn sie etwas Bestimmtes wissen möchte, soll sie mich entsprechend danach fragen. Auf eine vage Frage gebe ich gern auch eine vage Antwort.
„Die habe ich“, sage ich und mache ihr im nächsten Moment den Vorschlag, mich zu begleiten. Ich komme langsam auf sie zu. Sie bleibt stehen und sieht mich misstrauisch an. Ich streiche ihr die widerspenstige Haarsträhne hinters Ohr. Unter meiner sanften Berührung färbt sich ihre Haut rosa. Stoisch richtet sie ihren Blick nach unten.
„Eine kleine Auszeit wird dir guttun“, versichere ich ihr hoffnungsvoll.
Sie schließt die Augen und ich sehe, wie sie mit sich selbst hadert. Dann öffnet sie sie wieder, schaut mich zornig an und fragt mit einer eisigen Stimme: „Brauchst du mal wieder eine billige Nutte für eine Woche?“
Wie bei einem Sprung ins eiskalte Wasser, bleibt mir der Atem stocken. Geschockt nehme ich meine Hand von ihrer Wange und starre sie fassungslos an. Mein Puls rast. Ich muss mich zusammenreißen.
„Dafür stehe ich diesmal nicht zur Verfügung“, sagt sie verärgert und verschränkt die Arme vor der Brust.
Entsetzen breitet sich in meiner Brust aus, als mir klar wird, dass sie ernsthaft glaubt, eine billige Nummer für mich gewesen zu sein. Ich überlege, ihr mein vergangenes Jahr zu schildern, aber sie gibt mir zu verstehen,

dass sie an einem Gespräch mit mir nicht interessiert ist, und läuft zur Tür. Ich nehme mir vor, ihr nicht zu folgen und setze mich demonstrativ in den Sessel, gegenüber dem Platz, auf dem sie beim Telefonieren saß. Sie kommt zurück und schaut mich unterkühlt an.
„Würdest du jetzt bitte gehen“, fordert sie mich auf.
„Du warst nie bloß eine von vielen für mich“, sage ich nachdrücklich und schaue ihr eindringlich in die Augen. Woraufhin sie ungläubig schnaubt und auf mich zukommt.
„Ach so! War ich nicht? Wieso hast du dich dann nicht mehr bei mir gemeldet?“, fragt sie wütend, während sie vor mir stehen bleibt.
„Du warst diejenige, die gegangen ist“, erinnere ich sie. Ich bin außer mir wegen ihrer Vorwürfe.
„Ich bin damals gegangen, weil ich mit der Gesamtsituation überfordert war. Nachdem sich die erste Aufregung gelegt hatte, habe ich – gefühlt hundertmal – versucht, dich telefonisch zu erreichen. Und als das nichts brachte, stand ich anschließend, mindestens fünfmal, vergeblich bei dir in Hamburg vor verschlossener Tür und kam mir dabei wie eine Stalkerin vor“, gesteht sie wild gestikulierend.
Fuck! Dann war dieses beschissene Trennungsjahr völlig unnötig?
„Nachdem du meine Wohnung verlassen hattest…“, starte ich einen Erklärungsversuch. Doch diese Beschreibung trifft meine damaligen Gefühle nicht im Geringsten. Um ihr die von mir empfundene Wut nahezubringen, setze ich zu einer neuen Erklärung an.

„Nachdem du *mich* verlassen hattest“, stelle ich unmissverständlich klar, „bin ich gleich ins Schlafzimmer gegangen, um auf deinen Scheißanruf zu warten. Ich wusste, dass du meine Nummer auswendig wusstest. Du hättest mich sofort über Stevens Smartphone anrufen können, aber das hast du nicht. Irgendwann wurde mir klar, dass du dich nicht mehr bei mir melden würdest. Wutentbrannt folgte ich deinem Beispiel und warf mein Handy an die Wand. Dann packte ich meine Sachen und verließ die Wohnung, die ich bisher nicht mehr betreten habe.“

„Wieso denn nicht?“, fragt sie traurig.

„Um nicht noch mehr an dich erinnert zu werden“, sage ich brüsk.

Erst als sie ihre Lippen zusammenkneift, merke ich, wie sehr meine Worte sie verletzen und, dass ich auf dem Holzweg bin. Ich muss an das kurze Gespräch mit Steven denken und daran, was er mir geraten hatte.

„Je stärker ich versuchte, nicht an dich zu denken, umso aufdringlicher waren meine Gedanken an dich. Ich kann dir kaum einen Tag nennen, an dem ich nicht an dich gedacht habe“, verrate ich ihr.

Aber sie wendet ihren Blick ab und fragt leise: „Was hat dich denn davon abgehalten, früher zu mir zu kommen?“

„Komm mit mir nach München, dann zeige ich es dir“, fordere ich sie auf.

„Glaubst du wirklich, ich kann hier alles stehen lassen und so hoppla di hopp mit dir nach München gehen?“, fragt sie gereizt.

„Du hast doch sowieso Urlaub. Also was spricht dagegen?“
„Meine Befürchtung, dass es wieder in einem Desaster endet.“
„Es wird kein Desaster“, verspreche ich ihr, obwohl mir genau in diesem Moment mindestens ein guter Grund einfällt, weshalb es erneut eine Vollkatastrophe werden könnte. Dennoch bin ich von dem Wunsch besessen, sie mitzunehmen und bitte sie, mir zu vertrauen.
„Ich kann dir nicht vertrauen“, sagt sie ehrlich und trifft mich, wie damals schon, mitten ins Herz. Ihre Geradlinigkeit ist verletzend. Ich weiß, sie hat nicht Unrecht. Aber ich kann nicht nochmal zulassen, ein ganzes Jahr an sie zu denken und sie nicht um mich zu haben. Jetzt, wo ich sie vor mir sehe, werde ich das Gefühl nicht los, mich nicht mehr von ihr trennen zu können.
„Deshalb sollst du ja auch mitkommen. Damit wir Zeit haben, zu lernen, einander zu vertrauen“, versuche ich es mit Engelszungen und bringe sie dazu, darüber nachzudenken. Ihre Gesichtszüge werden weicher. Sie scheint von dieser Idee nicht abgeneigt zu sein. Aber sie ist immer noch etwas skeptisch. Um sie zu überzeugen, mache ich ihr ein Angebot, welches sie bestimmt nicht abschlagen wird. „Hör zu! Ich verspreche dir, dich so lange nicht zu verführen, bis du mich selbst darum bittest.“
Wie soll das funktionieren? Ich kann die Finger nicht von ihr lassen.
„Meinst du das ernst?“, fragt sie überrascht und sieht mich ungläubig an.

Wenn man etwas erreichen möchte, muss man dazu bereit sein, Opfer zu erbringen. Also nicke ich bestätigend, obwohl es sich anfühlt, als hätte ich mich versehentlich angeschossen. Verdammt! Worauf lasse ich mich da ein?
Nervös fährt sie sich mit den Händen über die Haare. Dabei drückt sich ihr Top-Ausschnitt in der Mitte zusammen und gewährt mir einen tiefen Blick auf ihre verführerischen Hügel. Sie erwischt mich dabei, wie ich sie anstarre. Auf einmal strahlen ihre Augen. Endlich kommt die unbeschwerte Magda, die ich vermisst hatte, wieder zum Vorschein. „Was glaubst du, wie lange du dieses Versprechen halten kannst?“, fragt sie belustigt. Die Provokation, die in ihrer Stimme mitschwingt, verrät mir, dass sie ihren Teil dazu beitragen wird, um mir mein Vorhaben zu erschweren. Trotzdem hege ich die Hoffnung, dass sie es nicht lange aushalten wird, distanziert zu bleiben. Deshalb beuge ich mich nach vorne und antworte herausfordernd: „Bis du mich anflehst, dich zu ...“. Den Rest des Satzes flüstere ich ihr ins Ohr. Unvermittelt neigt sie ihren Kopf zur Seite und gibt mir den Weg frei, um sie zu liebkosen. Aber ich wittere eine Falle und lächle über den Versuch. Die Luft, die ich dabei ausatme, bewegt ihr Haar und kitzelt offenbar ihre Haut, denn unwillkürlich fährt sie sich mit der Hand an die Stelle. Selbstzufrieden hebe ich den Kopf hoch und ihr entflieht ein ungehaltenes, kaum hörbares Stöhnen. Ihre Wangen sind rosa. Sie öffnet die Augen und sieht mich grinsen.

„Wie immer bist du sehr von dir überzeugt“, sagt sie leicht verärgert.
„Nicht von mir, sondern von meiner Wirkung auf dich“, stelle ich neckend klar.
„Selbstgefälligkeit steht dir nicht“, zieht sie mich auf.
„Da bin ich anderer Meinung. Ich glaube, du fährst voll drauf ab und vor meiner Anziehungskraft hast du den größten Respekt“, unterstelle ich ihr.
„Das werden wir ja sehen“, sagt sie kopfschüttelnd und geht ins Schlafzimmer.
„Gehst du packen?“, frage ich sie hoffnungsvoll.
„Ja, Mister Unwiderstehlich“, ruft sie aus dem Schlafzimmer.

Kapitel 4

Am nächsten Morgen werde ich von sich näherndem Kinderlachen geweckt. Magda dreht sich im Schlaf um und ich verdränge den Impuls, sie zu küssen. Sie öffnet die Augen und schaut mich verschlafen an. In diesem Moment wird die Tür von Matteo aufgerissen, der sich, wie ein Schneekönig darüber freut, mich zu sehen. Er nimmt Anlauf, hüpft aufs Bett und läuft ungelenk auf mich zu. Ich strecke ihm die Hände entgegen. Freudestrahlend nimmt er das Angebot an und lässt sich quickend in meine Arme fallen.

„Na, wie hast du heute geschlafen, mein Großer?“, frage ich und kitzle ihn dabei durch.

„Gut“, antwortet er strampelnd und lachend.

Magda beobachtet unterdes belustigt das Schauspiel von ihrer Seite des Bettes aus. Wir sind gestern Abend sehr spät in meiner Villa angekommen. Zunächst musste Magdas Sicherheitsteam über unser unerwartetes Vorhaben informiert werden, damit die erforderlichen Vorkehrungen getroffen werden konnten. Dann verzögerten auch noch mehrere Staus auf der Autobahn unser Vorankommen, sodass wir gestern niemanden mehr wach angetroffen haben. Deshalb kennt sie Matteo noch nicht. Neugierig beobachtet sie mich dabei, wie ich ihn kitzle und stimmt in sein glückliches Gekicher mit ein.

„Darf ich vorstellen? Matteo, mein Sohn“, sage ich voller Stolz.

Ihr Gesichtsausdruck verändert sich und sie schaut mich ungläubig an.
„Matteo! Sag *Hallo* zu Magda“, fordere ich ihn auf.
„Hallo“, sagt Matteo, beim Versuch, sich aufzusetzen. Dieser misslingt ihm kläglich, weil ich ihn an seiner Schulter herunterdrücke. Schallend lachend fällt er auf die Seite. Das könnte ich hundertmal in Folge mit ihm machen und es würde ihm immer noch gefallen. Also wiederholen wir das Spielchen ein paar Mal, was mir Gelegenheit dazu bietet, Magda genauer unter die Lupe zu nehmen.
„Das ist doch ein Scherz?“, fragt sie zweifelnd.
„Matteo, wer bin ich?“, frage ich meinen Kleinen.
„Marco“, antwortet er prompt.
Wir haben ihm erst neulich beigebracht, wie wir mit Vor- und Nachnamen heißen. Für den Fall, dass wir ihn in der Hotelanlage einmal aus den Augen verlieren, sollte er den Menschen sagen können, wie sein Vater und seine Großeltern heißen.
Okay. Erneuter Versuch.
„Richtig, so heiße ich. Und wer bin ich?“
„Marco Maiocchi“, sagt mein dreijähriger Sohn, weil er nicht begreift, was ich mit meinem Verhör bezwecke.
„Und du? Wie heißt du?“
„Matteo Francesco Maiocchi“, sagt er, steht auf und krabbelt auf meinen Rücken, nur um im nächsten Moment von mir über den Schultergriff wieder aufs Kreuz gelegt zu werden. Sichtlich entspannt genießt Magda unsere Rangelei. Sie weiß, dass ich eine Schwester habe und glaubt wahrscheinlich, dass Matteo mein

Neffe ist. Weil sie Kinder mag, erscheint jedes Mal, wenn Matteo lauthals kichert, ein strahlendes Lächeln auf ihrem Gesicht.
„Papa, wieso ist Magda in deinem Bett? Hat sie auch Angst im Dunkeln?“, fragt mich Matteo und plötzlich wird ihr klar, dass ich die Wahrheit gesagt habe. Ihre Augen weiten sich und sie starrt mich fassungslos an.
„Frag sie doch selbst“, empfehle ich ihm und er dreht sich zu ihr um.
„Magda, hast du auch Angst im Dunkeln?“, fragt er sie besorgt.
Es gelingt ihr, ihre Mimik in den Griff zu bekommen und sie lächelt ihn freundlich an.
„Als ich klein war, hatte ich auch Angst und meine Mama hatte mir immer ein kleines Nachtlicht angelassen“, erzählt sie ihm, ohne seine Frage direkt zu beantworten.
„Ich habe keine Mama mehr“, teilt er ihr mit.
Im ersten Augenblick scheint sie über seine Aussage irritiert zu sein, aber dann antwortet sie: „Ich auch nicht“, und sie tauschen einen wissenden Blick aus. Zärtlich fährt sie ihm über sein krauses Haar. Dann lächelt sie ihn verschmitzt an und drückt ihn, wie ich zuvor, an seiner Schulter runter. Kichernd fällt er um und setzt sich erwartungsvoll wieder auf. Als er jedoch die Stimme seiner Großmutter hört, die aus der Küche nach ihm ruft, krabbelt er los, steigt ab und läuft zur Tür. Ich höre nur noch, dass er ihr seine Ankunft auf Italienisch ankündigt.

Währenddessen steht Magda auf, geht ins Bad und verschließt von innen die Tür. Wenn sie glaubt, das könnte mich davon abhalten reinzukommen, hat sie sich geirrt. In einem Haushalt mit einem experimentierfreudigen Kind, sind Eltern auf alles vorbereitet. Deshalb hole ich eine Münze, stecke sie in den Schlitz und schließe die Tür von außen auf. Sie verstaut ihre Kosmetika und Pflegemittel in ihrem Reiseetui. Ich möchte nicht, dass sie geht. Deshalb überlege ich fieberhaft, was ich tun oder sagen könnte, um zu verhindern, dass sie mich wieder verlässt. Dann entscheide ich mich für die Wahrheit.

„Ich hätte es dir gleich sagen sollen", gebe ich geknickt zu.

„Ach was, du hättest mich ruhig noch eine Weile belügen können", sagt sie sarkastisch.

„Ich habe dich nicht belogen. Ich habe dir nur nicht gleich alles gesagt."

„Na, klar! Du hast nicht gelogen. Du hast mir nur den wichtigsten Teil deines Lebens verschwiegen", sagt sie enttäuscht.

„Wann hätte ich dir das erzählen sollen", setze ich zu einer Erklärung an.

„Zum Beispiel als ich dich gefragt habe, weshalb du seit Neuestem einen Familienwagen fährst. Eigentlich hättest du es mir sogar vor einem Jahr schon sagen müssen", sagt sie wütend.

„Damals wusste ich es selbst noch nicht", sage ich traurig.

Sie fühlt meinen Schmerz. Zusehends werden ihre Gesichtszüge weicher.
„Er ist doch mindestens vier Jahre alt."
„Dreieinhalb", berichtige ich sie, weil ich nicht weiß, was ich sonst darauf erwidern soll.
„Deine Ex-Freundin. Ich meine seine Mutter. Wo ist sie jetzt? Matteo sagte, er hätte keine Mama mehr", stammelt sie verwirrt.
„Sie hat sich umgebracht", teile ich ihr die bittere Wahrheit mit.
Als wollte sie einen Schrei verhindern, hält sie sich entsetzt die Hand vor den Mund. Ich habe mich zwar im Laufe des letzten Jahres mit dieser Horrornachricht abgefunden, dennoch kostet es mich enorme Kraft, mit ihr darüber zu sprechen.
„Wann?", fragt sie entrüstet.
„In der Woche unseres Kennenlernens." Nun ist es raus. Jetzt weiß sie wenigstens, warum ich mich nicht bei ihr gemeldet habe. Ich hatte damals, weiß Gott, noch größere Sorgen, als unsere Trennung.
Sie schnappt nach Luft. „Ist das unsertwegen passiert?", fragt sie schockiert.
„Um Gottes Willen, nein! Das hat nichts mit uns zu tun", sage ich mit Nachdruck und komme auf sie zu, um sie in meine Arme zu schließen.
„Komm mir bloß nicht näher", warnt sie mich und streckt beide Arme in abwehrender Haltung aus.
Ich gehe rückwärts zur Tür und setze mich an sie lehnend auf den Boden, da ich davon ausgehe, dass wir dieses Zimmer nicht so schnell wieder verlassen

werden. Magda nimmt auf dem Badewannenrand Platz. Offensichtlich geht auch sie von einem längeren Gespräch aus.
„Kannst du dich erinnern, dass an dem Morgen, an dem du mich verlassen hast, meine Mutter und meine Schwester permanent versucht hatten, mich telefonisch zu erreichen?“, frage ich.
Sie nickt, sagt jedoch nichts.
„Es war, weil sie erfahren hatten, dass ich einen Sohn habe, der sich in der Obhut des Jugendamtes befand“, erkläre ich ihr.
„Woher weißt du, dass unsere Bekanntschaft nicht der Auslöser für ihren Tod war?“, fragt sie verzweifelt.
„Sie und ich. Wir waren nie ein Paar. Es war eine einmalige Sache und sie hat nie etwas von mir gewollt. Ich wusste nichts von Matteo. Ihre Eltern arbeiten in Afrika für die Organisation „Ärzte ohne Grenzen“. Sie hatten sie adoptiert. Als sie achtzehn wurde, sind sie wieder nach Afrika gegangen und wollten sie mitnehmen, aber sie wollte in Deutschland bleiben und Medizin studieren. Was sie dann auch tat. Ich habe sie nach einer nächtlichen Club-Schlägerei kennengelernt. Sie hatte mich erstversorgt und danach sind wir uns nähergekommen“, erzähle ich.
„Sind dir an dem Tag die Kondome ausgegangen oder verhütest du prinzipiell nur bei Blondinen?“, fragt sie bissig.
„Magda, selbst wenn ich die Zeit zurückdrehen könnte, ich würde nichts ändern wollen“, sage ich und klinge ungehalten. Dann atme ich tief aus und gestehe

ihr: „Außer vielleicht, dass ich dich früher geholt hätte. Aber ehrlich gesagt, habe ich die Zeit gebraucht, um zu mir selbst zu finden und meinen Sohn kennenzulernen."

„Und wenn du Matteos Mutter hättest retten können?", fragt sie ungläubig.

„Ich hätte sie nicht retten können. Niemand konnte ihr mehr helfen. Bei ihr wurde in der linken Gehirnhälfte ein bösartiger Tumor im Endstadium diagnostiziert. Als sie die Diagnose bekam, war es für eine Therapie bereits zu spät. Also brachte sie Matteo zum Übernachten zu einer Nachbarin und nahm eine Überdosis Medikamente", verrate ich ihr unser gutgehütetes Familiengeheimnis. Die offizielle Version lautet nämlich, dass Matteos Mutter an den Folgen eines Gehirntumors verstarb. Ich merke erst, dass mir die Tränen laufen, als Magda mich in ihre Arme schließt. Keine Ahnung, wie diese Frau das anstellt, aber in ihrer Nähe erkenne ich mich manchmal nicht wieder.

„Bin ich ein Monster?", frage ich sie leise und komme mir dabei erbärmlich vor.

„Wie kommst du darauf?", fragt sie entrüstet.

Wie soll ich ihr das nur erklären?

Abermals atme ich tief ein und wieder aus. „Sie hatte meine Daten von der Versichertenkarte. Sie hätte mich doch kontaktieren können. Aber das tat sie nicht. Zu keinem Zeitpunkt. Warum nicht?", frage ich sie verzweifelt, als könnte sie mir die ersehnte Antwort liefern.

„Ich glaube, was die Schwangerschaft betrifft, hätte ich genauso gehandelt“, sagt sie nachdenklich.
„Du hättest mich nicht darüber informiert?“, frage ich entsetzt und drücke sie von mir weg.
Sie nickt bestätigend.
„Also bin ich ein Monster?“, frage ich kleinlaut.
„Überhaupt nicht! Ich habe großen Respekt vor dir. Von dir schwanger zu werden, gegen deinen Willen, ist…“, sie ringt nach Worten, „ist…“, versucht sie es erneut und scheitert abermals.
„Sag doch einfach, was du denkst“, verlange ich ungeduldig.
„Du bist so eigenwillig. Du schreitest, trotz aller Widrigkeiten in deinem Leben, deinen eigenen Weg. Man möchte deinen Respekt und nicht dein Mitleid. Schon gar nicht deine Almosen“, erklärt sie mir.
„Aber bei einem Kind geht's doch nicht, um den finanziellen Aspekt. Es geht doch auch um die emotionale Bindung zum Vater. Ein Kind braucht seinen Vater genauso wie seine Mutter“, schreie ich beinahe heraus. Erst jetzt wird mir klar, wie tief es mich verletzt, dass ich in den ersten zwei Jahren im Leben meines Kindes keine Rolle gespielt und seine Entwicklung vom Säugling bis zum Kleinkind verpasst habe. Ich bin dermaßen wütend, dass ich alles um mich herum kleinschlagen könnte.
Obwohl ich ungehalten und in Rage bin, gibt sie nicht klein bei. „Möglicherweise hat sie dich anders eingeschätzt. Ich meine, du hast mit ihr geschlafen und hast dich nicht mehr bei ihr gemeldet. Woher sollte sie

denn wissen, dass dir etwas an einem Kind liegen könnte?"
„Das eine hat mit dem anderen nichts zu tun",
„Es deutet auf ein gering entwickeltes Verantwortungsfühl hin", weist sie mich zu recht.
„Das ist überhaupt nicht vergleichbar. Ein Kind ist ein Teil von einem selbst. Es ist dein Fleisch und Blut."
Mehr sage ich nicht dazu, denn tatsächlich bin ich nicht sicher, ob ich nicht versucht hätte, ihr die Idee mit dem Kinderkriegen auszureden. Magda hat recht, es ist eine riesige Verantwortung, die man übernimmt. Plötzlich ist man für ein Menschenleben verantwortlich. Ständig fragt man sich, wie sich eigene Entscheidung auf das Leben des Kindes auswirken.
„Blut ist demnach dicker als Wasser?", fragt sie mich in meine Gedanken hinein.
„In jeglicher Hinsicht, ja". Daran hege ich keine Zweifel. Plötzlich wirkt ihr Gesicht nachdenklich. Ich würde die Welt hergeben, um ihre Gedanken zu erfahren, aber momentan beschäftigt mich primär nur eines.
„Versprich, dass du es mir sagen würdest", bitte ich sie.
„Ich habe nicht vor, schwanger zu werden. Ich nehme die Pille", offenbart sie mir.
„Seit wann?"
Ihre Wangen erröten leicht.
„Seit mehr als einem Monat", antwortet sie. Sie wendet sich von mir ab, zieht sich aus und steigt unter die Dusche. Fuck! Und ich darf sie nicht anfassen. Ich verfluche unser Arrangement, aber zeitgleich empfinde

ich eine diebische Freude, denn in mir keimt eine Vermutung auf.
„Hast du jemanden?“, frage ich.
„Dann wäre ich jetzt bestimmt nicht hier.“
Mir liegt es auf der Zunge, ihr zu sagen, dass dieser Umstand keine Rolle gespielt hätte, denn meine Intuition sagt mir, dass sie gestern auf jeden Fall mitgekommen wäre. Da ich jedoch mehr wissen möchte, verkneife ich mir die frechen Kommentare und fahre mit dem Verhör fort.
„Hattest du während unserer Trennung jemanden?“
Sie dreht sich zu mir. Ihre Sommerbräune fokussiert meinen Blick auf die hellen Aussparungen ihrer Bikinizone. Abermals bereue ich es, ihr versprochen zu haben, darauf zu warten, bis sie mich darum bittet, sie zu nehmen. Schmachtend stehe ich am Waschbecken und warte auf ihre Antwort. Wobei ich mir beinahe sicher bin, sie bereits zu kennen.
„Meinst du eine längere Beziehung oder nur zum Vergnügen?“, fragt sie äußerlich entspannt.
Nur zum Vergnügen? Als ob! Andererseits war das bei uns beiden letztes Jahr doch nichts Anderes.
„Beides“, rufe ich empört aus.
Sie lässt mich auf ihre Antwort warten, dreht sich von mir weg und sagt: „Beides negativ.“
Ich merke, wie sich die Anspannung in mir löst und atme erleichtert aus.
„Das kannst du von dir bestimmt nicht behaupten“, unterstellt sie mir und dreht das Wasser ab.

„Ich will nicht riskieren, dass mir die Nase wächst", sage ich, um dem Gespräch etwas Leichtigkeit zu verleihen. Aber sie grinst nicht darüber. Stattdessen verlässt sie die Dusche und fordert mich auf, ihr zwei Badetücher zu geben. Ich reiche sie ihr. Dabei berühren sich unsere Hände. Unsere Blicke suchen einander und päng! Die Zeit steht still. Die Anziehungskraft zwischen uns ist gewaltig. Ich sehe, dass auch sie in dieser Zeitschleife gefangen ist und auch sie kann nichts dagegen tun. Ich wünsche mir, dass sie näherkommt und mein Gesicht mit ihren Fingerspitzen liebkost, wie sie es früher getan hat. Ich sehne mich nach ihr, nach ihren zärtlichen Berührungen, nach ihren Küssen. Doch sie entzieht mir ihre Hand samt den Tüchern und wickelt sich eines demonstrativ um den Körper, um sich anschließend mit dem zweiten die Haarspitzen abzutupfen.

„Vielleicht solltest du dich weniger um deine Nase sorgen...", sagt sie und kichert frech, während sie nun die Haaransätze trockenreibt.

„Du freches Weib", sage ich und ziehe den eingesteckten Tuchzipfel ihres Badetuches heraus. Ihr Sichtschutz fällt. Sie versucht beide Badetücher zeitgleich festzuhalten und scheitert mit ihrem Vorhaben. Dabei quickt sie vor Vergnügen und Ärger, ganz so, als würde man sie durchkitzeln. Auf die Idee gebracht, gebe ich meinen Fingern freien Lauf und sie lacht noch lauter. Sie bittet mich aufzuhören und ich gebe nach. Erneut stehen wir voreinander und schauen uns intensiv an. Diesmal sind ihre Haare total verwuschelt, ihre Augen

glitzern und sie fährt sich leicht mit der Zunge über die Lippen.
Verdammt! Wie lange werde ich mich noch zurückhalten können?
Zu meiner Rettung öffnet sich die Tür und Matteo erscheint in der Türschwelle. Wieso habe ich den kleinen Racker nicht gehört? Normalerweise höre ich es, wenn er im Anmarsch ist. Er öffnet die Türen mit voller Wucht, sodass sie gegen die Wand knallen. Nach den ersten beiden Macken wurden alle Türen mit einem Türstopper ausgestattet. Aber das hindert ihn nicht daran, einen Riesenkrach beim Öffnen der Türen zu erzeugen. Verlegen wickelt sich Magda rasch in eines der beiden Tücher.
„Na, du Racker!“, sage ich, hebe Matteo hoch und klemme ihn mit einem Arm seitlich gegen meine Hüfte. Er lässt sich hängen, wie ein Sack Kartoffeln und kichert dabei laut, ähnlich wie Magda vor zwei Minuten. „Lass uns nachsehen, was deine Nonna macht.“

Meine Mutter räumt die vollen Einkaufstüten aus. Wie es aussieht, war mein Vater einkaufen. Sie schnaubt über die Fülle der Einkäufe. Normalerweise übernimmt die Haushälterin diese Aufgaben. Aber derzeit hat das gesamte Personal Urlaub. Wäre gestern alles nach Plan gegangen, wären wir heute bereits in der Toskana. Doch in den seltensten Fällen läuft das Leben nach Plan. Angesichts der vielen Einkäufe, weiß ich, dass meine Eltern damit rechnen, dass ich vorerst hier

bleiben werde. Ihre Fürsorge rührt mich und ich nehme meine Mutter in den Arm.
„Was hast du dir bloß dabei gedacht, dieses Mädchen mitzubringen?“, fragt sie besorgt. Sie spricht mit mir Italienisch. Also antworte ich ihr entsprechend.
„Du weißt, wie sehr ich sie vermisst habe“, erinnere ich sie.
„Aber ist es denn gut, wenn Matteo sie gleich kennenlernt?“, möchte sie wissen.
„Ich will sie nicht noch einmal verlieren. Diesmal muss ich alles richtig machen. Er ist ein Teil von mir und deshalb muss sie ihn kennenlernen“, begründe ich meine Entscheidung.
Sie schaut mir tief in die Augen. „Du hast bereits letztes Mal nichts falsch gemacht. Ihr kommt aus zwei verschiedenen Welten. Ihr passt einfach nicht zusammen“, erklärt sie mir.
„Du kennst sie doch gar nicht und überhaupt, welche Welten sollen das bitte sein?“, rege ich mich gerade auf, als Magda die Küche betritt. Zum ersten Mal bin ich froh, dass sie kein Italienisch versteht. Ich stelle sie erst meiner Mutter und anschließend meinem Vater vor, der nebenan im Esszimmer Matteo ein Buch vorliest. Sie hält sich nicht lange bei den beiden auf, sondern geht zurück in die Küche, um meine Mutter zu fragen, wobei sie ihr behilflich sein kann. Sofort wird sie mit dem Schnippeln des Gemüses für die Minestrone beauftragt. Ohne weitere Fragen zu stellen, legt sie mit der Arbeit los und schneidet das Gemüse in kleine Würfel. Währenddessen setzt meine Mutter

schweigend ihre Tätigkeit fort. Dabei erwische ich sie, wie sie hin und wieder Magda prüfend beobachtet. Vermutlich traut sie dem reichen Gör die Fähigkeit nicht zu, das Gemüse in mundgerechte Stücke zu schneiden und kontrolliert deshalb akribisch die Ausführung der Aufgabe. Über diesen Gedanken muss ich schmunzeln. Um nicht dabei erwischt zu werden, verlagere ich meinen Blick auf meinen Sohn. Mir fällt ein, dass ich eine kleine Überraschung für ihn habe, rasch hole ich sie aus dem Schlafzimmer.
Als er das Geschenkpapier erblickt, springt er auf und läuft neugierig auf mich zu. Freudig hüpft er vor mir.
„Ist das ein Buch?“, fragt er hoffnungsvoll.
Ohne darauf zu antworten, reiche ich es ihm. Ungeduldig zerreißt er das Geschenkpapier. „Ein Buch über Rabe Socke“, freut er sich.
„Wie? Nicht über Pinocchio?“, höre ich Magda belustigt fragen, während sie mich verschmitzt anschaut.
Er versteht ihre Anspielung nicht und antwortet: „Nein. Den habe ich schon.“
„Ach, wirklich?“, fragt sie ironisch und schaut mich dabei mit hochgezogenen Augenbrauen an.
Diese Andeutung kann ich unmöglich ignorieren, also zerknülle ich ein Geschirrtuch und werfe es energisch nach ihr. Überrascht von meiner Reaktion kreischt sie auf und versucht dem auf sie zufliegenden Geschirrtuch auszuweichen. Ohne Erfolg. Es trifft sie am Arm.
„Papa, das war unhöflich. Du musst dich entschuldigen“, sagt Matteo streng.

„Wenigstens weiß der Kleine, was sich gehört“, sagt meine Mutter tadelnd.
Als ich Magda ansehe, stelle ich fest, dass sie gerade meinem Beispiel folgt und das Tuch ebenfalls zerknüllt. Noch bevor sie mich damit bewerfen kann, stehe ich vor ihr und ergreife ihren hochgestreckten Arm, um das Attentat auf mich zu verhindern. „Gib mir das Tuch“, fordere ich sie grinsend auf. Ich versuche danach zu greifen, aber sie biegt sich nach hinten durch, als hätte sie vor, eine Brücke aus dem Stand zu machen. Um es zu verhindern, stecke ich meinen Arm unter ihre Taille und ziehe sie wieder hoch. Verlegen schaut sie sich um und errötet. Dann widmet sie sich wieder ihrer nächsten Aufgabe zu. Als sie diese beendet, übernimmt meine Mutter das Kochen und Magda geht mit Matteo in den Garten. Er nimmt das neue Buch mit und streckt ihr seine freie Hand entgegen, die sie bereitwillig ergreift.
„In der ganzen Zeit, seit der Junge bei uns ist, hast du keine Frau hier übernachten lassen. Für ihn ist das Neuland. Er wird sie ins Herz schließen und am Ende wird sie euch beide verlassen. Mit Mühe und Not hat er den Verlust seiner Mutter gerade erst überwunden. Was soll er denn noch durchmachen?“
„Und wenn sie bleibt?“, frage ich trotzig.
„Und wenn nicht?“, fragt sie mich zurück und hält meinem zornigen Blick stand.
Ich weiß, dass ihre Sorge berechtigt ist.
„Darüber habe ich noch nicht nachgedacht“, gebe ich bereitwillig zu.

„Weil du bei ihr nicht mit dem Kopf denkst", wirft sie mir vor.
„Sondern mit dem Herzen", rutscht es mir heraus. Immer, wenn ich Italienisch spreche, werde ich rührselig. Meine Mutter mustert mich schweigend, was bei einer Italienerin mehr bedeutet, als tausend herausgeschriene Worte. Sie macht sich Sorgen, dass mir erneut das Herz gebrochen wird. In diesem Moment fühle ich, dass es nicht gut um mich bestellt ist und die Idee, mich erneut auf Magda einzulassen, vermutlich eine Scheißidee war.
„Glaubst du denn überhaupt nicht daran, dass sie diesmal bei mir bleibt?", frage ich sie gespannt. Für gewöhnlich kann ich mich auf ihr Urteilsvermögen voll und ganz verlassen.
„Ist zwischen euch alles genauso wie letztes Mal?", möchte sie wissen.
„Nicht ganz. Diesmal fühlt sich alles vertraut an. Als ob wir nie getrennt gewesen wären", sage ich.
Sie unterbricht ihre Arbeit in der Küche und hört gespannt zu.
„Ich kann das nicht erklären", sage ich und schaue aus dem Fenster, weil ich Magda und Matteo sehen möchte.
Sie sitzen draußen auf der Wiese. Auf einer blauen Picknickdecke beugen sie sich neugierig über das Buch. Er sitzt vor ihr und ihre blonden Zöpfe, die auf seiner dunkelbraunen Schulter liegen, ergeben einen starken Farbkontrast. Anscheinend kitzelt ihr Haar seine Haut und ich beobachte, wie er beginnt, ähnlich

einer jungen Katze, mit ihrem Zopf zu spielen. Bei dieser Szene kann ich mir ein Lächeln nicht verkneifen. Als ich mich wieder zu meiner Mutter umdrehe, stelle ich fest, dass sie mich beobachtet.
„Was hat sie denn, was andere nicht haben?“, fragt meine Mutter auf Italienisch.
„Sie ist sehr biegsam“, höre ich meinen Vater auf Deutsch antworten und meine Mutter bricht in schallendes Gelächter aus.
„Das ist es nicht“, protestiere ich.
Lächelnd schauen sich meine Eltern an und meine Mutter sagt mit verstellter Stimme: „Das sind die inneren Werte, die zählen.“
„Das sagt die Organmafia auch“, ergänzt mein Vater.
„Ich gehe raus“, verkünde ich genervt.
Wenn die beiden sich einig sind, heißt es Zwei gegen Einen. In solchen Fällen komme ich nur mit meiner Schwester als Verbündeten gegen sie an. Sie ist immer auf meiner Seite. Das ist der gottgegebene Vorteil eines älteren Bruders. Zumindest für eine Person auf dieser Welt ist und bleibt man für immer ein Held. Aber auch das Vatersein ist ähnlich, fällt mir gerade auf. Matteo glaubt auch, dass ich Superkräfte besitze.
„Warte! Eigentlich wollten wir dir noch sagen, dass wir morgen nach Italien fliegen werden“, informiert mich meine Mutter.
„Wenn du möchtest, nehmen wir Matteo mit“, schlägt mein Vater vor und verlässt die Küche. Wir hören, wie er nach draußen geht.

„Nein, er bleibt bei mir“, lege ich kompromisslos nach einer kurzen Bedenkzeit fest. „Ich habe ihn in den letzten Monaten viel zu wenig gesehen.“
Meine Mutter nickt zustimmend. Vermutlich haben sie bereits mit dieser Antwort gerechnet. Dann schaut sie aus dem Fenster und fragt interessiert: „Wer ist dieser stattliche Mann da draußen?“
„Ich hoffe doch, du meinst damit meinen Vater“, ziehe ich sie auf.
„Nein, ich meine den Mann neben ihm“, sagt sie. „Deinen Vater würde ich als einen schönen Mann bezeichnen.“
„Gut gerettet“, lache ich sie aus.
„Na, hör mal!“
„Das ist Magdas Bodyguard. Sie sind sogar zu viert. Ich habe sie im Gästehaus untergebracht.“
Magda kaspert mit Matteo im Garten. Ihr ausgelassenes Gelächter dringt durch die gekippten Fenster ins Haus. Neugierig schauen wir raus.
„Was machen sie da?“
„Anscheinend zeigt sie ihm ein paar Tanzschritte. Sie ist Tanzlehrerin und arbeitet mit Kindern“, erkläre ich ihr das Gehopse draußen.
„Ich dachte, sie sei Physiotherapeutin.“
„Ist sie auch. Seit Neuestem ist sie auch noch Projektleiterin“, erzähle ich verhalten, weil ich weiß, dass diese ganzen Aufgabenfelder sie an ihren Wohnort binden.
„Welches Projekt?“

„Ein Bauprojekt. Sie wirkt bei der Entstehung einer energieautarken Siedlung mit, in der Wohnungsmieten auch für Alleinstehende mit Kindern bezahlbar bleiben“, fasse ich mich kurz.
„Na, wenn sie sich dabei nicht übernimmt“, sagt meine Mutter nachdenklich.
Matteo winkt ihr, als er sie am Fenster erspäht, und sie winkt zurück.
„Für ihn bräuchten wir vielleicht auch einen Bodyguard“, sagt sie.
„Niemals. Er wird nicht aufwachsen, wie Magda. Frag sie mal, was sie davon hält, von Leibwächtern umgeben zu sein und jeden ihrer Schritte mit fremden Menschen abstimmen zu müssen“, sage ich energisch.
„Sie sollte *dankbar* dafür sein, dass man für ihre Sicherheit sorgt“, sagt sie genervt.
„Nichts und niemand ist wirklich sicher. Anstatt das zu akzeptieren und jede Minute zu genießen, geben sich die Menschen lieber der illusorischen Vorstellung hin, die Sicherheit sei käuflich erwerbbar.“
Um eine Diskussion mit mir zu vermeiden, erwidert sie nichts darauf. Es hindert sie jedoch nicht daran, die Augen zu verdrehen. Wahrscheinlich verbucht sie meine Aussage unter Klugscheißern anstatt ernsthaft darüber nachzudenken.

Kapitel 5

Die anschließenden drei Tage vergehen wie in einem wahrgewordenen Alptraum. Ohne jegliche Hilfe kümmert sich Magda jeden Tag rührend um Matteo und erledigt mit dem Elan einer jungen Göttin alle Arbeiten, die im Haushalt und Garten anfallen. Jeden Nachmittag unternimmt sie etwas mit Matteo und schickt mir lustige Bilder von ihm. Mal schneidet er darauf Grimassen, mal sieht sein Schattenbild aus, wie ein Frosch, weil er sein T-Shirt über den Kopf zieht und seine Arme sowie seine Finger seitwärts auseinanderstreckt. Sobald ich ein solches Bild erhalte, mache ich mich auf den Weg zu ihnen und wir verbringen den Rest des Tages gemeinsam.

Die Vormittage hingegen verbringe ich in meinem Tonstudio, um den liegen gebliebenen Schriftverkehr und sonstigen lästigen Papierkram aufzuarbeiten. Nur wenige Menschen wissen, dass ich nicht abgereist bin. Deshalb habe ich Zeit und meine Ruhe. Allerdings fehlt mir momentan für solche Aufgaben die Muße. Höchstwahrscheinlich hängt meine immer tiefer sinkende Laune damit zusammen, dass Magda und ich zwar das Bett miteinander teilen, aber nicht miteinander schlafen. Und das ist ein Alptraum.

Ständig schwirrt sie in kurzen Kleidchen, in Miniröcken und bauchfreien Tops oder im Bikini um mich herum. Sie liegt nachts im halbtransparenten Negligé und darauf abgestimmten Spitzenhöschen neben mir. Kuschelt sich nachts in meinen Arm. Und während ich es als eine persönliche Folter empfinde, und nicht in der Lage bin einzuschlafen, pennt sie, meist mit dem Kopf auf meiner Schulter und einem Bein auf meinem Bauch, selig ein. Ganz offensichtlich fällt es ihr nicht schwer, auf den Geschlechtsverkehr mit mir zu verzichten. Gelegentlich streift sie mich zwar mit Blicken, die vom absoluten Gegenteil zeugen, dennoch bleibt sie zurückhaltend. Ich werde noch wahnsinnig! Wieso macht sie nicht den ersten Schritt? Quält sie mich etwa absichtlich? Langsam beginne ich, unsere Abmachung zu bereuen. Klar, wäre sie sonst vermutlich nicht mitgekommen. Aber ich frage mich, ob Abstinenz nicht ein zu hoher Preis für ihre Anwesenheit in meinem Haus ist.

Ich parke in der Tiefgarage des Tonstudios. Dann gehe ich in den Hof und nehme über die massive Brandschutztreppe den Weg nach oben. Über diesen zweiten Fluchtweg gelange ich ungesehen in mein Büro. Auf meinem Schreibtisch stapelt sich die von meinem Assistenten Pavo geöffnete Post. Mehrere Schreiben, die er in meinem Namen angefertigt hat und die ich unterzeichnen soll, liegen daneben. Bevor ich mich darum kümmere, schaue ich mir noch den Studio-Belegungsplan an. Bis auf ein paar Lücken ist er auf Monate im Voraus gefüllt. Wer kann solange warten, wenn er Musik produzieren möchte? Ich bin froh, über mein eigenes Studio zu verfügen. Die leeren Zeitfenster wurden zu meiner Verfügung freigehalten und werden kurzfristig belegt, wenn ich sie nicht benötige.

Anschließend schalte ich die Videoüberwachung ein und sehe mir die Betriebsamkeit in den einzelnen Räumen an. Im Aufnahmestudio erkenne ich eine fünfköpfige Band, die gerade ein Stück einspielt. Dabei frage ich mich, ob es nicht sinnvoller gewesen wäre, das Schlagzeug einzeln aufzunehmen. Sicher wird Severin, der Tontechniker, dies noch veranlassen. Der Gesangsraum ist noch leer. Aber im Aufenthaltsraum erkenne ich wie zwei sichtlich nervöse junge Frauen, ihre einstudierten Atemübungen durchführen und ich nehme an, dass es sich um die Sängerinnen handelt, für die der Gesangsraum reserviert ist. Ihre Aufregung lässt mich schmunzeln. Als junger Sänger gibt man alles, um etwas zu erreichen und stößt dabei häufig an seine Grenzen. Wenn man sich im Laufe der Zeit verbessert, an Erfahrung gewinnt, sich gegen Konkurrenten durchsetzt und dann auch noch Erfolg hat, glaubt man es geschafft zu haben. Doch wenn man Glück hat, und sich nicht wesentlich verändert, dann ist man vor den Tonaufnahmen immer noch so aufgeregt, wie am ersten Tag. Ich wünsche den beiden, dass sie dieses Gefühl nie verlieren und widme mich nun den Tätigkeiten eines Musikproduzenten, Managers und Studioleiters. Der Songwriter in mir muss warten, obwohl er, dank der zurückhaltenden Blondine in seinem Bett, sicherlich ausreichend Stoff zum Schreiben hätte.
Als mein Assistent Pavo mir verschiedene Vorschläge für musikalische Projekte mit befreundeten Musikern weiterleitet, bin ich zunächst versucht, sie aus zeitlichen Gründen zu ignorieren. Allerdings lässt mir meine

Neugier keine Ruhe und ich höre mir die Ideen an. Vor allem eine französische Rapperin erweckt mein Interesse. Eine junge Newcomerin. Geile Stimme. Geiler Arsch. Ihre Auftritte sind professionell. Dennoch wird sie es nicht leicht haben, lange in diesem Geschäft oben zu schwimmen. Zu wenig Gewalt, zu wenig Provokation. Aber aktuell ist sie gut aufgestellt.
Anhand meiner Computeraktivitäten bemerkt Pavo, dass ich in meinem Arbeitszimmer bin und kommt deshalb herein.
„Besorg mir ihre Kontaktdaten“, trage ich ihm auf, ohne ihn zu begrüßen. Da wir täglich auf die eine oder andere Weise miteinander kommunizieren, grüßen wir einander kaum noch.
„Süß, die Kleine. Es könnte allerdings dauern, denn ihr Manager schrieb uns, dass sie mit einem kanadischen Rapper gerade in Montreal einen Clip dreht“, teilt er mir mit und verlässt mein Büro.
Die Kleine ist wirklich süß und erinnert mich ein bisschen an Magda. Ich habe schon eine Idee für unsere Zusammenarbeit. Mal sehen, ob sie sich darauf einlassen wird. Aber damit mein Vorhaben funktioniert, habe ich noch einige Vorbereitungen zu treffen. Und schon stehe ich bis über beide Ohren in Arbeit und bemerke nicht, dass Magda mir ihren Aufenthaltsort mitteilt.
Als ich das nächste Mal auf mein Handy schaue, lässt sie mich wissen, dass sie und Matteo wieder in der Villa sind und dort auf mich warten. Rasch setze ich meine Sonnenbrille auf, gebe Pavo Bescheid und

verlasse das Büro, genauso durch die Hintertür, wie ich gekommen bin. Im Auto sehe ich erneut aufs Handy und stelle fest, dass meine Schwester mir zwischenzeitlich geschrieben hat. Sie teilt mir mit, dass sie und meine Cousinen nur noch ein paar Tage in der Toskana bleiben werden. Ich solle mich beeilen, wenn ich noch ein bisschen Urlaub mit ihnen verbringen möchte.
Erst muss ich Magda fragen, ob sie Lust hat, meine italienische Familie kennenzulernen. Allerdings bin ich nicht sicher, ob ich bereit bin, ihre Aufmerksamkeit mit anderen zu teilen. Es reicht schon, dass Matteo sie rund um die Uhr belagert. Dabei fällt mir ein, dass ich für morgen Abend seine Nanny organisieren und mit Magda ausgehen wollte. Am besten buche ich auch ein Hotelzimmer in der Altstadt. Ein paar Telefonate und die Aussicht auf den morgigen Abend entwickelt sich zu einem willkommenen Stimmungsaufheller.

In der Villa entdecke ich die beiden in der Küche. Sie zeigt Matteo, wie man Salatblätter in mundgerechte Stückchen reißt und mein Sohn folgt ihrem Beispiel. Während er diese Aufgabe für sie übernimmt, schneidet Magda die Tomaten klein. Nebenbei unterhalten sie sich auf Französisch. Als Matteo mich bemerkt, grüßt er mich automatisch auf Deutsch. Magda hilft ihm, von seinem Hochstuhl herunterzukommen und er läuft stürmisch auf mich zu. Ich hebe ihn hoch, drehe ihn im Kreis und stelle ihn wieder ab. Lachend erzählt er, dass er von Magda einen Eishockeyschläger aus

Holz und einen Green Biscuit bekommen habe. Als ich verwundert die Augen aufreiße und frage, was dieser grüne Keks sein soll, erklärt mir Magda, dass es sich dabei um zwei miteinander verbundene grüne Scheiben handelt, deren Oberfläche aus Kunststoff ist. „Green Biscuits eignen besser als die herkömmlichen Pucks, deren Oberfläche aus Hartgummi ist, fürs Hockeytraining außerhalb der Eisflächen", informiert mich Magda. Mit ihrer Hilfe steigt Matteo aus seinem Hochstuhl und rennt aus der Küche, um dieses komische Teil zu holen, und sie widmet sich wieder ihrer Arbeit. Sie trägt ein weißes Spaghettiträgertop, welches ihre leichte Bräune hervorhebt und ihre vollen Brüste unterstreicht. Der dazu kombinierte leichte Sommerrock setzt ihre schlanken Beine in Szene und verdeckt mit Mühe und Not ihren knackigen Hintern. Ihre hochgesteckte Frisur würde streng wirken, wenn nicht bereits einzelne Haarsträhnen auf allen Seiten aus ihrem Gefängnis ausgebrochen wären. Diese eigenwilligen blonden Strähnchen spiegeln Magdas Charakter wider. Unter meinem musternden (und vermutlich auch lüsternen) Blick errötet sie zusehends.
„Diese Küchenplatte ist viel zu weit oben angebracht. Ich habe schon Schulterschmerzen vom Schneiden", beschwert sie sich, während sie weiterarbeitet. Ihre Stimme klingt dabei leicht belegt und sie räuspert sich leise. Da Matteo noch nicht zurückgekehrt ist, trete ich näher an sie heran. Sie dreht sich zu mir um und lächelt mich angespannt an. Dabei schaut sie immerzu auf meine Lippen und das macht mich verrückt.

Ich weiß, dass sie mich nicht küssen wird. Sie wartet darauf, dass ich sie küsse. Aber ich habe ihr etwas versprochen und dieses Versprechen werde ich halten. Anstatt sie zu küssen, greife ich mit beiden Händen an ihre Wespentaille und hebe sie schwungvoll hoch, um sie im nächsten Moment auf die Arbeitsplatte zu setzen. Mangels Abstellmöglichkeit schwingen ihre Beine kurz in der Luft, bis ich sie seitlich um meine Taille lege. Sie verschränkt sie hinter meinem Rücken und ich streichle ihre Beine mit meinen Fingerspitzen bis zu ihrem Gesäß. Unvermittelt stöhnt sie auf. Sie lehnt den Kopf zurück und schließt erwartungsvoll die Augen. Ich beuge mich über sie. Ihre Lippen öffnen sich leicht. Mit aller Kraft ignoriere ich diese Einladung. Dann neige ich mich zu ihrem Ohr. „Diese Höhe ist absolut perfekt“, raune ich. Mein Dreitagebart kratzt ihre Wange. Allerdings bezweifle ich, dass sie das stört. Ihre Knospen drücken sich durch ihr Oberteil. Offensichtlich trägt sie keinen Büstenhalter.
„Hier! Du kannst das haben“, sagt Matteo hinter mir und holt uns in die Realität zurück. Er hält sein Podest in der Hand, welches er im Badezimmer benutzt, um ans Waschbecken zu kommen. Er kennt das Problem mit den zu hohen Möbelstücken und hat die Lösung in der Hand.
Die grüne Doppelscheibe, von der vorhin die Rede war, liegt im Esszimmer auf dem Tisch. Scheiße! Offensichtlich war er zwischenzeitlich wieder hier und ging nochmal los, um für Magda die Erhöhung zu holen. Wie konnte ich ihn bloß überhören? Verdammt nochmal!

Abrupt stelle ich Magda auf den Fußboden. Sie wirkt enttäuscht und Schadenfreude macht sich in meiner Brust breit. Wieso sollte es ihr auch besser gehen als mir?
„Für Zwerge wie euch wurden solche Podeste erfunden", sage ich überheblich, um die peinliche Situation zu überspielen. Anschließend verlasse ich fluchtartig die Küche und begebe mich in den Trainingsraum.
Wider Erwarten stellt sich der gewünschte Effekt - durchs Auspowern ausgeglichener zu werden - nicht ein. Immer wieder kommt mir Magdas sehnsuchtsvoller Blick in den Sinn und entfacht abermals meine Fantasie. Die Wirkung des Trainings auf meine Laune ist gleich Null.
Beim Abendessen ist die Atmosphäre zwischen uns sexuell aufgeladen. Unsere Finger berühren sich beim Reichen der Speisen. Unsere Blicke sprechen dieselbe Sprache und unsere Beine führen unter dem Tisch eine eigenständige Konversation, deren Inhalt meine wunderhübsche Konversationspartnerin erröten lässt.

Nachdem wir Matteo ins Bett gebracht haben, folge ich ihr ins Schlafzimmer. Sie bleibt mittendrin stehen und ich komme ihr langsam näher. Schluss mit dem Tauziehen. Ich habe keine Lust mehr, lange zu warten.
„Ich muss dir etwas sagen", unterbricht sie den knisternden Moment.
„Nämlich?", frage ich, in der Hoffnung, dass sie ihre Kapitulation offen zugibt. Innerlich klatsche ich bereits Beifall. Das wird ein Festspiel!

„Ich muss morgen wieder nach Hause fahren“, gesteht sie leise.
Hä! Ich verstehe die Welt nicht mehr.
„Dein Ernst?“, frage ich echauffiert.
„Es ist geschäftlich“, rechtfertigt sie sich. Offensichtlich hat sie deshalb ein schlechtes Gewissen. Aber das hilft mir jetzt auch nicht mehr. Die Stimmung ist im Keller. Sie erkennt meinen Missmut und gibt sich Mühe, mich zu besänftigen.
„Du und Matteo könntet mitkommen“, schlägt sie versöhnlich vor.
„Ich habe auch schon Pläne“, erwidere ich gereizt.
Es soll gar nicht erst zur Gewohnheit werden, dass ich meine Pläne um ihre herumbaue. Gehts noch? Wo kommen wir dann hin?
„Oh!“, sagt sie enttäuscht.
Dass sie soeben meinen ursprünglichen Plan zunichte gemacht hat, wird sie nicht erfahren. Anstatt ihr die Wahrheit zu erzählen, zaubere ich den Plan B aus dem Hut.
„Ich bin morgen Abend zu einer Junggesellenparty eingeladen“, teile ich ihr mit. Dass ich erst in diesem Moment mich entschied, der Einladung zu folgen, behalte ich für mich.
„Ich könnte Matteo mitnehmen“, bietet sie mir an.
Jeder andere Mann würde sich vermutlich über dieses Friedensangebot freuen. Schließlich beweist es, dass sie vorhat, wieder zu kommen. Aber ich bin nicht jedermann. Ich könnte sie schütteln. Ist sie denn gar nicht eifersüchtig? Weiß sie denn nicht, was bei solchen

Events abgeht? Oder ist es ihr egal? Das würde ihre Zurückhaltung erklären.
„Matteo bleibt hier. Seine Nanny wird auf ihn aufpassen“, bestimme ich.
„Aber sie hat bisher noch nie bei euch übernachtet“, erinnert sie mich.
„Dann wird das eben ihr erstes Mal“, sage ich boshaft und bin mir über die Anzüglichkeit meiner Worte sehr wohl im Klaren.
„Mach doch, was tu willst“, erwidert sie wütend, während sie dicht vor mir steht, und mich aus ihren dunkelgrünen Augen verärgert anfunkelt. Ich muss mich zurückhalten, um sie nicht grob zu küssen.
„Lieber nicht“, sage ich zornig und gehe ins Badezimmer.
Vorbei ist die schöne Aussicht auf den morgigen Abend. Innerlich fluchend, rufe ich im Hotel an, und storniere die Buchung. Die Empfangsdame gibt sich verständnisvoll. Sicher, weil sie weiß, dass es nicht die letzte Zimmerreservierung meinerseits sein wird.
Als ich wieder ins Schlafzimmer komme, ist ihre Bettseite leer. Ich entdecke sie in Matteos Zimmer. Zusammengekauert liegt sie auf dem Sofa und schläft. Erleichtert atme ich aus, weil sie noch nicht Reißaus genommen und mich nicht erneut verlassen hat. Dennoch bleibt das dumpfe Gefühl, dass sie genau das im Sinn hat. Trotz des alles übertönenden Wunsches, heute neben ihr einzuschlafen, lasse ich sie auf dem Sofa liegen. Sie besteht auf der Distanz! Sie kann ihre Scheißdistanz haben.

Im Bett bekomme ich kein Auge zu. Der Gedanke daran, dass sie mit mir schlafen wollte und sie sich auch jetzt noch in greifbarer Nähe befindet, lässt mich nicht einschlafen. Ich kann nicht glauben, dass ich sie abgewiesen habe. Dennoch bereue ich meine Entscheidung nicht. Dass sie ausgerechnet heute, einen Tag vor ihrer Rückreise, mit mir schlafen wollte, deutet in meinen Augen darauf hin, dass sie taktisch vorgeht.
Doch was war ihr Ziel? Mich dazu zu bringen, dass ich mitkomme? Wieso hat sie mich nicht ganz normal darum gebeten? Wozu dieser miserable Beeinflussungsversuch? Hält sie mich für so dumm?
Am liebsten würde ich sie wecken, um sie danach zu fragen. Dann muss ich an Matteo denken. Ein Streit würde ihn wecken, und möglicherweise verängstigen. Das werde ich nicht riskieren. Da ich nicht einschlafen kann, gehe ich erneut in mein privates Fitnessstudio. Dort lasse ich Dampf ab. Bis ich müde genug bin, um einzuschlafen.
Matteo weckt mich am Morgen und teilt mir mit, dass Magda abgereist sei. Sie ist gefahren, ohne sich von mir zu verabschieden. Meine Enttäuschung ist grenzenlos.
„Nicht traurig sein, Papa. Sie wird wiederkommen", versichert mir mein Kleiner.
„Hat sie das versprochen?", frage ich hoffnungsvoll.
Verneinend schüttelt er seinen Lockenkopf.
„Ich weiß das", sagt er bestimmt.
Ich wünschte, ich hätte seine Zuversicht.

Kapitel 6

Wie immer bringt Magda meinen ganzen Tag durcheinander. Anstatt wie gewohnt morgens ins Studio zu gehen, chille ich mit Matteo vormittags im Haus. Wir frühstücken gemeinsam, und er erzählt mir, in der Sprache eines Dreijährigen, Stories, die mich an meine Grenzen bringen. In seiner grenzenlosen Zuversicht geht er davon aus, dass ich seinen Erzählungen folgen kann, obwohl er wesentliche Teile der Geschichte weglässt. Am Mittag gehen wir eine Kleinigkeit essen und besuchen anschließend einen Tierpark, der mit einem großen Spielplatz ausgestattet ist. Von den Müttern dort werde ich anfangs etwas misstrauisch beäugt. Aber nach einer Viertelstunde offenbaren bereits einige von ihnen ein hohes Maß an Interesse. Ein Spielplatz scheint ein guter Ort zu sein, um Frauen kennenzulernen. Der Nachteil dabei ist, dass sie bereits ein oder mehrere Kinder haben. Der Vorteil jedoch besteht darin, dass man sofort erkennt, ob einem ihr Erziehungsstil zusagt. Ich muss allerdings passen. Die Mamis hier entsprechen einfach nicht meinem Beuteschema. Auch dann nicht, wenn sie alleinerziehend sind. Eigentlich entspricht auch Magda nicht ganz meinem Beuteschema. Zugegeben, sie ist wunderschön, hat lange Beine und Kurven dort, wo Männer gerne hinsehen, aber sie ist blond. In der Regel ziehe ich brünette Frauen mit feurigem Temperament den kühlen Blonden vor. Allerdings kann ich mich noch zu gut daran erinnern, wie leidenschaftlich Magda sein kann.

Zurzeit unterdrückt sie jedoch absichtlich diese Charaktereigenschaft in meiner Nähe und das bringt mich noch mehr um den Verstand. Warum tut sie das? Warum ist sie so übermäßig beherrscht? Zu behaupten, ich würde sie vermissen, würde nicht im Entferntesten die Gefühle beschreiben, die mich umtreiben. Es kommt mir vor, als hätte mich jemand ohne Brot und Wasser in einen Kerker gesperrt und vergessen.

Als ich mich abends vor der Party ins Schlafzimmer zurückziehe, um mich frisch zu machen, werfe ich - wütend darüber, dass sie gegangen ist - meinen Nachttisch um, und sein Inhalt verteilt sich im Raum. Ich erblicke die Kondompackung. Sie waren für uns. Unbändiger Zorn über die Situation, in der wir uns befinden, steigt in mir auf. Ich stecke die Kondome ein, und nehme mir vor, mich heute Abend zu amüsieren.
Scheiß auf die Konsequenzen!
Entschlossen stehe ich auf und gehe ins Badezimmer. Glattrasiert, die Haare gestylt und nach teurem Parfüm duftend stehe ich, eine halbe Stunde später, vor meinem Kleiderschrank. Ich kenne den Club, in dem heute Abend gefeiert wird, es handelt sich um eine schicke Location. Sicherlich werden meine Freunde elegant angezogen erscheinen. Aber ich bin nicht in der Anzug-Stimmung. Deshalb ziehe ich eine Designer-Jogginghose aus dem Schrank. Ein dazu passendes sportliches Oberteil bringt meine durchtrainierte Figur zur Geltung. Eine dezente 10.000 € teure Kette ziert nun meinen Hals. Mein linkes Handgelenk wird von

einer auffallenden edelmetalltechnisch darauf abgestimmten Armbanduhr geschmückt. Zufrieden betrachte ich mein Spiegelbild.
Jetzt nur noch kurz nach Matteo sehen und los geht´s. Als ich in seinem Schlafzimmer ankomme, schläft er bereits. Das leere Sofa erinnert mich an Magda, doch ich verbitte mir, auch nur den kleinsten Gedanken an sie. Rasch küsse ich mein Kind auf die Stirn und verlasse sein Zimmer.
Matteos Nanny sitzt im Wohnzimmer vor der Glotze. Sie zieht sich eine Serie auf Netflix rein. Als ich grußlos an ihr vorbeirausche, wünscht sie mir einen schönen Abend. Ich bleibe einsilbig. Schließlich haben wir am Telefon alles geklärt.

Die Party ist außerhalb der Stadt. In einem noblen Schuppen. Ich zeige die Einladung vor und der Türsteher winkt eine Kellnerin herbei, die mich zu der richtigen Lounge bringt. Die meisten Sitzlandschaften sind bereits von jungen Männern okkupiert worden, die fleißig Alkohol konsumieren, sich dreckige Witze erzählen und sich gegenseitig verbal auf den Arm nehmen. Der Noch-Junggeselle ist von meinem Erscheinen überrascht und begeistert. Laut stellt er mich allen anderen vor und während ein paar Männer, die mich bereits kennen, mir gleich Platz machen, mustern mich die anderen neugierig. Dazu gehören auch die anwesenden Frauen, in deren Augen ich bereits die Donald-Duck-Dollarzeichen erkenne, als sie diskret mein Handgelenk unter die Lupe nehmen. Immer, wenn mir solche

Blicke auffallen, weiß ich, was ich tun muss, um eine Party in Begleitung zu verlassen.
Nach ein paar Alkoholrunden, werden mir auch Rauschmittel angeboten. Ich lehne sie jedoch ab und ernte verwunderte Blicke. „Ich habe gerade eine Tour hinter mir“, lautet meine Erklärung. Und obwohl niemand von ihnen jemals zehn Tausend Menschen zeitgleich unterhalten musste, glauben sie alle, zu wissen, was ich damit meine und geben sich mit meiner Antwort zufrieden.
Nur die wenigsten meiner Freunde wissen, dass ich einen Sohn habe und, dass ich nicht mehr konsumiere, seit er bei mir wohnt. Hin und wieder rauche ich noch Hasch. Ganz ohne Betäubungsmittel überlebe ich nicht. Das Lampenfieber vor einem Konzert und die selbstkritische Reflexion danach zerren an meinem Nervenkostüm und lassen mich manchmal verzweifeln. Aber die Selbstzweifel sind nicht meine einzigen Plagegeister. Schwermut leistet ihnen von Zeit zu Zeit Gesellschaft und ich werde dem nicht Herr. Keine Pille wird das. Auch wenn die Ärzte von ihrer Macht überzeugt sind.
Liebend gern hätte ich einen anderen Beruf ergriffen. Ein Achtstundenjob hätte möglicherweise etwas Struktur in mein Leben gebracht und dadurch mehr Überschaubarkeit. Aber das Schreiben der Songs, das Bauen der Beats ist kein Beruf. Das ist eine Begabung und die habe ich mir nicht ausgesucht. Die Musik hat mich gefunden, ergriffen und verschlungen. Ich bin ihr Diener. Die meisten Menschen sprechen von einem

musikalischen Talent wie von einem Segen. Ich erkenne darin zuweilen auch einen Fluch. Vor allem in den Momenten, in denen die Ideen meinen Geist überfluten. Wie Sturmfluten erwischen sie mich mit gewaltiger Wucht und versetzen meine Gedankenwelt in Unruhe. In diesen Phasen bin ich für meine Mitmenschen unerträglich - gedanklich die meiste Zeit abwesend und mit den einfachsten alltäglichen Dingen überfordert. In solchen Momenten brauche ich Ruhe und Entspannung, und etwas, das meine Gedanken rasten lässt. Ich hoffe inständig, dass Matteo diese Last nicht ebenfalls irgendwann tragen wird. Matteo. Mein Sohn! In der Villa habe ich vorhin mitbekommen, wie er mit Magda telefonierte. Anscheinend sind Matteos Nanny und Magda bereits best buddies. Magda hinterließ ihm ihre Handynummer auf einem Notizblock. Für den Fall, dass er sie vermisste. Und anstatt mich darum zu bitten, sie anzurufen, bat er seine Nanny darum, für ihn die Nummer zu wählen. Anschließend telefonierte er mit dem Handy seiner Nanny und verriet Magda in diesem Gespräch, dass heute Abend niemand für mich gekocht hat. Sie ließ mir über ihn ausrichten, ich solle etwas essen, bevor ich Alkohol trinke. Am liebsten hätte ich ihn ihr zurück ausrichten lassen, dass sie sich ihre klugen Ratschläge sonst wohin stecken solle. Aber irgendwie brachte ich es nicht übers Herz, ihm das aufzutragen. Es reichte schon, dass er mich damit nervte, ihm zu verraten, was Alkohol ist. Das wird ihm das Fräulein Neunmalklug nach ihrer Rückkehr selbst erklären müssen. Vorausgesetzt, sie kommt zurück.

Die Zeit auf der Party zieht sich endlos hin. Manche Männer gehen tanzen, andere bestellen noch mehr zu trinken. Junge Frauen kommen in Gesellschaft derer, die getanzt haben und sich nicht zu schade waren, sich auf der Tanzfläche für sie zum Affen zu machen. Alkohol fließt in rauen Mengen, und es wird nur noch Schwachsinn gelabbert, frauendiskriminierende Witze weichen anschmachtenden Anmachversuchen, wobei Fehlversuche das ganze Unterfangen wohl treffender beschreiben würde. Anschließend wird der Bräutigam von seinem Trauzeugen in ein Zimmer geführt, in dem für ihn gestrippt wird. Einige Männer erheben sich und folgen den beiden, doch ich bleibe sitzen. Zwei junge Frauen setzen sich auf die frei gewordenen Plätze neben mir. Die Brüste der Brünette sind sicherlich gemacht und sprengen beinahe ihr Kleid. Ich hege den Verdacht, dass ihr Reißverschluss aufplatzt, sollte sie einmal tief einatmen. Bei der Fülle und der Länge ihres Haares beschleicht mich das Gefühl, neben einem Petite-Topette-Haarteil zu sitzen. Als ich einmal eines davon lose auf einem Bett liegen sah, dachte ich im ersten Moment, ein Tier hätte sich ins Hotelzimmer geschlichen. Auch bei ihrem Gesicht, kann ich mich nicht entscheiden, was davon noch echt ist. Die Vermutung liegt nahe, dass die Lippen aufgespritzt, die Nase korrigiert und die Wimpern verlängert wurden. Die Wangenknochen sehen ebenfalls unnatürlich kantig aus. Was soll´s! Das hat mich bisher nie gestört.

Ihre zurückhaltende rothaarige Freundin erinnert mich irgendwie an Magda, was in mir eher Unbehagen auslöst. Außerdem schielt sie immer wieder verstohlen auf meine Uhr. Die Männer kommen angeheitert zurück. Offenkundig war die separate Show zu ihrer Zufriedenheit. Blitzlichter, die sie begleiten, machen mich nervös. Ich erfahre, dass speziell für diesen Anlass ein Photograph engagiert wurde und frage mich, wer ihn beauftragt hat. Hoffentlich nicht die Braut persönlich. Besteht der Sinn einer solchen Veranstaltung nicht darin, ein letztes Mal die Sau rauszulassen, bevor man sich dem gesitteten Leben zuwendet? Wozu dann die Bilder?

Fakt ist auch, dass ich grundsätzlich nicht gern fotografiert werde und deshalb die Kameras meide. Doch der Photograph lässt sich nicht davon abbringen, ein Bild von mir zu machen. „Nur eins", verspricht er mir. Als ich zustimmend nicke, rücken die Frauen, wie auf ein Kommando, von beiden Seiten an mich heran. Sie setzen ein Zahnpastawerbung würdiges Lächeln auf und präsentieren alle ihre silikongefüllten Körperpartien der Kamera. Er wartet nur noch, dass ich mein berühmtes Handzeichen mache und schon blitzt das Scheißding erneut.

„Schick es mir", verlange ich, damit ich überprüfen kann, ob es vorzeigbar ist. Er erweist mir den Gefallen. Nach einem intensiven Check gebe ich es frei. Sofern es möglich ist, überlasse ich nichts dem Zufall. Weiß der Geier, wo ein solches Bild landen wird. Die Damen neben mir bitten ihn um denselben Gefallen, aber er lichtet bereits die nächsten Gäste ab und ignoriert die beiden. Sie möchten mir ihre Handynummern geben, damit ich ihnen das Bild schicke. Auch ich ignoriere ihre Bitte und schicke stattdessen das Foto an Magda.

Marco: *Die oder die?*

Postwendend kommt die Antwort:

Magda: *Diese Entscheidung wirst du alleine treffen müssen. In jedem Fall, kommst du schnell an dein Ziel. Genau so, wie du es gewohnt bist. Ich wünsche dir viel Vergnügen.*

Nachdem ich ihre Nachricht gelesen habe, koche ich vor Wut. Was zum Geier soll das heißen - wie ich es gewohnt bin? Na ja, irgendwie hat sie schon Recht. Ich weiß nicht mehr, wann ich das letzte Mal lange darauf warten musste, bis eine Frau sich dafür entschied, mit mir Sex zu haben. Aber die Worte *schnell an dein Ziel* nerven mich abartig. Wann, bitte schön, wollte ich schnell ans Ziel? Verwechselt sie mich womöglich mit jemandem?
Eine Hotelapp meines Vertragshotels meldet sich in dem Moment, als ich auf weitere Nachrichten von Magda hoffend, aufs Handy sehe. Die App informiert mich, wo in meiner Nähe noch Zimmer verfügbar wären. Innerhalb einer Minute könnte ich eine Suite auf meinen Namen für diese Nacht reservieren. Während

ich noch mit dem Gedanken spiele, das App-Angebot anzunehmen, ploppt ein Bild von Magda und einem jungen Mann auf. Mit dem folgenden Kommentar darunter:

Magda: *Ich bin zwar eine Verfechterin der langsamen Annäherung. Aber, wie du aus eigener Erfahrung weißt, halte ich mich nicht immer an diese Regel.*

Die Wut über ihre subtile Drohung übernimmt in meinem Inneren die Kontrolle. Ich frage mich, ob sie in der Lage wäre, mich zu betrügen. Rasant tippe ich auf meinem Handy:

Marco: *Dein Ernst?*

Als ich nach fünf Minuten keine Antwort erhalte, vergewissere ich mich, ob ich genug Netz habe. Aber mit meinem Empfang ist alles bestens. Sie hat meine Message gelesen und nicht beantwortet. Was fällt ihr ein? Will sie mich reizen oder absichtlich verletzen? Die Tatsache, dass ich dieses nervenaufreibende Spielchen eröffnet habe, bringt mich noch mehr auf die Palme. Wo hat sie jetzt plötzlich diesen Mann her? Wo sind sie überhaupt? Ihr Standort wird mir nicht angezeigt. Wutschnaubend zoome ich das Foto, um darauf nach Hinweisen zu suchen. Aber meine Suche bleibt erfolgslos. Verdammt nochmal! Ein Restaurantname ist auf dem

Bild nicht zu sehen und das Gebäude kommt mir nicht bekannt vor.

Marco: *Wo bist du?*

Ein weiteres Mal erhalte ich keine Antwort. Genervt von ihrem Verhalten, rufe ich sie an. Aber es geht nur die Mailbox an. Stevens Handynummer habe ich diesmal noch nicht gespeichert. Aber ich weiß, dass Magdas Sicherheitsteam ihre Nachrichten gewöhnlich mitliest, also nutze ich diese Chance.

Marco: *Steven, ist bei ihr alles in Ordnung?*

Obwohl ich weiß, dass sie mich für verrückt halten wird, wenn sie diese Nachricht liest, schicke ich sie ab. Prompt erhalte ich eine Nummer von Steven. Sofort speichere ich sie und sende die nächste Nachricht direkt an ihn.

Marco: *Ist sie okay?*

Steven: *Körperlich ist sie unversehrt.*

Ich muss zu ihr!

Als ich mich erhebe, sehen mich die beiden Frauen fragend an. „Ciao“, sage ich einsilbig, und mache die Fliege, ohne mich von den anderen zu verabschieden. Das sind sie von mir sowieso gewohnt. Meistens bin ich der Erste, der eine Party verlässt. Ungewöhnlich ist diesmal nur, dass ich ohne weibliche Begleitung gehe.

Ich rase wie ein Irrer und hoffe, auf der Autobahn nicht geblitzt zu werden. Das wäre ein zu teures Bild. Eines von der Sorte, von denen ich mir nicht mehr allzu viele leisten darf, wenn ich in Zukunft noch selbst am Steuer sitzen möchte. Mittlerweile kenne ich die festinstallierten Blitzgeräte auf dieser Strecke und beachte in ihrer Nähe die vorgeschriebenen Tempolimits. Allerdings drücke ich danach sofort wieder das Gaspedal runter. Mein McLaren hört sich wie ein verärgerter, fauchender Tiger an. Ich genieße diesen Sound, während sich meine Gedanken mit ihr beschäftigen.
Wie kann sie mir so etwas antun?
Wie konnte sie mich auf diese Weise foltern? Wie konnte sie nächtelang neben mir liegen, ohne den entscheidenden Schritt zu tun? Sie hat mich erbarmungslos warten lassen, während ihr zarter Körper mir den Verstand raubte. Und ich, Trottel, habe mich auch noch zurückgehalten! Andererseits hatte ich ihr versprochen, sie nicht zu bedrängen.
Wieso, zum Teufel, verführte sie mich nicht?
Sie war mehr als heiß auf mich. Wenn ich nur an ihre belegte Stimme und ihre geröteten Wangen denke, als ich mich einmal nach dem Schwimmen neben sie auf die Picknickdecke legte. Dann dieses ständige unruhige Herumgewälze nachts, bis sie endlich einschlief. In solchen Momenten begehrte sie mich ebenso sehr wie ich sie. Weshalb, verflucht nochmal, hat sie sich zurückgehalten? Und wie kann sie sich - ausgerechnet jetzt! - auf irgendeinen dahergelaufenen Typen einlassen? Ich fasse es nicht!

Möglicherweise kennen sich die beiden schon länger. Dieser Gedanke ruft Übelkeit in mir hervor. Wenn sie heute Abend mit ihm zum Abendessen verabredet war, dann ist es durchaus denkbar, dass sie sich genau in diesem Moment in irgendeinem Bett vergnügen.
Arrrg! Ich könnte sie schütteln!
Vor Emotionen überkochend, hau ich gegen das Lenkrad. Als mir bewusst wird, dass ich auf diese Weise riskiere, einen schweren Unfall zu verursachen, zwinge ich mich zur Ruhe. Ich habe ein Kind, welches mich braucht. Unvermittelt muss ich an Matteos Zeichnung für Magda denken. Darauf ist sie als ein gelber Kreis mit grünen Augen und einem roten, breit lachenden Mund abgebildet. Mich und sich hat er ebenfalls darauf gekritzelt. Während Magda wie die Sonne strahlt, sehen wir zwei wie Marsmännchen aus. Die Botschaft dieses Bildes ist simpel: Wir drei gehören zusammen.

Kapitel 7

Mitten in der Nacht stehe ich vor ihrer Tür und klingle Sturm. Ich bin zwar nicht mehr so alkoholisiert, wie noch vor zwei Stunden, fühle mich dennoch etwas wackelig. Durch den Glaseinsatz in ihrer Tür, erkenne ich eine schwache Lichtquelle, bis ihr Wohnzimmer sich mit Licht füllt. Magda öffnet mir die Tür und läuft grußlos wieder rein. Schweigend folge ich ihr.
Sie hat ein dunkelblaues Seidentop an. Die darauf abgestimmte kurze Hose verdeckt kaum ihre Pobacken. Ihre blonden Haare fallen in großen Wellen. Sie reichen ihr bis zur Taille. Ich liebe ihre gewellten Haare. Während sie sich im Wohnzimmer zu mir umdreht, teilt sie ihre langen Haare am Hinterkopf und schiebt sie über ihre Schultern nach vorne. Im ersten Moment glaube ich noch, dass sie auf diese Weise auf mich eine größere Wirkung erzielen möchte. Bereits im nächsten Moment nehme ich wahr, dass sie keinen BH trägt und nun denke ich, dass sie mithilfe ihrer Haare die Konturen ihrer Brüste vor mir zu verbergen versucht. Sie sieht hinreißend aus, und ich bete zu Gott, dass sie nicht gerade mit dem Typen vom Foto oder sonst irgendeinem Wichser im Bett war. Um genau das zu überprüfen, gehe ich mit schweren Schritten geradewegs in ihr Schlafzimmer.
Zum Glück ist das Schlafzimmer diesmal menschenleer. Auf der einen Seite ihres Bettes ist die Decke aufgeschlagen, auf der anderen liegt ein Buch. Le Comte de Monte-Cristo von Alexandre Dumas. Ich habe es in

der elften Klasse im Französischleistungskurs als Pflichtlektüre gelesen. Es handelt von Liebe, Verrat und Rache. Könnte ein schlechtes Omen sein.

Sicherheitshalber werfe ich noch einen Blick ins Badezimmer. Aber auch hier tut sich nichts. Ich gehe hinein und lasse eiskaltes Wasser über meine Handgelenke laufen. Meine Hände bilden eine Wasserschale, mit der ich mein Gesicht abkühle. Mein Puls normalisiert sich. Ein kurzer Blick in ihren Zahnbürstenschieber verrät mir, dass keine zweite Zahnbürste in Gebrauch ist. Neben ihrer Zahnbürste befinden sich lediglich drei neuverpackte Kinderzahnbürsten. Demnach logiert hier kein erwachsener Übernachtungsgast.

„Suchst du etwas Bestimmtes?“, fragt sie.

Offensichtlich habe ich vergessen, das Badezimmer abzuschließen. An den Türrahmen gelehnt, beobachtet sie aufmerksam jede meiner fahrigen Bewegungen.

„Wo ist er?“, frage ich ohne Umschweife.

„Was suchst du?“, fragt sie vollkommen diffus.

Die Ratlosigkeit, die sich in ihren Augen spiegelt, regt mich erneut auf. Wütend stapfe ich den Weg zurück zum Flur, greife in ihre Box und hole ihr Handy raus. Dann tippe ich den Code ein und bin drin. Nicht zu fassen: Sie hat den alten Code behalten! Ich nehme an, dass sie etwas Emotionales mit dieser Zahlenkombination verbindet. Möglicherweise ist das der Geburtstag ihrer Mutter. Doch ich möchte sie jetzt nicht danach fragen. Ich möchte nicht Mitleid mit ihr empfinden. Ich brauche einen gewichtigen Grund, um meine

Wut auf sie aufrecht erhalten zu können, denn seit ich sie an der Tür gesehen habe, wünsche ich mir nichts sehnlicher, als sie in meine Arme zu schließen. Aber so einfach gebe ich nicht nach. Als wäre ich von allen guten Geistern verlassen, tippe ich auf die Bildergalerie und werde sofort fündig. Eilig berühre ich den Touchscreen, damit sich das Foto vergrößert und halte ihr ihr eigenes Handy vor die Nase. Aber sie interessiert sich nicht dafür. Um den Blickkontakt zwischen uns bemüht, drückt sie genervt meinen Arm zur Seite und funkelt mich weiterhin schweigend an.
Muss ich jetzt ernsthaft meine Frage wiederholen? Ich komme mir albern vor und hasse sie dafür.
„WO IST ER?“, herrsche ich sie an.
„ICH WEIß ES NICHT“, macht sie mich nach.
Als mein Kiefer zu mahlen beginnt, ergänzt sie: „Aber, wenn es dir so wichtig ist, kann ich das für dich herausfinden. Seine Schwester ist meine ehemalige Kollegin. Ich habe ihre Handynummer noch und könnte sie fragen, wo ihr Bruder ist.“
„Was hast du mit ihm zu schaffen?“, frage ich zornig, und sehe mir die anderen Bilder in ihrer Galerie an, weil ich ihren Blick nicht aushalte. Das ist das erste Blickduell zwischen uns, welches sie gewinnt.
„Ich bin heute nach meinem Geschäftsessen zufällig meiner Kollegin begegnet, die in Begleitung ihres Bruders war. Während ich draußen auf Herrn Falk wartete, unterhielten wir uns über die alten Zeiten und machten ein Bild zum Abschied. Mehr war da nicht“, behauptet sie.

Tatsächlich beinhaltet ihre Galerie lediglich ein Bild von dem Trio. Es gibt kein einziges Foto von ihnen als Paar. Magda muss das gesendete Bild zugeschnitten haben, bevor sie es mir geschickt hat. Auch ihr strenges Business Outfit deutet eher auf ein Geschäftsessen als auf ein Date hin.
„Du siehst aus, wie eine Anwältin“, sage ich boshaft.
„Und du bist betrunken Auto gefahren“, wirft sie mir verärgert vor und geht ins Wohnzimmer.
„Jetzt verhältst du dich auch noch wie eine“, rufe ich ihr hinterher. Dann stecke ich ihr Handy zurück in die Box. Anschließend folge ich Magda ins Wohnzimmer und setze mich dort aufs Sofa. Anstatt neben mir Platz zu nehmen, bleibt sie mit verschränkten Armen vor mir stehen.
„Es hätte dir etwas zustoßen können.“ Sie klingt besorgt. Dann schaut sie mich forschend an. Als wollte sie sich vergewissern, dass mir nichts fehlt. Ich benehme mich, wie ein Elefant im Porzellanladen und sie interessiert sich trotzdem für mein Wohlergehen. Ich schaue zu ihr hoch. Unsere Blicke sprechen jetzt eine andere Sprache als noch vor fünf Minuten. Sie erkennt meine Sehnsucht nach ihr und flüstert warnend: „Wir sind noch nicht fertig.“ Ihre Stimme klingt belegt.
„Das will ich doch hoffen“, raune ich.
„Du weißt, was ich meine“, sagt sie betreten und schiebt sich ein Strähnchen hinters Ohr. Mein Blick folgt dieser Bewegung und sie lässt ihre Hand nach unten fallen. Ich ergreife sie und streiche zärtlich mit meinem Daumen über ihren Handrücken. Wohlig spreizt

sie ihre Finger und sieht mir dabei zu, wie ich sanft mit meinen Fingerspitzen über jeden einzelnen Finger ihrer Hand streichle. Als sich unsere Blicke erneut treffen, weiß ich, was sie möchte, und ich ziehe ihre Hand zu meinem Mund, um sie zu liebkosen. Dabei setzt sich Magda auf meinen Schoß.
Ich greife unter ihr Hemdchen und umschließe mit beiden Händen ihre Taille. Meine Fingerspitzen berühren sich an ihrem Rücken. „Du bist mein“, raune ich unvermittelt und schüttle sie sanft. Sie stützt sich auf meinen Unterarmen ab und versucht, aufzustehen. Ich hindere sie daran. Sie gibt die körperliche Gegenwehr auf, schaut mich jedoch widerspenstig an.
„Sag mir, dass es stimmt“, bitte ich sie.
„Ich kann nicht“, flüstert sie verlegen und startet einen erneuten Versuch, aufzustehen, der abermals von mir vereitelt wird.
„Du kannst nicht?“, frage ich verwirrt.
„Die Vorstellung, dass du mit den beiden Frauen... kaum, dass ich weg war. Es ist...“, sie sucht nach Worten und schaut mich dabei verletzt an. „Es ist erniedrigend.“
Eine schallende Ohrfeige könnte nicht ernüchternder wirken als diese Worte. Betreten lasse ich sie los und lehne mich zurück. Irritiert starre ich sie an, was ihren Unmut noch mehr entfacht. Wütend über mein Verhalten, beginnt sie mich, abzutasten und greift in meine Hosentasche. Den Beweis, dass ich sie begehre, hat sie darin auf jeden Fall ertastet, aber leider auch noch

etwas anderes. Sie fördert die Kondome zu Tage und öffnet die Handflächen.
„Sie waren ganz bestimmt nicht für uns gedacht. Weil du - vor diesem bekloppten Bild! - gar nicht vorhattest, zu mir zu kommen“, wirft sie mir verletzt vor. Ihre grünen Augen schimmern. Sie ringt um Fassung.
„Komm her“, sage ich sanft. Doch sie weicht zurück. Ich kann jetzt nicht zulassen, dass sie sich mir entzieht. Deshalb greife ich mit beiden Händen hinter ihren Rücken und drücke sie an mich.

„Lass mich los“, protestiert sie. Allerdings nur verbal, weil sie weiß, dass sie körperlich gegen mich nicht ankommen wird. Ich werde sie nicht loslassen. Nicht jetzt. Tränen laufen ihr über die Wangen und ich hasse mich dafür. Verzweifelt sehe ich mich in greifbarer Nähe nach Taschentüchern um. Fehlanzeige. Also, ziehe ich den Saum meines T-Shirts hoch und tupfe ihre Tränen ab.
„Nur gut, dass ich noch ein T-Shirt von dir im Schrank habe“, teilt sie mir mit.
„Du hast es aufgehoben?“, frage ich ungläubig.
„Es ist im... Schlafzimmer“, sagt sie schüchtern.
„Gib es mir später“, sage ich und ziehe mein T-Shirt aus. Ich möchte nicht, dass sie es jetzt holt. Sie soll bei mir bleiben. Sie mustert mich. Begierde zeichnet sich auf ihrem Gesicht ab. Aber das vorige Misstrauen und der Ärger über mein Verhalten hemmen sie.

„Es ist nichts passiert“, beruhige ich sie. Als sie mir erneut prüfend in die Augen schaut, sage ich nachdrücklich: „Ich will nur dich.“
„Und ich will dich“, versichert sie mir, neigt sich zu mir nach vorne und flüstert: „so sehr, dass es wehtut.“
Wir schauen uns eindringlich an. Ich weiß genau, was sie meint. Es geht mir ähnlich. Um ihr näher zu kommen, richte ich langsam meinen Oberkörper auf. Sie heftet ihren Blick auf meine Lippen und verändert ihre Sitzposition. Anschließend küsst sie mich zärtlich.
„Baby, du kannst mich doch nicht so lange hinhalten, ohne, dass ich Dummheiten mache“, sage ich sanft und hoffe auf ihr Verständnis.
Unerwartet schroff klatscht sie mich mit flacher Hand gegen die Schulter und sagt trotzig: „Was heißt hier bitte *dich hinhalten*. Darf ich dich daran erinnern, dass du ebenfalls keinen Annäherungsversuch unternommen hast, obwohl ich die ganze Zeit in deiner Nähe war.“
Ganz gleich aus welchem Grund. Niemandem ist es erlaubt, mich zu hauen. Mein Blick lässt keine Zweifel offen, dass ihr Angriff für mich inakzeptabel ist. Ich ergreife ihr Handgelenk und führe es hinter ihren Rücken. Dann nehme ich ihren zweiten Arm dazu und lege beide Handgelenke übereinander. Anschließend umfasse ich deren Kontaktstelle mit einer Hand und halte sie beide fest. Ich habe nicht vor, sie sobald wieder loszulassen. Als sie meine Absicht erkennt, versucht sie sich aus meinem Griff zu befreien. Ich verstärke den Druck darauf. Ihr Gesichtsausdruck verrät

mir, dass es wohl leicht schmerzhaft ist. Prompt unterbricht sie ihren Befreiungsversuch. Mit dem Ergebnis meiner Aktion zufrieden, sehe ich sie an und frage: „Kannst du dich an mein Versprechen von vor einer Woche erinnern? Ich sagte dir doch, ich würde dich nicht verführen, bis du mich darum bittest.“

Sie schaut mir tief in die Augen und sagt peinlich berührt: „Genaugenommen sagtest du nicht, bis ich dich darum bitte, sondern, bis ich dich anbettle, mich...“. Verärgert über meine damals gewählten Worte, beendet sie den Satz nicht. Ihr trotziger Blick strotzt nur so vor Gegenwehr. Vor einer Minute waren wir uns einig und unglaublich nah. Jetzt fühlt es sich an, als würde sie sich von mir entfernen. Mein Griff hält sie davon ab, sich körperlich von mir zu distanzieren. Trotz der offenkundigen Diskrepanz, wächst die Anziehungskraft zwischen uns immens. Das hindert Magda jedoch nicht im Geringsten daran, sich mental dagegen aufzubäumen. Ihre Blicke sprühen Funken. Erzürnt sagt sie: „Ich werde nicht betteln!“

Selbstsicher lehne ich mich zurück. Weil sie meinem frechen Blick nicht Paroli bieten kann, wendet sie ihre Augen von meinem Gesicht ab. Nun mustert sie meinen nackten Oberkörper, während ich weiterhin meinen Blick auf ihr schönes Gesicht richte. Ob wegen meines Blickes oder aufgrund ihrer eigenen Gedanken vermag ich nicht zu sagen, aber sie errötet sichtlich.

„Soll ich dich dazu bringen?“, frage ich mit kratziger Stimme.

Sie räuspert sich. Dann gesteht sie mit unsicherer Stimme: „Ich weiß nicht, ob es mir gefallen würde."
„Mir würde es gefallen", gebe ich ehrlich zu und schaue sie intensiv an. Als ich ihr leichtes Nicken sehe, kann ich mir ein wölfisches Grinsen nicht verkneifen.
„Schließ deine Augen!", befehle ich ihr. Skeptisch, und doch neugierig, sieht sie mich an. Nachdem sie einen unmissverständlichen Blick von mir erntet, schließt sie ihre Augen. Ein aufgeregtes Lächeln verrät ihre Anspannung.
„Öffne sie erst wieder, wenn ich es dir sage. Verstanden?"
Wieder ein Nicken - diesmal ein unverkennbares. Ganz so, wie ich es mag. Ich habe keine Eile und betrachte sie ausgiebig. Mit geschlossenen Augen wartet sie darauf, was passieren wird. Als ich mich zu ihr nach vorne neige, streckt sie mir erwartungsvoll ihren Mund entgegen. Ich ignoriere ihr Angebot und küsse sie stattdessen sanft hinters rechte Ohr. Mein Hauch kitzelt sie und ich entlocke ihr ein wohlklingendes Kichern.
„Findest du es lustig?", frage ich gespielt streng und beiße ihren Kieferknochen.
Deutlich hörbar zieht sie die Luft ein und antwortet einlenkend: „Nein."
Das laute Einziehen der Luft macht mich an und ich zwicke sie erneut mit meinen Zähnen. Offensichtlich genießt sie das Gefühl, die meine sanften Bisse auf ihrer Haut erzeugen. Bereitwillig legt sie ihren Kopf weiter in den Nacken und dreht ihn in einer minimalen Bewegung, bis ich auf ihr Kinn treffe. Nun neigt sie das

Kinn nach vorne und erwartet, dass ich sie küsse. Ich halte in meiner Bewegung inne. Da ich davon ausgehe, dass sie gleich die Augen öffnen wird, entferne ich mich ein paar Zentimeter von ihr. Doch sie hält ihre Augen geschlossen und öffnet stattdessen leicht ihren Mund. Ihre Lippen sind prall und rot. Es erregt mich, dass sie daran denkt, ihre Augen geschlossen zu lassen. Deshalb tue ich ihr den Gefallen und komme mit meinem Mund ganz nah an ihre Lippen. Sie hält die Spannung nicht aus und küsst mich. Dagegen lässt sich sicherlich etwas unternehmen. Mit meiner Hand an ihren Handgelenken drücke ich sie etwas nach unten und strecke meinen Rücken durch. Da sie auf meinem Schoß sitzt, ist der Abstand zwischen uns nicht allzu groß. Er reicht jedoch, damit meine Lippen für sie unerreichbar sind. Sie gibt sinnliche Protestlaute von sich, die mich dazu anspornen, mich genüsslich zurückzulehnen, um das unerwartete zur Schau stellen ihrer Begierde zu genießen. Mit geschlossenen Augen und einem weiterhin halbgeöffneten Mund sitzt sie vor mir, und atmet schwer.
„Öffne deine Augen“, befehle ich ihr und sie tut es. Sie blinzelt und schaut mich mit einem verklärten Blick an. Ich setze alles daran, um diesen Moment in meinem Gedächtnis zu speichern.
„Marco“, sagt sie heiser.
Neugierig schaue ich sie an und hebe die Augenbrauen, damit sie weiterspricht.
„Bitte, küss mich“, fleht sie leise.

Nicht ganz die Bitte, die ich erwartet hatte, aber immerhin ein Anfang.
„Augen zu!“
Erwartungsvoll schließt sie sie.
Meine Erwartung hatte sich nicht exakt erfüllt. Deshalb halte ich mich auch nicht strikt an ihren Wunsch und reize sie weiter, indem ich mit den Fingerspitzen meiner freien Hand über ihre feuchten Lippen fahre. Erneut öffnet sie ihren Mund und diesmal streckt sie ihre Zungenspitze heraus. Automatisch halte ich sanft zwei meiner Fingerspitzen dagegen. Sie neckt sie mit ihrer Zunge. Mit aller Macht unterdrücke ich das Verlangen, sie auf der Stelle zu nehmen. Stattdessen warte ich geduldig darauf, dass sie mich darum bittet. Nichts dergleichen geschieht. Also ziehe ich meine Finger zurück. Beharrlich wartet sie mit geschlossenen Augen, was als Nächstes passieren wird. Kurz bin ich versucht, die beiden feuchten Finger in ihr Höschen zu schieben. Das würde die ganze Sache möglicherweise beschleunigen. Aber wo bliebe dann der ganze Spaß? Auch sie soll sich ruhig noch ein bisschen nach unserer Vereinigung verzehren. Mit den Fingerspitzen fahre ich nun zärtlich über ihren Hals, runter zu ihrem Dekolleté. Dann lasse ich ihre Hände los. Sofort umklammert sie meinen Nacken und drückt mir ihren Oberkörper entgegen. Diese Einladung nehme ich gern an und streife ihr die beiden Träger an den Schultern herunter. Während ihr Seidenhemdchen fällt, knabbere ich an ihren Schultern und sie nutzt die Gelegenheit, ihre Brüste gegen meinen Oberkörper zu pressen. Sie will

mich spüren. Genauso sehr wie ich sie. Ich schließe die Augen und atme ihren Duft ein.
Ihren Körperduft und ihr Lachen hatte ich die ganze Zeit, in der sie in den vergangenen Monaten nicht bei mir war, in Erinnerung. Oft träumte ich von ihrem Lachen und wollte danach nicht mehr aufwachen. Nun ist sie wieder real. Sie ist ein wahrgewordener Traum. Ich öffne die Augen und betrachte sie genießerisch. Ihre Knospen sind erregt. Sie streckt sie mir entgegen. Aber ich habe es nicht eilig, sie zu liebkosen und puste lediglich darauf. Sie wird sich in Geduld üben müssen.
„Hände hoch", befehle ich ihr.
Ihr bedingungsloses Vertrauen, welches sie mir bei unseren Lustspielen entgegenbringt, fasziniert mich jedes Mal, denn augenblicklich streckt sie die Hände nach oben und legt die Handgelenke übereinander. Mit meiner Linken umgreife ich ihre überkreuzten Handgelenke, ziehe sie ein kleines Stückchen höher und drücke sie ein wenig nach unten, so dass ihr wunderschöner Rücken einen Bogen bildet, und die Rippen deutlich sichtbar werden. Zärtlich liebkose ich die Haut ihres Bauchs und knabbere sanft an ihren Rippenbogen. Als ich bei ihren reizvollen Hügeln ankomme, hält sie die Luft an. Mit dem größten Vergnügen widme ich meine volle Aufmerksamkeit ihren erregten Knospen und umspiele sie mit meiner Zunge. Sie stöhnt ekstatisch. Meine freie Hand wandert, ihre zarte Haut sanft kratzend, nach unten, in ihr Seidenhöschen. Erneut werde ich mit einem sinnlichen Laut belohnt. Erwartungsvoll schiebt sie ihr Becken meinen

Fingern entgegen. Um ihre Lust zu steigern, ziehe ich meine Hand erbarmungslos zurück. Enttäuschtes Proteststöhnen verlässt ihre Kehle. Mit einem siegessicheren Lächeln auf den Lippen lege ich meine Stirn auf ihrem Bauch ab und küsse sie flüchtig. Dabei ignoriere ich absichtlich ihr begieriges Verlangen nach weiteren Berührungen, welches sie mir mithilfe reizvoller Bewegungen offenbart. Sie begehrt mich.

„Marco", wispert sie leidenschaftlich.

„Hm?", frage ich gespielt gelassen.

„Bitte", fleht sie. Ihre Erregung ist unüberhörbar.

„Bitte, was?", will ich endlich wissen.

Etwas umständlich setzt sie sich auf, öffnet die Augen und flüstert mir ins Ohr, was ich hören möchte. Dazu muss sie mich nicht zweimal auffordern. Auf der Stelle schiebe ich meine Hände unter ihre Oberschenkel, hebe sie hoch und trage sie ins Schlafzimmer. Dort fällt mir etwas ein und ich kehre um. Sie protestiert lautstark, wackelt ärgerlich mit den Beinen und bringt mich damit zum Lachen.

„Ich will nur die Kondome holen", verrate ich ihr.

„Wir brauchen sie nicht. Ich nehme doch die Pille. Es sei denn du...", unsicher, wie sie ihn beenden soll, bricht sie den Satz ab.

„Bei mir liegt das letzte Mal über drei Monate zurück", gestehe ich ihr die Wahrheit und kann es selbst nicht fassen, dass ich solange keinen Sex mehr hatte. Weiß Gott, an Angeboten hat es nicht gemangelt.

„Warum?", fragt sie hellhörig.

„Seit wann nimmst du die Pille?“, weiche ich ihrer Frage aus und bleibe im Flur stehen.
„Seit zwei Monaten“, antwortet sie verlegen.
„Warum?“
Sie sieht die Skepsis in meinem Gesicht und wettert verärgert: „Deinetwegen, natürlich!“
„Wie bitte?“
„Ich nehme die Pille, weil ich wusste, dass wir uns wiedersehen würden“, erklärt sie verärgert. Ihr sind Kreuzverhöre ebenso unangenehm wie mir.
„Dann war dir von vornherein klar, dass wir miteinander schlafen würden?“, frage ich erstaunt.
„Die Magie zwischen uns ist unkontrollierbar“, flüstert sie mir auf dem Weg ins Schlafzimmer ins Ohr.
„Sehe ich genauso. Selbst, wenn du nicht in meiner Nähe bist, kann ich an keine andere Frau mehr denken“, verrate ich ihr.
Im Schlafzimmer stelle ich sie vor dem Bett ab, um sie noch einen Augenblick zu betrachten.
„Und die beiden Frauen von der Party?“, fragt sie.
„Ich bin doch hier, oder?“
„Du erwartest hoffentlich keinen Beifall, nur, weil du einmal einer Versuchung widerstehen konntest?“, fragt sie bissig.
„*Du* bist die einzige Versuchung, der ich nicht widerstehen kann“, gestehe ich. Mir ist klar, dass sie das für einen Anmachspruch hält. In Wirklichkeit jedoch entspricht genau das der Wahrheit, und ich hoffe inständig, dass sie es mir irgendwann glauben wird.

Kapitel 8

Am nächsten Morgen träume ich von Magda. Als ich im Halbschlaf meinen Arm nach ihr ausstrecke, in der Hoffnung, sie zu mir zu ziehen und meinen Traum wahrwerden zu lassen, ertaste ich lediglich ihr Kissen. Unwillig öffne ich die Augen, aber nur, um mich der lästigen Tatsache zu vergewissern, dass ihre Bettseite leer ist. Ich gebe die Hoffnung nicht auf, dass sie jeden Moment das Zimmer betreten wird und bleibe, in Erinnerungen an die letzte Nacht schwelgend, im Bett liegen. Die Art, wie sie jedes Mal meinen Namen rief, wenn sie den Höhepunkt erreichte, treibt mir nicht nur ein Lächeln ins Gesicht, sondern lässt meinen Körper auf diese schönen Erinnerungen reagieren.
Wo, um alles in der Welt, bleibt sie denn?
Ich will sie.
Jetzt.
Sicherlich hat auch sie nichts gegen einen lustbefriedigenden Start in den Tag einzuwenden. Über ihre körperliche Unersättlichkeit werde ich ein Lied schreiben. Es jedoch nicht veröffentlichen. Wenn sie wüsste, wie viele Lieder ich im vergangenen Jahr über sie geschrieben habe. Die meisten blieben unveröffentlicht. Softe Texte kamen im Radio. Jedoch wurden sie von anderen Interpreten gesungen. Manche Songwriter leiden gelegentlich unter Schreibblockaden und profitieren in solchen Fällen von meinem Gedankengut. Da nicht jeder Text für Rap geeignet ist, freue ich mich, wenn

meine Lieder von anderen Kollegen der Öffentlichkeit präsentiert werden.
Nach einer Notiz von ihr suchend, sehe ich mich in ihrem Schlafzimmer um. Ein T-Shirt, welches ich ihr letztes Jahr geliehen hatte, fällt mir auf. Es liegt, ordentlich zusammengelegt, auf dem Nachttisch. Ich ziehe es an. Krass, dass sie es aufgehoben hat.
Wo ist sie denn? Wie lange will sie mich noch warten lassen?
Ich rufe nach ihr und bekomme keine Antwort. Dann gehe ich in die Küche, weil ich annehme, dass irgendein Küchengerät dermaßen Lärm verursacht, dass sie mich deshalb nicht hören kann. Aber nix da. Die Küchentür steht offen und die Küche ist leer. Kein Essen, kein Kaffee und keine Spur von der hübschesten Versuchung der Welt. Möglicherweise ist sie zum Bäcker gelaufen. Dann hätte sie aber eine Nachricht hinterlassen. In ihrer abhörsicheren Box fische ich nach meinem Handy, finde dort jedoch nur ihres vor. Ein Blick auf die Ablage verrät mir, dass auch mein Autoschlüssel fehlt. Was wird hier gespielt? Sicher holt sie bloß frische Semmeln. Aber doch nicht mit meinem Wagen? Das sieht Magda gar nicht ähnlich. Irgendetwas passt hier nicht zusammen. Während ich noch überlege, surrt ihr Telefon. Es gibt keinen Namen zu der Nummer. Dennoch gehe ich dran und höre sofort ihre fröhliche Stimme.
„Guten Morgen“, begrüßt sie mich.
„Wo bist du?“
„Ich werde bald zurück sein“, sagt sie hastig.

Damit ist meine Frage nicht beantwortet. Ihr Verhalten nervt. Und was ist das für eine Nummer? Mit meinem Handy telefoniert sie jedenfalls nicht. Kein Wunder. Sie kennt meinen Code nicht.
„Wo ist mein Handy?“, möchte ich wissen.
„Ich habe es mitgenommen.“
„Warum?“, knurre ich. Will sie mich etwa ausspionieren? Reicht es nicht, dass ihr gottverdammtes Sicherheitsteam mein Handy abhört?
„Damit man glaubt, dass du mit dem McLaren unterwegs bist und nicht ich. Eigentlich wollte ich zum Frühstück wieder zurück sein und dich überraschen. Deshalb wollte ich keine Zeit darauf verschwenden, abzuklären, wer mich begleitet“, sagt sie.
„Was hat mein Handy damit zu tun?“
„Hätte ich es nicht mitgenommen, hätte gleich jeder gewusst, dass nicht du mit deinem Auto weggefahren bist“, erklärt sie, wohlwissend, dass ihr Team mithört. Von früher weiß ich, dass sie es lästig findet, ständig überwacht zu werden.
„Wo bist du?“, frage ich ungeduldig. Ich bin es leid, auf sie zu warten.
„In einer Autowerkstatt“, antwortet sie kleinlaut.
„Was machst du in einer Werkstatt?“, frage ich empört. Bevor sie antworten kann, informiere ich sie: „Alle meine Autos werden ausnahmslos in unserer autohauseigenen Werkstatt repariert.“
„Ich bin nicht allein. Matteo ist bei mir. Warte, ich gebe ihn dir“, sagt sie. Im nächsten Moment höre ich

meinen Sohn, der mir mitteilt, dass mein Wagen kaputt sei.
Scheiße! Hatten sie einen Unfall? Aber, das hätte sie mir doch gesagt. Das Auto dürfte eigentlich keine Probleme machen. Es war erst vor Kurzem in der Wartung.
„Bist du sicher?“, frage ich ungläubig.
Prompt habe ich wieder Magda am Ohr.
„Seid ihr okay?“, frage ich besorgt.
„Mach dir keine Sorgen. Uns geht es gut. Auf den letzten 30 Kilometern leuchtete plötzlich die Luftdruckanzeige auf. Hier wurde jetzt der Luftdruck überprüft, aber es ist alles in Ordnung“, beruhigt sie mich.
Ich bin froh, dass ihnen nichts passiert ist. Allerdings, weil sie Matteo im Schlepptau hat, hält sich meine gute Laune in Grenzen. Ich hätte gerne noch mehr Zeit mit ihr allein verbracht. Während wir uns, bockig wie zwei kleine Kinder, am Telefon anschweigen, höre ich im Hintergrund wie Matteo sich mit einem Mann unterhält. Obwohl Magda mit mir telefoniert, bietet dieser ihr verschiedene Leistungen am Fahrzeug an.
„Er soll gefälligst seine Finger von meinem Auto lassen. Da müssen richtige Fachleute ran“, herrsche ich sie an.
„Ich habe mir schon gedacht, dass niemand dein Spielzeug anfassen darf“, zieht sie mich auf.
„Das gilt übrigens auch für dich“, sage ich gereizt.
Sie missversteht mich und entschuldigt sich bei mir, den Wagen genommen zu haben. „Ich wollte bloß Matteo holen, um dich beim Frühstück zu überraschen“, erklärt sie geknickt.

„Magda! Ich meinte nicht, dass du ebenfalls die Finger vom McLaren weglassen sollst, sondern, dass dieser Möchte-gern-Mechatroniker die Finger von *dir* weglassen soll und nicht bloß von meinem Auto."
„Ich weiß nicht, was du meinst", spielt sie die Naive.
„Ich habe ganz genau gehört, wie er Matteo nach dir ausgefragt hat und du lachst jetzt auch noch selbstzufrieden", offenbare ich ihr.
„Woher..." Ganz offensichtlich schaut sie sich um.
„Ich sehe dich nicht. Aber ich kann dich hören", sage ich verärgert.
„Du kannst mein Grinsen hören?", fragt sie skeptisch.
„Ich hasse es, wenn du die Ahnungslose spielst. Du weißt ganz genau, dass man es hört, wenn ein Mensch beim Telefonieren lächelt. Außerdem hast du sein Gespräch mit Matteo mitverfolgt, denn unmittelbar nachdem er nach dir fragte, hast du in deinem Satz eine Pause gemacht", rekonstruiere ich unser Telefonat.
„Du bist echt unheimlich", teilt sie mir mit.
„Unheimlich sauer, ja."
„Wieso?", fragt sie entrüstet.
Versteht sie meinen Unmut wirklich nicht?
„Glaubst du ernsthaft, ein ausgehungerter Mann will zum Frühstück sein Kind sehen, wenn er mit der Option gerechnet hatte, mit der Frau seiner Begierde einen halben Tag allein zu sein?", frage ich etwas laut.
„Oh."
„Allerdings."
„Das war wohl kein guter Plan", stellt sie enttäuscht fest.

Na, super! Nun ist es mir gelungen, dass sie es bereut, an mein Kind gedacht zu haben, um mir eine Freude zu bereiten.
„Tut mir leid“, sage ich einlenkend.
Wann habe ich mich das letzte Mal bei jemandem entschuldigt? Ich weiß es nicht mehr. Sie verändert mich und ich weiß nicht, ob ich das gut finde.

Kaum habe ich aufgelegt, sehe ich durch die verglaste Türaussparung einen Mann vor der Tür stehen. Ich öffne ihm, bevor er die Klingel betätigt. Ninas Mann, Vitali, staunt nicht schlecht, als er mich wiedererkennt.
„Was machst du denn hier?“, fragt er. Er ist zwar über meine Anwesenheit sichtlich überrascht, scheint sich jedoch darüber zu freuen.
„Was machst *du* hier? Bist du nicht glücklich verheiratet?“, ziehe ich ihn auf.
„Oh, Alter, hör mir bloß auf, mit der Ehe“, jammert er und begibt sich, ganz selbstverständlich in Magdas Küche. Dort setzt er sich an den Tisch, schaut sich suchend um und legt verschwörerisch den erhobenen Zeigefinger an die Lippen. „Aber, sch, sch.“
„Magda ist nicht da. Du kannst also offen sprechen“, sage ich belustigt.
„Ich gebe dir einen guten Rat: Heirate nie“, sagt er genervt. Ich nehme an, dass er heute Nacht gezecht und noch Restalkohol intus hat, denn er rollt das R deutlicher als ein Franke. Früher bemühte er sich um eine weichere Aussprache, um das Überbleibsel seiner Muttersprache zu kaschieren. Gerade gelingt es ihm

nicht. Vermutlich legt er im Moment mehr Wert auf die Authentizität seiner Worte und sucht nach einer Gelegenheit, sich bei jemandem auszukotzen. Damit meine ich nicht seine körperliche, sondern seine mentale Verfassung.
„Was ist denn so schlecht an einer Ehe?“, ziehe ich ihn auf, während ich für uns Kaffee zubereite.
„Nach der Heirat verwandelt sich die Frau plötzlich in eine Mutter. *Räume deine Socken auf! Arbeite nicht so viel.* Jetzt, plötzlich, fällt ihr auf, dass ich viel arbeite.“ Er führt ein wirres Selbstgespräch, während er gelegentlich die Stimme verstellt, um wie Nina zu klingen. „Und, wenn dann die Kinder kommen, wird sie plötzlich zu einer Übermutter.“
Seine hochtrabende Aufregung entlockt mir ein müdes Lächeln.
„Du lachst! Aber das ist so. Genauso, wie ich es sage. Seit Ben auf der Welt ist, ist er die Nummer eins. Er wird gefüttert. Bei mir heißt es, *koch dir selbst*. Seinetwegen steht sie nachts hundertmal auf. Alles kein Problem. Für alles andere ist sie zu müde.“
Ich setze mich mit beiden Kaffeetassen, ihm gegenüber, an den Tisch.
„Stehst du nachts auf, um den Kleinen zu wickeln?“, frage ich, ernsthaft an seiner Antwort interessiert.
Allerdings versteht er meine Frage als persönlichen Angriff und antwortet vorwurfsvoll darauf: „Im Gegensatz zu ihr kann ich mich tagsüber nicht ausschlafen, denn *ich* muss arbeiten.“
„Weißt du, wie lange dein Kleiner tagsüber schläft?“

„Er schläft noch viel am Tag. Aber, meist nur eine oder zwei Stunden. Dann muss sie sich erneut eine oder zwei Stunden um ihn kümmern und anschließend schläft er wieder. Klar, kann sie sich bei diesem Schlafrhythmus niemals ausschlafen“, gibt er betreten zu. „Aber, was soll ich da machen?“
Ich merke, dass er einfach nur überfordert ist. Sein Monolog war eher eine Beichte, obwohl der Inhalt sich eher wie eine Anklage anhörte. Ich empfehle ihm, mit seiner Frau darüber zu reden, um mit ihr gemeinsam nach Lösungen zu suchen. Schließlich gibt es noch die Großeltern. Aber er winkt ab. Aufgrund mangelhafter Kommunikation zwischen den Familien seien derzeit alle verreist. Wie ich Nina kenne, hat sie sich bei der gesamten Verwandtschaft unbeliebt gemacht, indem sie trotzig behauptete, alles allein zu schaffen. Verhandlungsgeschick und Kompromissbereitschaft gehören nicht zum Eigenschaftenensemble ihres Charakters.
Müde schaut sich Vitali um. Sein Blick wandert sehnsüchtig zum Sofa. „Was dagegen, wenn ich mir ein Nickerchen gönne?“
Und ob ich etwas dagegen habe! Er soll sich in Magdas Wohnung nicht allzu wohl fühlen. Mir reicht es schon, dass sein Kind hier übernachtet. Was kommt als Nächstes? Übernachten sie hier bald zu dritt? Angesichts seiner verzweifelten Lage weiß ich nicht, mit welcher Begründung ich ihm das Asyl verwehren soll. Außerdem, habe ich keine Ahnung, was Magda davon halten würde. Vielleicht hätte sie ja nichts dagegen.

„Glaubst du, für sie wäre das in Ordnung?“, frage ich ihn.
Er denkt dabei an seine Frau und ruft zornig: „Bist du verrückt? Nina schneidet mir die Eier ab, wenn sie davon erfährt.“
Dankbar für das entstandene Missverständnis, sage ich: „Dann solltest du es nicht riskieren.“
Nachdenklich wägt er ab, was ihm wichtiger ist, eine Mütze voll Schlaf oder seine Eier. Und bevor er sich falsch entscheidet, werfe ich ein weiteres Argument in die Waagschale: „Du gefährdest auch eure Freundschaft.“ Damit treffe ich ins Schwarze. Er nickt einsichtig und entschuldigt sich für seine Idee. „Ich wusste nicht mehr, wohin ich gehen sollte. Alle sind im Urlaub. Niemand da, mit dem man vernünftig reden kann“, sagt er beim Aufstehen und läuft zur Tür.
In der Diele bleibt er, mit der Türklinke in der Hand, stehen und sagt: „Habe gehört, dass es vor eurem Auftritt eine Polizeirazzia gab.“ Die Social Media sind bekannt für ihre schnelle Verbreitung von brisanten Informationen. Diesmal sind das nicht einmal Fake News. Wir haben diesen Polizeieinsatz bewusst herausgefordert. Es wurde nichts Belastendes gefunden. Dafür wurde unser negatives Image aufpoliert. Ich bin nicht stolz darauf, also zucke ich nur vielsagend die Schultern und schweige.
„Wenn du *mich* fragst, waren sie an dem Abend auf der falschen Party“, teilt er mir auskunftsfreudig mit.
„Das weiß ich schon, von Jays. Um erneuten Ärger mit der Polizei zu vermeiden, ist er nach der Show mit ein

paar Jungs auf Richards Party gegangen und hat dort weiter gefeiert“, erzähle ich ihm und zeige mich an einer zweiten Version der Berichtserstattung desinteressiert. Alles, was er mir erzählen könnte, habe ich schon tausendmal selbst erlebt. Je reicher der Gastgeber, desto vielfältiger das Drogenangebot. Jeder weiß, welche Wirkung das Rauschgift im menschlichen Körper entfaltet und was auf einer Party daraus resultieren kann. Es ist solange annehmbar, solange man keine Verantwortung für eine Familie trägt. Um sein Gewissen nicht noch mehr zu strapazieren, spreche ich nichts davon laut aus. Mir steht es nicht zu, über ihn zu urteilen oder ihn gar zu belehren.
Als könnte er meine Gedanken lesen, sagt er geknickt: „Ja, es war grenzwertig. Erzähle Magda nichts davon.“
„Wovon?“, mime ich den Ahnungslosen.
„Nichts von der Party und auch nicht, dass ich hier war. Damit sie nichts Falsches denkt“, bittet er mich und öffnet die Tür.
„Keine Sorge, du bist sowieso nicht ihr Typ“, ziehe ich ihn auf.
„Ach, nein? Ein attraktiver brünetter Mann, groß und sportlich, dazu noch gescheit, hätte also bei Magda keine Chance?“
„Verheiratet, meine ich. Du, Supergescheiter!“
Die Art, wie er sein Selbstbewusstsein in Szene setzt, ähnelt meiner. Diese Erkenntnis ärgert mich ein wenig, und ich beschließe, ihm einen Streich zu spielen. Dafür schaue ich auf der Treppe nach unten und sage:

„Hallo, Nina. Magda ist nicht da, deshalb wollte Vitali wieder gehen." Abrupt dreht er sich um.
Da er sich bereits auf der Stufenkante befindet, gerät er ins Wanken, und ich befürchte, dass er das Gleichgewicht verlieren und die Stufen hinunterfallen wird. Glücklicherweise gelingt es ihm, sich am Handlauf festzuhalten. „Du Arsch! Ich habs dir abgekauft", schimpft er mit mir, während er erleichtert ausatmet. Kopfschüttelnd lacht er übers eigene Verhalten, winkt und läuft die Stufen nach unten.
Drinnen in der Wohnung schnappe ich mir Magdas Handy. Mal sehen, was ihre Chatverläufe mit Vitali zu Tage fördern. Er ist in mehreren Gruppen dabei. Offensichtlich wurde das große Bauunternehmen, bei dem er angestellt ist, sowohl für die Koordination der Bauarbeiten für die gesamte Siedlung als auch für den Bau mehrerer Gebäude engagiert. Vitali agiert als Hauptkoordinator. Viel Fachchinesisch. Uninteressant. Ich suche weiter, und finde ihn in ihrer Volleyball- aber auch in ihrer Eishockeygruppe; nicht zu vergessen die Sturmfrei-, die Zwergenzeit- und die Endlich-wieder-Urlaub-Gruppe. Was, zum Teufel, ist eine Sturmfreigruppe? Neun Teilnehmer. Hier werden Termine für Theater-, Kino- und Restaurantbesuche ausgemacht, und unwichtige Fragen geklärt. Auch die Zwergenzeitgruppe ist unspektakulär. In dieser Gruppe geht es um Unternehmungen, gemeinsam mit Kindern. Harmlos. Urlaubspläne kann ich auch als „für mich uninteressant" abhaken.

Direkter Chat, nur sie und er. Jetzt kommen wir der Sache näher. Mein Puls steigt proportional zu meiner Neugier. Aber auch hier sind sämtliche Nachrichten rein geschäftlicher Natur. Dennoch werde ich dieses beschissene Eifersuchtsgefühl nicht los. Die Tatsache, dass sein Weg ihn zu ihr führte, als er jemanden zum Reden brauchte, verwirrt mich und lässt mir keine Ruhe. Andererseits ist Nina ihre beste Freundin, Magda würde nichts tun, was diese Freundschaft gefährdet. Oder bin ich zu vertrauensselig?
Unter ihren letzten fünf Nachrichtenkontakten finde ich das gestrige Foto, welches sie mir nachts geschickt hatte - von sich, ihrer ehemaligen Kollegin und dem jungen Mann. Tatsächlich schrieb die Absenderin, eine gewisse Melanie Grammer, dass Magda und ihr Bruder ein hübsches Paar abgeben könnten.
Träum weiter!
Es ärgert mich, dass Magda ihr keine klare Abfuhr erteilte. Sie ließ es einfach unkommentiert. Das geht gar nicht! Es wird Zeit, der Frau Grammer zu antworten.

Magda: Bin glücklich vergeben.

Gesendet.

Kapitel 9

Gerade, als ich Magdas Handy in die Box stecke, höre ich die Stimme der hübschen Ausreißerin und die meines Sohnes draußen, und öffne ihnen die Tür. „Papa!", legt mein Kleiner euphorisch los. „Ich bin in deinem McLaren gefahren."
„Und wer hat dir das erlaubt?", frage ich ihn.
„Magda hat mich mitgenommen", teilt er mir freudig mit.
Vollbeladen mit drei Rucksäcken, folgt sie Matteo in die Diele und gibt mir einen Kuss. Ich bleibe mit meinen Lippen ganz nah an ihrem Mund, und sage leise: „Na, dann weiß ich ja, wem ich den Hintern versohlen muss." Sie lächelt verhalten und der Luftstrom kitzelt sanft meine Lippen. Dann löst sie sich von mir. Sie gibt Matteo seinen Rucksack, schickt ihn ins Gästezimmer und überreicht mir meine beiden.
Scheiße! Mein kleiner Rucksack war die ganze Zeit im Auto. Wie konnte ich ihn bloß vergessen?
„Viel Gewicht für einen Mini-Rucksack. Wenn du jetzt behauptest, dass darin deine Wechselkleidung ist, dann muss ich von einer faltbaren Ritterrüstung ausgehen", scherzt sie.
Es klingt, als hätte sie den Inhalt noch nicht inspiziert. Ist auch besser so.
„Der Inhalt geht dich nichts an. Lass die Finger weg von meinen Sachen", sage ich boshaft.
Sie hasst es, wenn ich ihr misstraue. Zum Glück bleibt sie dennoch entspannt. Ich werfe einen Blick in den

großen Rucksack und stelle fest, dass sie mir frische Klamotten mitgebracht hat.
„Wieder einmal warst du ungefragt an meinem Schrank“, nörgle ich weiter.
„Manche Dinge werden sich nie ändern“, stellt sie fest.
„Schlechte Gewohnheiten sollte man ablegen“, ziehe ich sie auf.
„Schlechte Laune auch“, kontert sie.
Matteos Rufe aus dem Gästezimmer verhindern eine längst überfällige Aussprache zwischen uns. Ohne miteinander einen Blick zu wechseln, stürmen wir gemeinsam los. Allerdings war das, was wir gehört hatten, wohl so etwas wie ein Begeisterungsjubel. Mein Junge sitzt inmitten von zerrissenem Geschenkpapier und blättert begeistert in einem Buch. Dabei beschreibt er, dem vor ihm sitzenden Raben, die Bilder und tut so, als würde er ihm vorlesen.
„Das ist Rabe Socke“, teilt er uns grinsend mit. „Er ist klein und kann nicht lesen.“
Magda lächelt zufrieden und beobachtet meinen spielenden Sohn noch ein Weilchen. Als sie mich danach ansieht, strahlen ihre Augen. Draußen weichen die Wolken auseinander und die Sonnenstrahlen erhellen das Gästezimmer. Auf diese Weise lichtdurchflutet, erscheint das gesamte Zimmer traumhaft, irgendwie unwirklich - und dennoch, ist alles darin real. Auch Magda entgeht die Kraft dieses zauberhaften Augenblickes nicht. Bedächtig tritt sie einen Schritt auf mich zu und steckt ihre Hand in die meine. Als die Wolken weiterziehen, versperren sie den Sonnenstrahlen

den direkten Weg in unser Zimmer, und der magische Moment verflüchtigt sich. Matteo ist mit seinem Raben beschäftigt und bekommt von all dem nichts mit.
„Und was machen *wir* jetzt?“, frage ich sie verschwörerisch.
Sie tritt vor mich. Dann legt sie ihre Hände auf meine Schultern, stellt sich auf die Zehenspitzen und flüstert mir verführerisch ins Ohr: „Ich gehe jetzt kochen. Und du könntest deine Klamotten in den Schrank räumen.“ Dann verlässt sie ruckzuck das Gästezimmer.
Kleines Biest! Leider gibt mein laut knurrender Magen ihr auch noch Recht.
Während sie nun der Küche den Kampf ansagt, hole ich meine Rucksäcke, um sie auszuräumen. Im Schlafzimmer öffne ich ihre Schränke. Da das oberste Regal leer ist, habe ich bei der Suche nach einem geeigneten Platz für meine Sachen ein leichtes Spiel. Es scheint ihr Depot für Gäste zu sein, denn mir fällt ein, dass sie heute Nacht dort die Decke und das Kissen für mich herausgeholt hatte. Ich stecke meine Kette und die Designerarmbanduhr in den kleinen Rucksack und schiebe ihn nach hinten durch. Auch wenn die weiche Lederpolsterung es nicht vermuten lässt, verbirgt sich in ihr eine Metallkassette mit einer speziellen Öffnung am Boden. Selbst wenn Magda hineingeschaut haben sollte, würde sie die Waffe, die sich samt Patronen im Geheimfach befindet, nicht gesehen haben. Das wenige Weed im Rucksack ist für Eigenbedarf. Es ersetzt die mir verschriebenen Tabletten, auf deren Einnahme ich, aufgrund der gewaltigen Nebenwirkungen, lieber

verzichte. Aus dem größeren Rucksack hole ich mein Handy und die Ersatzkleidung heraus und türme sie in Stapeln vor dem kleinen Rucksack auf, damit sie den Blick auf ihn versperren.

Weil ich derzeit null Komma null Bock auf die Außenwelt habe, lege ich mein Handy auf dem Nachttisch ab. Wenn ich bei ihr bin, genieße ich unsere eigene kleine Welt, in der die Uhren anders ticken. Gemächlich schlendere ich durch ihre Wohnung und werfe dabei einen Blick ins Gästezimmer. Matteo ist im Buch auf der letzten Seite angekommen. Auf der Suche nach einer neuen Beschäftigung für ihn, schaue ich mich im Gästezimmer um. Das Zimmer ist eine Mischung aus einer Bibliothek und einem Kinderzimmer. An der Seite steht ein Bücherschrank mit Glastüren. Im obersten Regal befinden sich ausschließlich französische Klassiker, darunter ist die englische und die deutsche klassische Literatur untergebracht. In den beiden unteren Regalen sind jede Menge Kinderbücher. Auch russische Kinderbücher sind dabei.

„Die Italienischen fehlen noch“, stellt sie, hinter mir stehend, fest.

„Das ist allerdings ein fettes Minus“, necke ich sie.

„Du hast viele Bücher“, stellt Matteo beinahe ehrfürchtig fest und kommt zum Schrank. Ich nehme an, dass er Nachschub benötigt.

„Das sind noch nicht alle“, teilt sie ihm lächelnd mit. „Ich habe noch einen zweiten Schrank in meinem Arbeitszimmer. Aber dort sind nur Bücher für Erwachsene.“

„Wenn ich groß bin, werde ich sie auch lesen“, verkündet er.
„Na, klar!“, verspricht sie ihm.
„Um Erwachsenenbücher zu lesen, reicht es, erwachsen zu werden. Man muss dafür nicht groß werden. Schaue dir Magda an“, sage ich scherzhaft.
„Dann dürftest du sie nie lesen“, sagt sie und verpasst mir einen sanften Rippenstoß.
Daraufhin packe ich sie an den Oberarmen und schiebe ihre Arme nach hinten. Ihr Brustkorb wird nach vorne gedrückt, und schon habe ich einen reizvollen Ausblick auf ihr Dekolleté. Sie sieht meinen hungrigen Blick und errötet. Das vergessene Kind ignoriert uns und drückt sich, mit einem neuen Buch gewappnet, zwischen uns durch. Neugierig auf seine Wahl folgen wir ihm und nehmen zu dritt auf dem Gästebett Platz. Er hat sich für ein französisches Märchenbuch mit den Märchen von Charles Perrault entschieden.
„Dieses Buch hat mir meine Mutter geschenkt, als ich so alt war wie du“, erzählt sie ihm.
„Und jetzt schenkst du es mir?“, fragt er.
„Hey, Matteo, so läuft das nicht“, belehre ich ihn. „Erstens, erbettelt man keine Geschenke. Das gehört sich nicht. Und zweitens, wird Magda ein Geschenk von ihrer Mutter bestimmt selbst behalten wollen. Das verstehst du doch, oder?“
„Ja“, antwortet er leise.

„Wir könnten es in Zukunft so machen, dass ich es mitbringe, wenn ich euch besuche. Dann könnte ich dir immer daraus vorlesen“, schlägt sie ihm vor.
„Darf mein Opa auch vorlesen?“, verhandelt er.
„Natürlich.“
„Und Papa?“
„Spricht dein Papa überhaupt Französisch?“, fragt sie verschmitzt.
„Papa spricht alle Sprachen“, sagt er im Brustton tiefster Überzeugung. Sie sieht mich an und ich wackle mit den Augenbrauen, was sie zum Lachen bringt.
„Kannst du mir daraus vorlesen?“, bittet er sie.
„Später. Vor dem Mittagsschlaf. Das Essen ist gleich fertig. Du könntest noch in die Kisten unter dem Bett reinschauen. Bestimmt findest du dort noch schöne Sachen“, verspricht sie und geht zurück in die Küche.
Neugierig steigt er vom Gästebett und schaut darunter. Dann zieht er Kiste für Kiste das Zeug unter dem Bett hervor. Eine Holzkiste ist mit Legosteinen, die andere mit Playmobil und die dritte mit Brettspielen gefüllt. Doch er verschmäht das üppige Angebot. Schiebt alle Kisten zurück unters Bett und läuft zum Schreibtisch, auf dem sich ein Malblock befindet. Eine Blechschachtel mit Wachsmalstiften, in Form kleiner Mäuschen, leistet ihm Gesellschaft. Glücklich über diese Entdeckung, setzt Matteo sich augenblicklich zum Malen an den Schreibtisch. Ein Weilchen sehe ich ihm zu und gehe anschließend zu Magda in die Küche.
„Wie stehst du eigentlich zur musikalischen Früherziehung?“, frage ich, als ginge es um Leben und Tod.

Sie deckt gerade den Tisch. Zunächst reagiert sie nicht auf meine Frage, was mich enorm stört. Dann verlässt sie wortlos das Esszimmer. Ihr Verhalten gibt mir ein Rätsel auf. Deshalb laufe ich ihr gespannt hinterher. Auf dem Flur kommt sie mir bereits entgegen. Sie trägt eine weitere Kiste, die den anderen im Gästezimmer ähnelt. Als sie mich sieht, bleibt sie stehen und grinst.
„Nee! Wirklich jetzt?“ Ich kann mir vorstellen, was sich darin befindet.
„Für meine kleinen Gäste nur das Beste“, prahlt sie.
Obwohl ich kein kleiner Gast bin, kann ich meine Freude darüber nicht verbergen und schaue neugierig hinein. Ein Holzxylophon, zwei Glockenspiele, Kastagnetten, Rasseln, ein umfangreiches Percussion Set, sogar eine kleine Ukulele ist dabei.
„Übrigens, als wir vorhin in der Werkstatt waren, habe ich schon mit dem Gedanken gespielt, für Matteo im Musikhaus *session* eine Kindergitarre zu kaufen. Aber da ich mich mit Musikinstrumenten kaum auskenne, hatte ich mich letztendlich nicht getraut. Außerdem wusste ich ja nicht, wie *du zu musikalischer Früherziehung von Kindern stehst*“, sagt sie, indem sie am Ende meine Stimme nachäfft. Im Hintergrund vernehme ich Matteos Kichern.
„Du freches ...“, setze ich an und als ich ihren Blick sehe, der rasch zu Matteo wandert, breche ich mitten im Satz ab und inspiziere weiter die Kiste. In einem der Kartons erkenne ich eine japanische Koto in Miniausgabe. Sie hat die typische Form eines Drachen. Die Abstände zwischen den dreizehn Saiten sind so minimal,

dass ich sie kaum ungehindert zupfen kann. Die zum Zupfen vorgesehenen Krallen sind auf Ringen, die ich mir gern über die Finger streifen würde. Der Durchmesser ist jedoch zu klein. Sie sind eindeutig für Kinderhände gedacht. Rasch verwerfe ich den Gedanken, dieses Instrument auszuprobieren. Magda beobachtet mich mit demselben glückseligen Lächeln wie vorhin Matteo. Die Intensität ihres Blickes macht mich verlegen. Um meine Verlegenheit zu überspielen, flüstere ich warnend: „Wenn mein Kind anfängt, auf Grund deiner Erziehungsmethoden, Harfe zu spielen, wirst du hängen."

Als ich sie ansehe, überkreuzt sie die Handgelenke, streckt die Arme nach oben, wölbt dabei den Oberkörper leicht nach hinten und fragt ungeniert: „Etwa so?"

„Nein. Etwa so", antworte ich postwendend, während ich mit beiden Händen eine Bewegung vollziehe, als würde ich ein Steuerrad um hundertachtzig Grad drehen.

„Mit dem Kopf nach unten?" Prompt röten sich ihre Wangen. Meinem Blick ausweichend, steht sie auf, und räumt die Musikinstrumente zurück in die Kiste.

„Ich bin sicher, du hättest deine Freude daran", ziehe ich sie währenddessen auf, weil mir mein Kopfkino hinreißende Bilder liefert.

„Kommt darauf an, wie gut du mich festhalten kannst", witzelt sie, während sie in die Küche läuft.

Hoppla! Der erste Schock ist wohl verflogen. Ich hoffe, sie wird sich darauf einlassen, diese Stellung mit mir

auszuprobieren. Aber die Doppeldeutigkeit dieses Satzes, ärgert mich ein wenig.
„*Ich* würde dich niemals fallen lassen“, antworte ich deshalb gereizt.
Abrupt bleibt sie stehen.
„Niemals?“, fragt sie herausfordernd und wartet auf meine Antwort.
Worauf, zum Teufel, soll ich mich da wieder einlassen?
„Hast du etwas angestellt? Musst du in den Knast?“, frage ich vorsichtshalber.
Sie schnaubt missbilligend und erwidert nichts darauf. Stattdessen kündigt sie unser Mittagessen an.
Endlich! Ich bin am Verhungern.

Nach dem Essen räumen wir gemeinsam ab, und während Magda meinen Sohn ins Bett bringt, begebe ich mich ins Schlafzimmer, um meine Nachrichten zu checken. Mein Assistent hat mir zwei Nachfragen für neue Liedtexte geschickt. Vorerst nehme ich sie nur zur Kenntnis. Dann lese ich die Nachricht meiner Schwester. Sie möchte wissen, wann ich vorhabe, in den Urlaub nachzukommen. Ich weiß nicht, was ich darauf erwidern soll. Ich muss erst mit Magda darüber sprechen. Auch diese Antwort wird aufgeschoben.
Als ich diesmal mein Handy im Eingang in die abhörsichere Box wandern lasse, fesselt eine weiße Kappe, die mir bekannt vorkommt, meine Aufmerksamkeit. Sie ist oben auf dem Schuhschrank und fiel mir anfangs gar nicht auf. Nun schnappe ich sie mir und laufe mit ihr ins Schlafzimmer. Unglaublich, aber sie

hat tatsächlich sowohl mein T-Shirt als auch meine Mütze aufgehoben. Ist das ein gutes oder ein schlechtes Zeichen? Es könnte ein Hinweis darauf sein, dass ihr unsere Begegnung wichtig war und sie sich immer daran erinnern wollte. Es könnte aber auch genauso bedeuten, dass die Trennung sie überhaupt nicht triggerte. Und, weil sie keinen Schmerz bei deren Anblick empfand, behielt sie die Sachen. Ich für meinen Teil habe mich damals meines Handys entledigt. Eigentlich hätte es gereicht, ihre Nummer zu löschen, sie zu blockieren oder meine Nummer zu wechseln. Aber nein, es musste etwas Dramatisches sein. Jetzt liegt es zerschmettert in meiner Wohnung in Hamburg, zwischen den Scherben ihres Handys.
Aber, was hat es gebracht? Ich konnte sie sowieso nicht vergessen.
In München hat sie mir erzählt, dass sie ihre Entscheidung, mich zu verlassen, ziemlich bald bereute. Sie verriet mir außerdem, dass sie einige Male in Hamburg vor meiner Tür stand, in der Hoffnung, ich würde ihr öffnen. Doch ich finde, dass das nur halbherzige Versuche waren, mich zu kontaktieren. Meine neue Handynummer herauszufinden, wäre für ihr Sicherheitspersonal ein Klacks gewesen. Als ich ihr vorhielt, sich nicht an Steven gewandt zu haben, erklärte sie mir, dass sie niemanden in diese Sache reinziehen wollte, und mich zu stalken, käme für sie nicht in Frage.

„Was hast du denn da? Ist das meine Mütze?“, fragt sie mich, als sie das Schlafzimmer betritt. Wegen meiner Grübeleien habe ich ihre Schritte nicht gehört.
„Soweit ich weiß, ist es meine“, antworte ich provokant und setze die Kappe auf.
„Gewesen! Bis du sie mir geschenkt hast“, berichtigt sie mich und streckt ihre Hand danach aus. Instinktiv blocke ich ihre Armbewegung. Verbissen versucht sie an den Mützenschirm zu kommen. Ich halte meine Arme hoch, und das reicht vollkommen, um sie nicht einmal in die Nähe des Baseballcaps kommen zu lassen. „Gib´s mir“, verlangt sie nachdrücklich. Sie ist eindeutig verärgert, und als ihr die Doppeldeutigkeit ihres Satzes auffällt, verdreht sie über die Steilvorlage, die sie zu meinem Spruch liefert, bereits die Augen.
„Nichts lieber als das, Baby!“, sage ich großspurig, ohne dabei Anstalten zu machen, ihr die Mütze zurückzugeben.
„Du bist so … arrrgh.“
„Du meinst bestimmt: elegant, extravagant, einmalig und einzigartig“, helfe ich ihr bei ihrer Wortsuche auf die Sprünge. Mit diesen Worten beschrieb sie letztes Jahr meinen, in einer Perfomance Werkstatt aufgewerteten, McLaren, mit dem sie sich heute eine Spritztour erlaubt hatte.
„Eingebildet, eingebildet und nochmals eingebildet“, sagt sie, während sie mit geballten Fäustchen auf meinem angespannten Sixpack trommelt. Ich starte einen Überraschungsangriff, indem ich sie mit beiden Händen an der Taille hochhebe und aufs Bett werfe.

Endlich lacht sie wieder. Sie liebt es, meine Kraft zu spüren. Als ich beginne, meine Jeans aufzuknöpfen, höre ich sie glucksen. Begehrlich verfolgt sie jede meiner Bewegungen und beißt sich angespannt auf die Unterlippe. Kurz halte ich in meiner Bewegung inne. Bereitwillig rutscht sie zu mir nach vorne und legt ihre Hände auf meinen Hosenbund, um das zu beenden, womit ich begonnen habe. Einen nach dem anderen öffnet sie die Jeansknöpfe, die noch verschlossen waren. Mein gesamter Körper steht unter Strom und ich freue mich auf eine Begegnung mit ihren vollen Lippen. Während ich ihre flinken Hände beim Aufknöpfen beobachte, fallen mir drei kleine Hämatome an ihrem rechten Handgelenk auf. Sicherlich sind sie erst in der Nacht entstanden und das tut mir leid. Sie erkennt die Sorge in meinem Gesicht und sagt beruhigend: „Du weißt, wie leicht ich sie bekomme."
„Wenn ich dir wehtue, musst du es mir sagen", beschwöre ich sie nicht zum ersten Mal.
„Es hat nicht wehgetan. Es war …" Sie bricht mitten im Satz ab und überlegt.
„Erträglich?", frage ich hoffnungsvoll.
Ihr verneinendes Kopfschütteln ist ernüchternd.
Sie winkt mich zu sich. Als ich mich vorbeuge, flüstert sie mir ins Ohr: „Du warst wild und das war mmh." Dann holt sie sich die Mütze und setzt sie sich auf ihr blondes Haupt.
„Du, kleine Hexe!", sage ich und schubse sie mit voller Kraft, damit sie rücklings fällt. Ihre erneute Lachsalve lässt mich befürchten, dass sie meinen Sohn wecken

wird. Ein Babyphone, welches ich im Gästezimmer gesehen habe, fällt mir wieder ein.
„Ist das Babyphone an?“, frage ich sie.
„Ich schalte es ein und schließe die Türen“, verkündet sie und hüpft vom Bett.
Leichtfüßig wie eine Elfe läuft sie hinaus. Währenddessen mache ich es mir auf dem Bett gemütlich. Ich freue mich, wie ein Schneekönig, endlich einmal wieder für eine Stunde mit ihr allein zu sein. Nicht, dass ich meinen Kleinen lästig finde, aber gerade bin ich froh, sie für mich zu haben. Ich liebe Matteo. Er ist aufgeschlossen und freundlich. Es ist leicht, ihn ins Herz zu schließen. Da war ich als Kind anders. Freundlich, aber verschlossen. Andere übten auf mich keinen besonderen Reiz aus. Ich war viel lieber mit meinen Gedanken allein. Bücher haben mich ebenfalls wenig interessiert. Was für Matteo seine Bücher und seine Stifte, das waren für mich die Musikinstrumente. Als ich an Magdas Instrumentenkiste denke, muss ich lächeln. Sie wusste, dass ich danach fragen würde.
„Da ist es ja wieder. Dieses selbstgefällige Grinsen…“, sagt sie, während sie leise die Tür schließt.
„…welches du so unwiderstehlich findest“, knüpfe ich selbstbewusst an ihre Aussage an.
Sie krabbelt zu mir aufs Bett und setzt sich auf meinen Schoß. Dann fährt sie zärtlich mit den Fingerspitzen unter mein T-Shirt und zieht es langsam hoch. Als sie über meine Rippen streicht, entdeckt sie mein neues Tattoo. Es stellt ein Pärchen Kinderschuhe dar. Wobei die Schühchen eher den Hintergrund darstellen. Der

Fokus liegt auf dem Schuhbändel, mit Matteos Namen darauf. Die Gestaltung der Zeichnung hat mich viel Zeit gekostet. Circa vierzig Entwürfe waren nötig, bis ich wusste, in welche Richtung sich das Endprodukt entwickeln sollte. Ungefähr dreißig weitere mit kleinen Detailabweichungen folgten ihnen, bis ich das gewünschte Ergebnis hatte.

„Hast du die Vorlage selbst gezeichnet?“, fragt sie beinahe ehrfürchtig.

„Yap“, bestätige ich.

„Das sieht dir ähnlich. Andere hängen die ersten Schuhe ihrer Kinder ins Auto. Du lässt sie dir stattdessen in die Nähe deines Herzens stechen“, sagt sie. Bedächtig beugt sie sich nach vorne und küsst mich zärtlich an dieser Stelle.

Als sie mich erneut anschaut, sind ihre Augen verklärt. Genug Zeit mit Sentimentalitäten verschwendet. Sie interpretiert da viel zu viel hinein: Ich hatte Bock auf ein neues Tattoo, also habe ich die Vorlage dafür designt. Mehr steckt nicht dahinter. Und nun habe ich Bock auf sie. Deshalb richte ich mich auf und sie nutzt diese Gelegenheit, um mir endlich mein verdammtes T-Shirt über den Kopf zu ziehen. Als Revanche muss auch ihr Tanktop weichen. Beim Ausziehen wirbeln ihre Haare wild durcheinander. Der Anblick einer wilden, unsortierten Magda ist heiß. Um die Oberhand zu gewinnen, versucht sie meinen Oberkörper zurück auf die Kissen zu drücken, doch ich drehe sie mit einem Ruck auf den Rücken und strecke mich seitlich neben ihr aus. *Ich* werde bestimmen, wie es weitergeht.

Der durchsichtige, schwarze Spitzenbüstenhalter hat Glück und darf ihren Körper noch eine Weile zieren. Durch den hauchdünnen Stoff sieht man deutlich, wie erregt sie ist. Doch der Anblick ihrer steifen Brustwarzen bleibt mir nicht lange vergönnt, denn sie umfasst mein Gesicht mit beiden Händen und führt mich zu ihrem Mund. Während wir uns küssen, lasse ich es mir nicht nehmen, ihre Brustwarzen mit meinen Fingerspitzen zu reizen. Dann wandert meine rechte Hand nach unten zu ihren Jeansshorts. Das Hosenaufknöpfen mit einer Hand ist mühselig, doch ich genieße das Prozedere, weil es mich ans Ziel bringen wird. Offensichtlich geht es Magda nicht schnell genug. Ungeduldig fummelt sie mit ihren kleinen Fingern dazwischen. Aber das lasse ich mir nicht gefallen. Ich unterbreche unseren leidenschaftlichen Kuss unter ihren Protestlauten, zwinge sie, die Arme über ihren Kopf zu strecken und halte sie mit der linken Hand fest. Anschließend fahre ich ungestört mit meinem Vorhaben fort, öffne ihre Hose und stecke forsch meine Hand in ihren durchsichtigen schwarzen Slip. Sie bewegt ihre Hüften meinen Fingern entgegen, und bittet mich weiterzumachen, als ich die von ihr gewünschte Stelle massiere. Mit versierten Bewegungen hole ich ihre körpereigene Feuchtigkeit nach außen und erhöhe den Druck meiner Finger. Ihre Augen sind geschlossen und ihre Hüften wippen begierig. Fuck! Sie ist kurz davor.

„Du darfst noch nicht kommen“, warne ich sie, während meine Finger sie weiter streicheln.

„Bitte“, bettelt sie leise. Ihre Augen sind immer noch geschlossen. Ihre Hüften heben und senken sich, kaum merklich. Sie genießt mein Fingerspiel.
„Du weißt, wie gern ich gemeinsam mit dir komme“, raune ich ihr ins Ohr und küsse sie auf die Schläfe.
„Ich kann zweimal“, flüstert sie.
„In kurzer Zeit?“, frage ich skeptisch.
„Ja“, haucht sie.
Diesbezüglich hege ich zwar meine Zweifel, aber einen Versuch ist es durchaus wert. Sie errät meine Gedanken, kuschelt sich in meinen linken Arm und wirft ihren Kopf in den Nacken. Sie weiß, was mir gefällt. Allein aus diesem Grund lohnt es sich für mich, zuerst ihr einen Orgasmus zu bescheren. Denn ich möchte dabei bei klarem Verstand sein. Mit meiner linken Hand umfasse ich ihre Kehle, während die Finger meiner rechten ihr weiterhin Freude bereiten. Dann gleite ich mit zwei Fingern in sie hinein, um anschließend mit den feuchten Fingern den Druck und die Geschwindigkeit zu erhöhen. Sie gibt sich mir gänzlich hin. Zu guter Letzt presse ich mich von hinten dicht an sie heran. Als hätte sie nur darauf gewartet, meinen erregten Körper zu spüren, explodiert sie unter meinen Fingern. Das innere Beben erschüttert ihren gesamten Körper, gefolgt von einem leisen Wimmern, welches in einen lauten Schrei übergeht. Einen kurzen Moment befürchte ich, dass dieser Schrei mein Kind aufwecken wird. Aber die beeindruckende Vibration, die er für einen kurzen Augenblick unter meinen Fingern erzeugt, ist

unbeschreiblich, und lässt mich alles um uns herum vergessen.
Ich lasse ihr etwas Zeit, um die Nachwirkung zu genießen. Das Beben unter meinen Fingern flacht ab. Deshalb entferne ich vorsichtig meine Hand aus ihren Jeansshorts. Darauf bedacht, ihre empfindliche Stelle nicht mehr zu reizen. Dann entledige ich mich meiner Boxershorts und schäle sie Stück für Stück aus ihren übrigen Klamotten heraus. Vollkommen weltentrückt sieht sie mir dabei zu und lässt mich gewähren. Sie ist die einzige Frau, die ich kenne, die auch ohne Drogen berauscht sein kann. Unsicher, ob sie jetzt schon weitermachen möchte, lege ich mich in der Löffelchenstellung hinter sie. Mit fahrigen Bewegungen folge ich den Konturen ihrer Brüste. Als ich mit den Fingerspitzen über ihre Rippen streiche, kichert sie und windet sich unter meinen Fingern. Dabei stößt sie mit ihren runden Pobacken mehrmals gegen meine Leistengegend und erregt mich noch zusätzlich. Offensichtlich bemerkt sie es, denn sie streckt ihr rechtes Bein in die Höhe, und ich dringe in sie ein. Verdammt, fühlt sich das gut an! Am liebsten würde ich diesen Augenblick noch länger auskosten, aber ich vermute, dass sie sich nach ihrem Orgasmus nach Entspannung sehnt.
„Dauert nicht lange“, verspreche ich ihr.
„Keine Eile. Ich möchte wirklich nochmal“, versichert sie mir. Als wollte sie es mir beweisen, zieht sie meine rechte Hand zu ihrer Körpermitte, und bittet mich, sie erneut zu massieren. Nichts lieber als das. Zeitgleich bewege ich dynamisch mein Becken vor und zurück.

Nach einer Weile verlangsame ich meine Stöße, dringe behutsam tiefer in sie ein. Ihr Wimmern irritiert mich. „Tut das weh?“, frage ich besorgt.
Dermaßen rücksichtsvoll war ich einer Frau gegenüber schon lange nicht mehr. Das einzige Entgegenkommen meinerseits bestand in letzter Zeit darin, Damen meiner Wahl Drinks zu mischen, aber auch nur, um zu verhindern, dass sie ihrem oder meinem Getränk unwillkommene Substanzen hinzufügten.
„Ein bisschen“, gesteht sie. Dann schiebt sie ihre Hand unter die meine und verwöhnt sich selbst. Einen Augenblick lang bin ich gekränkt. Doch, als sie mich dazu auffordert, sie wieder tiefer zu stoßen, legt sich mein Unmut. Es dauert nicht lange, und sie spannt sich erneut an. Von der Ekstase überwältigt, ruft sie meinen Namen. Gott im Himmel! Ihre Stimme erreicht jede Faser meines Körpers. Irgendwann werde ich sie aufnehmen, ist mein letzter Gedanke, bevor ich ihr in das Reich des Hochgefühls folge.

Kurz danach geht Magda duschen. Für wenige Minuten döse ich, auf dem Rücken liegend, ein. Als ich aufwache, hole ich frische Sachen aus dem Kleiderschrank und folge ihr ins Badezimmer. Allerdings ist dieses leer, lediglich der Dampf, der sich mittlerweile im gesamten Badezimmer ausgebreitet hat, deutet darauf hin, dass sie mit dem Duschen fertig ist. Aus dem Arbeitszimmer dringt ihre dumpfe Stimme zu mir durch, anscheinend telefoniert sie. Ich beschließe, allein zu duschen.

Ohne anzuklopfen betrete ich danach ihr Arbeitszimmer. Das Telefonat ist geschäftlicher Natur. Höflich, aber reserviert, beendet sie es und steht auf, um mir auf ihrem Chefsessel Platz zu machen. Dann setzt sie sich mir gegenüber auf den Schreibtisch und stellt ihre nackten Füße auf meinen Oberschenkeln ab. Sie trägt ein Spitzenhöschen und mein altes T-Shirt. Die Wölbungen auf der BH-Höhe verraten mir, dass sie diese Situation genauso erregend findet wie ich. Sich auf den Händen abstützend, wirft sie den Kopf in den Nacken, schließt die Augen und öffnet einladend die Beine. Anstatt sie zu berühren und zu reizen, lehne ich mich zurück und betrachte sie wie ein kostbares Gemälde. Das Sinnbild der Leidenschaft.
„Mit wem hast du telefoniert?" Weil ich nicht möchte, dass sie sich meiner sicher ist, kontrolliere ich die Stimme und klinge gelassen, sogar distanziert.
„Mit einer Frau Schneider vom SOS-Kinderdorf", antwortet sie fahrig und öffnet die Augen. Sie braucht einen Moment, um sich zu sammeln und berichtet anschließend: „Die Organisation, für die sie arbeitet, hat ein tolles Projekt ins Leben gerufen. Sie bereiten Mittag- und Abendessen für sozialschwache Familien zu. Wir werden in der Siedlung Kunterbunt ein Kinderrestaurant eröffnen, welches an die Kindertagesstätte angegliedert sein wird. Dort werden Vorschulkinder regelmäßig Gelegenheit erhalten, gemeinsam mit Erwachsenen ein gesundes Mittagessen aus Regionalprodukten für die Kindertagesstätte zu kochen. Als ich neulich die Reportage vom SOS-Kinderdorf sah, fiel mir

ein, dass wir abends auch günstiges Abendessen für bedürftige Familien anbieten könnten. Oder auch für ältere Menschen, die einsam sind.“

Ich weiß, dass ihre Idee ehrenwert ist und ganz sicher verdient sie es, dass ich ihr besser zuhöre, doch mir fällt ein, welche Stellung ich gern mit ihr ausprobieren würde, und auf einmal beschäftigen mich nur noch zwei Fragen. Hier oder im Schlafzimmer? Und, wie lange wird Matteo noch schlafen? Sie bemerkt meine begehrlichen Blicke, steigt vom Schreibtisch und küsst mich hitzig, während ihre Hände eilig den Weg zu meinen Boxershorts einschlagen. Als sie sich vor mir niederkniet, wäge ich ab, ob ich mein Vorhaben in die Tat umsetzen, oder sie gewähren lassen sollte, denn auch ihr Einfall ist durchaus reizvoll.

Doch dann fällt mir auf, dass in ihrem Arbeitszimmer kein Schlüssel in der Tür steckt. Um das Risiko zu vermeiden, dass Matteo uns so sieht, hebe ich sie hoch und trage sie leise ins Schlafzimmer. Dort schließe ich das Zimmer ab und bitte sie, einen Handstand zu machen. Obwohl sie im ersten Moment überrascht ist, erfüllt sie meinen Wunsch. Dabei rutscht ihr das T-Shirt auf den Kopf. Es verdeckt ihre Augen und entblößt ihre Brüste. Spontan fallen mir tausend Möglichkeiten ein, wie ich sie reizen könnte. Allerdings ist unsere Zeit knapp bemessen, und Magda hat einen Vorsprung mir gegenüber, den ich sehr gern aufholen würde. Deshalb bleibe ich bei meiner ursprünglichen Idee.

Ich gehe vor ihr in die Hocke, umfasse ihre Taille und bringe sie damit aus dem Gleichgewicht. Automatisch winkelt sie ihre Beine an und legt sie auf meiner Schulter ab. Um das Gleichgewicht bemüht, stehe ich langsam wieder auf. Mit dem Kopf nach unten, hängt sie vor meinem Oberkörper. Damit ihr nichts passiert, laufe ich sicherheitshalber mit meiner neugierigen Akrobatin zum Bett. Als hätte sie nur darauf gewartet, diese Stellung auszuprobieren, entledigt sie sich ihres T-Shirts und knüpft genau dort an, wo sie im Arbeitszimmer aufgehört hatte.

Als wir später engumschlungen auf dem Bett liegen, überlege ich, ob ich ihr von Vitalis Besuch erzählen soll. Verwerfe den Gedanken jedoch sofort wieder, weil ich weiß, dass sie sich sonst viel zu viele Sorgen um die Ehe der beiden machen würde. Wie ich sie kenne, würde sie versuchen, den beiden zu helfen. In dem Fall könnte ich die Reise nach Italien mit ihr vergessen.
„Stehen bei dir noch weitere Geschäftstermine an?“, frage ich sie.
„Keine Termine in den nächsten zweieinhalb Wochen“, verkündet sie feierlich.
„Dann bist du hier abkömmlich?“
„Bauliche Fragen hier vor Ort könnte Vitali beantworten. Die Ausstattung für die Physio-Praxis wird erst in vier Wochen geliefert. Die Erstentwürfe der Choreografien für den Tanzwettbewerb im Winter könnte ich auch woanders ausarbeiten“, murmelt sie nachdenklich und nickt bestätigend.
„Wie schnell kannst du packen?“, frage ich.
„Warum?“

„Wir drei werden nach Italien fliegen", bestimme ich.
„Einfach so?"
„Das Chartern des Privatjets übernehme ich. Du packst ein paar Sachen ein und besprichst die wichtigen Details unserer Reise mit Steven. Dann fahren wir nach München, packen und fliegen", zähle ich die Punkte der To-do-Liste auf.
„Du weißt genau, was ich meine", ärgert sie sich, weil ich über sie bestimme.
Und ich weiß auch, dass die Sache geritzt ist.

Kapitel 10

Die Nova Jet Card bietet echte Vorteile. Binnen 36 Stunden werden wir bereits am Rollfeld erwartet. Der Steward des Light Jets ist sehr freundlich. Magda bestand zunächst auf der kleinsten Maschine, aber Steven legte ein Veto ein. Damit uns zwei Sicherheitsleute begleiten können, musste ich eine Maschine mit sechs Gästesitzen chartern. Zähneknirschend hatte Magda einem Tausch gegen einen größeren Jet zugestimmt. Dass sie mit ihrem Sicherheitsteam kooperiert, ist für mich eine neue Erfahrung. Vor einem Jahr habe ich sie eher als Widersacherin ihres Sicherheitspersonals erlebt. Offensichtlich hat sich ihr Verhältnis gebessert. Im Flugzeug verständigen sich Magda und Steven darauf, ihn als Magdas Nachbarn und einen guten Freund der Familie auszugeben, was im Wesentlichen der Wahrheit entspricht. Falks junger Kollege übernimmt die Rolle seines eigenbrötlerischen Neffen, der gern Computerspiele spielt und jeglichen Kontakt zu anderen Menschen meidet. Unter diesem Vorwand wird er ungestört im Überwachungsraum bleiben und die Einsatzkoordinierung seiner Kollegen steuern können. Bei dem Gedanken, dass die Hotelanlage ihretwegen kurzerhand zu einer Hochsicherheitszone umdisponiert wird, stellen sich mir die Nackenhaare auf. Um mich davon abzulenken, denke ich über Magdas Ökobilanz nach. Ihre Siedlung besteht ausschließlich aus energieeffizienten Bauten. Photovoltaikanlagen befinden sich auf jedem Haus und das halbe Parkhaus

ist mit Ladestationen für Elektrofahrzeuge der Siedlungsbewohner ausgestattet. Aber, wenn sie nach Italien reist, wird ein Flieger gebucht und zwei SUVs rollen Richtung Sonne. Ich traue mich nicht, das laut auszusprechen. Der Gedanke an die damit verbundene Umweltverschmutzung ließ sie die ganze Nacht nicht zur Ruhe kommen. Ehrlicherweise muss ich zugeben, dass die Idee mit dem Flieger von mir war. Ich möchte, dass sie meine Schwester kennenlernt, solange diese sich noch in der Toskana aufhält. Deshalb die Eile.
Obwohl jeder beim Start in seinem Sessel bleiben soll, schnallt Matteo sich ab und klettert unerlaubterweise auf meinen Schoß. Trotz der ernsten Ermahnung des Stewards und Magdas Engelszungen lässt er sich nicht dazu überreden, sich wieder auf seinen Sitz zu setzen. Er fühlt sich nicht wohl, seine Augen sind glasig und seine Stirn ist wärmer als sonst. Allen Warnhinweisen zum Trotz behalte ich ihn in meinen Armen. Sofort schmiegt er sich an mich und schläft ein. Der Flug verläuft nicht ganz turbulenzfrei, deshalb bin ich froh, dass Matteo diesen Nervenkitzel nicht mitbekommt.
Als wir gegen zwölf Uhr nachts im Hotel ankommen, bringe ich Matteo sofort ins Bett. Tatsächlich hat der Junge den ganzen Flug und die gesamte Autofahrt wie ein Murmeltier geschlafen. Diese Tatsache hindert ihn auch nicht daran, im Appartement seinen tiefen Schlaf fortzusetzen. Magda wirkt ebenfalls kränklich und begibt sich ohne Umwege ins Schlafzimmer.
Mir schwant Übles.

Mit spärlicher Flurbeleuchtung packe ich notdürftig die Koffer aus. Zumindest Matteos Sachen kann ich ordentlich in die Schränke verstauen, denn er schläft wie ein Stein. Als mein Handy vibriert, gehe ich zum Telefonieren ins Wohnzimmer. Meine Mutter möchte wissen, wie der Flug war und, ob alles in Ordnung ist. Während ich ihr die Situation schildere, höre ich Matteo laut aufschreien. Ohne das Handy aus der Hand zu legen, eile ich zu ihm, und muss feststellen, dass er sich übergeben hat.
„Ich melde mich später", verspreche ich und lege auf.
„Was ist passiert?", ruft Magda erschrocken aus dem Schlafzimmer. Der gellende Schrei ist wohl dafür verantwortlich, dass sie aus ihrem komatösen Schlaf aufgewacht ist. Sie sieht blass aus. Meine Bemühungen, sie zurück ins Bett zu schicken, ignorierend, betritt sie Matteos Zimmer und als sie ihn sieht, läuft sie zielstrebig auf ihn zu, um ihn zu trösten. Sekunden später übernimmt sie das Kommando. Sie zieht ihn aus und schickt mich mit ihm ins Badezimmer. Während ich ihn dort abdusche, wechselt sie seine Bettwäsche und kümmert sich um den Rest. Dankbar dafür, das Erbrochene meines Kindes nicht wegputzen zu müssen, lasse ich sie walten. Sie switcht von Kinderzimmer zu Badezimmer und wieder zurück. Holt Wasser in einer großen unförmigen Keramikschüssel, bringt Matteo frische Klamotten und kommt erneut rein, um frisches Wasser zu holen.
Währenddessen ziehe ich Matteo an. Er wirkt kraftlos. Um zu überprüfen, ob er fiebrig ist, lege ich ihm meine

Hand auf die Stirn. Sie fühlt sich normal warm an und das beruhigt mich. Auf Magdas Anraten bringe ich ihn in unser Schlafzimmer. Über ihre aufgedeckte Seite krabbelt er in das große Bett, kuschelt sich unter das Laken und schläft sofort wieder ein.
„Ich habe die überdimensionale Design-Obstschale zum Eimer degradiert“, gesteht sie leise, als sie ins Schlafzimmer kommt.
„Gut gemacht“, lobe ich sie, weil ich ihr dafür dankbar bin, dass sie die unangenehme Aufgabe, das Kinderzimmer wieder in Ordnung zu bringen, für mich übernommen hat.
„Mal sehen, ob du das auch so siehst, wenn das Hotelpersonal uns erneut Früchte darin auftischt.“
„Igitt“, rufe ich angewidert aus, und zum ersten Mal an diesem Abend lacht sie. Ich liebe ihr glockenähnliches Lachen. Das habe ich in der Zeit unserer Trennung am meisten vermisst. Ich habe mir in den letzten Monaten oft eingebildet, es im Geiste zu hören. Doch in natura klingt es hundertmal schöner. Es löst jedes Mal etwas in mir aus. Etwas Überwältigendes.
„Tut mir leid, Maiocchi! Aber diesmal muss ich passen“, sagt sie, als sie meinem Blick begegnet. Sie verkennt die Tiefe der darin verborgenen Gefühle und ich bin froh darum. Sie soll nicht wissen, was ich für sie empfinde. Sie soll nicht wissen, wie verletzt ich wäre, wenn sie mich wieder verließe. Rasch gewinne ich die Kontrolle über meine Gefühlswelt zurück und überspiele die Situation. Zum Glück bin ich ein Meister darin, meine Stimme zu kontrollieren. Wenn sie meine

Mimik und Gestik nicht richtig einordnet, hat sie bei meiner Stimme nicht den Hauch einer Chance.
„Nur für mich?“, frage ich aufreizend. Meine Körpersprache passt sich meiner Stimme an.
„Willst du, dass ich dir dabei vor die Füße kotze?“, fragt sie abfällig. Sie muss am Ende ihrer Kräfte sein, wenn sie sich dermaßen unladylike ausdrückt.
„Im Badezimmer?“, ärgere ich sie - halbherzig - weiter. Endlich bemerkt sie, dass ich sie aufziehe und lächelt müde. Und obwohl sie vollkommen erschöpft ist, spielt sie mein Spiel mit.
„Mit dem Kopf über der Kloschüssel?“, fragt sie gespielt erbost und setzt sich an den Bettrand.
„Gute Idee. Sie ist sowieso schon versaut“, sage ich, während ich auf der anderen Seite meine Beine unter das eingeschlagene Bettlaken stecke.
„*Du* bist versaut“, murrt sie. Dabei versucht sie, ihr Grinsen vor mir zu verbergen, indem sie sich nach außen zum Lichtschalter dreht und das Nachtlicht ausknipst.

Gefühlt, mitten in der Nacht werde ich von zwei flüsternden Stimmen geweckt. Ein Blick auf die blickdichten, zugezogenen Vorhänge, die an den Seiten bereits das Tageslicht durchscheinen lassen, verrät mir, dass die Sonne bereits aufgegangen ist. Ich mache mich auf die Suche nach den beiden Flüsterern.
„Papa est réveillé“, sagt Matteo plötzlich in seiner normalen Lautstärke, weil er mich hört.

„Guten Morgen“, begrüßt Magda mich verhalten, als ich ins Wohnzimmer komme. Sie hat sich umgezogen und geduscht. Ihre Haare sind feucht. Eine Bananenschale und eine Kekspackung liegen neben ihr auf der Küchentheke, während sie die kleingeschnittenen Bananenstücke und die zerbrochenen Kekse mit einer Gabel zu einem Brei zermanscht.
„Matteo hat Hunger“, unterrichtet sie mich.
„Dann lasst uns frühstücken gehen.“
„Matteo und ich dürfen noch nicht. Wir könnten die anderen anstecken. Und vielleicht solltest du auch lieber hier bei uns bleiben.“
„Hast du dich übergeben?“
„Schon zweimal.“
Das erklärt die dunklen Augenringe.
„Oh, Baby!“ Ich versuche sie zu küssen, aber sie hält sich die Hand vor den Mund.
Indigniert schaue ich sie an. Was soll das denn?
„Ich könnte dich anstecken“, warnt sie mich.
„Außerdem habe ich meine Zähne noch nicht geputzt“, äußere ich meine Vermutung für den wahren Grund, weshalb sie sich mir gegenüber abwehrend verhält.
„Es ist nicht deshalb. Mir geht´s nicht gut“, sagt sie und läuft zur Toilette.
Armes Mädchen! Ich sollte sie lieber in Ruhe lassen.
Matteo beginnt die Matschepampe, die sie für ihn fabriziert hat, genüsslich zu verspeisen.
Jedem das Seine. Aber ich brauche jetzt erst einmal ein ordentliches Frühstück.

Wir haben Logis mit Frühstück gebucht. Da ich nicht sicher bin, ob meine Schwester schon wach ist, rufe ich meine Mutter an, um sie zu fragen, welche Uhrzeit sie fürs Treffen zum Frühstück ausgemacht haben. Dabei berichte ich ihr beiläufig, dass Magda sich ebenfalls übergeben musste.
„Dann kannst du nicht mitkommen. Sonst werdet ihr uns alle anstecken“, sagt sie.
„Aber...“
„Bleib im Appartement! Wir stellen euch das Essen vor die Tür“, sagt sie in einem Ton, der keine Widerworte zulässt.
Magda taucht wieder auf. Sie sieht total fertig aus.
„Meine Mutter ist derselben Meinung wie du. Sie sagt, wir sind ansteckend“, sage ich zwar zu Magda, aber meine Mum kann mich auch hören und schnaubt.
„Besser ansteckend als schwanger“, sagt sie bissig und legt auf.
Magda beobachtet mich im Wohnzimmer vom Sofa aus. Matteo und sie haben sich unter eine Decke gekuschelt. Eine Decke bei gefühlt 28 Grad im Zimmer! Sie sind eindeutig krank. Doch die Worte meiner Mutter hallen in meinem Kopf nach.
„Was ist mit dir?“, fragt Magda besorgt. „Was hat sie noch gesagt?“
Matteo liest seinem Plüsch-Raben aus Magdas Märchenbuch vor. Er ist in seine Märchenwelt vertieft und beachtet uns nicht. Deshalb frage ich sie direkt.
„Bist du schwanger?“

„So schnell geht das nicht“, antwortet sie unbekümmert. „Außerdem nehme ich die Pille.“
Plötzlich begreift sie, was ich meine und wird sichtlich blasser. „Ich habe dir doch gesagt, dass ich nach unserer Trennung mit niemandem...“, mit einem Seitenblick auf Matteo bricht sie den Satz ab. „Glaubst du mir nicht?“ Ihre Stimme und ihr Blick verraten, wie enttäuscht sie darüber ist.
„Das ist es nicht“, weiche ich aus.
„Was ist es dann?“, fragt sie traurig. Matteo schaut sie mitleidig von der Seite an.
„Nichts“, antworte ich brüsk.
Dann stehe ich abrupt auf und laufe ins Badezimmer, um mich frisch zu machen. Anschließend hole ich meine Badehose, schnappe mir ein Badetuch und gehe schwimmen. Sie hält mich nicht auf.

Das Schwimmerbecken ist nur wenige Meter von unserer Terrasse entfernt. Das hat den Vorteil, dass wir es jederzeit bequem nutzen können. Einen Nachteil hat es allerdings auch: Als Nichtschimmer muss Matteo hier draußen ständig eine Schwimmweste tragen. Kopfüber springe ich ins Wasser und drehe meine Runden. Weil das Bassin höchstens fünfzehn Meter lang ist, muss ich ständig wenden. Bei einer kurzen Verschnaufpause am Beckenrand, höre ich, wie mein Vater, auf dem Balkon über unserem Appartement, zu meiner Mutter sagt: „Er kann es einfach nicht lassen.“
„Du weißt, wie freiheitsliebend er ist. Ihn kann man nicht einsperren,“ antwortet sie.

Obwohl es verleitend ist, mich dazu zu äußern, lasse ich das Gehörte unkommentiert und tauche abermals ein.
Ab, zum nächsten Kilometer!

Als ich über die Terrasse ins Wohnzimmer komme, finde ich Matteo allein auf dem Sofa vor. Er schläft wieder. Der säuerliche Geruch von Erbrochenem strömt mir entgegen und ich öffne die deckenhohen Fenster, sodass eine komplette Frontwand offensteht. Auf dem Weg ins Badezimmer begegne ich Magda im Flur. Offensichtlich hatte sie sich erneut übergeben. Meine Gefühle schwanken zwischen Sorge und Angst. Während sie sich die Zähne putzt, gehe ich duschen. Als ich rauskomme, wartet sie, ans Waschbecken gelehnt, auf mich. Sie macht keine Anstalten, sich mir zu nähern. Und ihr Blick ist geradezu kühl. Ohne sie zu beachten, trockne ich mich ab und kämme mir die Haare.
„Rede mit mir", fordert sie mich auf.
Ich weiß nicht, was ich sagen soll und auch nicht, was sie von mir hören möchte. Deshalb schweige ich. Als ich gerade das Badezimmer verlassen möchte, stellt sie sich mir in den Weg.
„Bitte", sagt sie schlicht.
„Was willst du wissen?", frage ich gereizt.
„Glaubst du, dass ich schwanger bin?", fragt sie.
„Wenn du es bist, dann wohl nicht von mir", sage ich erbost.
„Traust du mir etwa zu, dass ich dir ein fremdes Kind unterjuble?" Sie klingt erschöpft. Nahezu weinerlich.

Ihre Augen glitzern, wobei das auch vom Fieber kommen kann. Auch Matteo hatte gestern glasige Augen.
„Du verstehst mich nicht“, werfe ich ihr vor, ohne meine Enttäuschung zu kaschieren.
„Wie auch? Du redest ja nicht mit mir“, gibt sie mir die Schuld für die Sackgasse, in der wir stecken. Aber das lasse ich nicht auf mir sitzen.
„Weil ich eine Scheißangst habe“, zische ich sie an. Am liebsten würde ich es herausbrüllen, aber ich muss mich beherrschen, da Matteo nebenan schläft, und er soll sich nicht ängstigen.
„Wovor?“
„Davor, dass ein anderer Mann dir ein Kind gemacht hat und du zu ihm zurückkehrst“, offenbare ich, was mich die ganze Zeit beschäftigt. Verzweifelt fahre ich mir mit den Fingern durchs Haar.
Sie stellt sich auf die Zehenspitzen, umgreift mit ihren zarten Händen meine Kiefernknochen und bringt mich dazu, sie anzusehen. „Zwischen dir und dir gab es niemanden. Begreife es doch!“
Ihr Blick verleiht mir Gewissheit. Endlich bekomme ich wieder Luft. Erleichtert schließe ich die Augen. Dann atme ich tief ein. „Ich liebe dich“, höre ich sie leise sagen und traue meinen Ohren nicht.
„Sag es nochmal!“
„Ich liebe dich“, flüstert sie mir zu.
Überschwänglich hebe ich sie hoch, aber bevor ich sie drehen kann, befreit sie sich umständlich aus meiner Umarmung und läuft zur Toilettenschüssel. Es tut mir aufrichtig leid, dass sie sich quält. Allerdings überwiegt

bei mir die Freude über eben Gehörtes. Grinsend lehne ich mich ans Waschbecken. Erneut kommt sie rein, um sich die Zähne zu putzen. Sie beugt sich übers Waschbecken. Ihre Haare sind zu einer festen Acht geknotet und ich schiebe meine Finger durch die beiden Loopings.
„Schönes Spielzeug."
„Vergiss es! So risikofreudig bist nicht einmal du", brummt sie, während sie ihre Zahnbürste aufräumt.
„Wollen wir wetten?"
Ein Klopfen an der Tür vereitelt mein Vorhaben, sie zu verführen.
Als ich die Eingangstür aufschließe, entdecke ich ein volles Frühstückstablett mit drei Tellern. Außerdem ein Päckchen mit Modelliermasse. Modelliermasse!? Leider kann ich sie nicht fragen, wozu sie die Modelliermasse benötigt, denn sie liegt bereits mit einer Wärmeflasche im Bett und schläft. Ich beschließe, sie in Ruhe zu lassen und sehe nach Matteo. Er schläft ebenfalls den Schlaf der Gerechten. Nun schließe ich alle Fenster und Türen, und ziehe die Vorhänge erneut soweit zu, dass ich nur noch die Möbelumrisse erkenne. Dann laufe ich zur Kochnische und stelle dort das Tablett ab. Im Urlaub alleine zu frühstücken ist ätzend. Aber ich kann die beiden ja schlecht wecken. Also stürze ich mich ins Unvermeidliche und esse allein. Sie liebt mich! Die ganze Zeit kreisen meine Gedanken um diesen Satz. Sie sagt, sie liebt mich. Aber wie kann sie sich sicher sein?

Ich vermisse ihre Nähe. Matteos ruhige, gleichmäßige Atmung verrät mir, dass er tief schläft. Also laufe ich, im Halbdunkel des Appartements ins Schlafzimmer und lege mich hinter sie. Bei ihr ist es warm und friedlich. Ich fühle mich geborgen und schließe meine Augen. Bis Magda sich unter der Last meines Armes auf ihrem Oberkörper reckt.
„Du duftest nach Essen.“ Ihre Stimme klingt verschlafen und rau. Irgendwie sexy.
„Hast du Hunger?“, frage ich, weil ich hoffe, dass es ihr wieder besser geht. Schließlich hat Matteo vorhin auch schon gegessen.
Verneinend schüttelt sie den Kopf. Ihre Haare kitzeln meine Lippen. Sie duften gut. Verheißungsvoll. Immer, wenn sie beim Sex auf mir sitzt und ihre Haare offen trägt, beugt sie sich beim Küssen nach vorne, und ich versinke in ihren blonden Wellen und deren traumhaftem Duft.
„Anscheinend hast *du* Hunger“, sagt sie verschlafen.
„Wie du selbst festgestellt hast, habe ich bereits gegessen“, erwidere ich, während ich meine Hüften gegen ihren Hintern drücke. Als Antwort darauf wippt sie aufreizend ihr Becken.
„Vielleicht hast du gegessen, aber hungrig bist du immer noch“, behauptet sie kichernd.
Es scheint ihr wieder besser zu gehen. Sie schiebt ihr Kleid hoch und zieht ihr Höschen aus. Im Halbdunkel kann ich diese Bewegung mehr erahnen als sehen. Aber spätestens als sie hinter ihrem Rücken versucht meinen Hosenbund zu öffnen, lässt sich ihre Absicht

nicht mehr missverstehen. Angespornt von ihrer Initiative knete ich zunächst ihre vollen Brüste und schiebe danach meine rechte Hand entlang ihres flachen Bauchs nach unten. Erwartungsvoll spreizt sie ihre Oberschenkel und gewährt meiner forschen Hand freien Zutritt. Währenddessen verwöhnen ihre Hände mich. Es dauert nicht lange und ihre Hüftbewegungen werden dynamischer. Fordernder.

Ihre gesamte Körpersprache deutet auf ein Finale hin. Viel zu früh! Wie ist das möglich? Unter ihren energischen Protestlauten ziehe ich meine Hand zurück. Dann befreie ich mich aus ihren Händen, packe ihre Handgelenke und drücke sie mit der anderen Hand bäuchlings auf die Matratze. Sie weiß, dass ich sie nehmen werde, und wartet bereitwillig darauf, dass ich in sie eindringe. Ich überlege, ob ich ein Kondom holen sollte. Doch ein unverhüllter Hautkontakt ist mir bei ihr lieber. Nichts soll zwischen uns sein. Ungeduldig bittet Magda mich, weiter zu machen und ich dringe sanft in sie ein. Mit ihr eins zu sein, erfüllt mich mit Frieden.

Kapitel 11

Meine Hoffnung, Magdas Unwohlsein sei vorbei, erfüllt sich leider nicht. Bereits am Abend geht das Ganze von vorne los. Allerdings nur bei ihr. Matteo bleibt verschont. Ein weiterer Tag vergeht. Und Magda hängt immer noch in den Seilen. Matteo erholt sich zusehends und ich beschäftige ihn im Appartement. Wieso dauert diese Krankheit bei ihr bloß so lange, wenn Matteo doch schon quickfidel ist? Und wenn sie ansteckend ist, wieso bleibe *ich* gesund? Zu allem Übel reist meine Schwester mit ihrer Familie ab, ohne Magda kennenzulernen.

Am dritten Tag geht es Matteo deutlich besser. Obwohl Magda noch krank ist, nehmen sie ihn mit zum Frühstück. Das nervt mich. Ich vermute, dass dieser Infekt nur ein Scheingrund war. Wahrscheinlich war es eine Art Schadensbegrenzung, für den Fall, dass unsere Beziehung, oder was auch immer das zwischen Magda und mir ist, nicht lange hält.

„Was hast du denn?", fragt sie besorgt.

„Du meinst - außer Langeweile?", frage ich launisch und setze mich im Wohnzimmer aufs Sofa. Ich weiß, dass es nicht fair ist, meinen Unmut an ihr auszulassen. Aber ich kann gerade nicht anders. Sie ist die Einzige, die da ist. Zu meinem Erstaunen bleibt sie vollkommen gelassen. Offensichtlich kann sie bereits mit meinen Launen umgehen.

„Was beschäftigt dich, außer der Langeweile?“, will sie wissen, während sie mich, an den Esstisch gelehnt, aufmerksam beobachtet.
„Ich ärgere mich darüber, dass du meine Schwester nicht kennenlernen konntest“, antworte ich.
„Deine Mutter hatte Recht, die Wahrscheinlichkeit, dass wir jemanden angesteckt hätten, war zu hoch.“
„Es war nur ein Vorwand.“
„Und wenn schon. Sie macht sich eben Sorgen.“
Sie kommt zu mir und setzt sich neben mich aufs Sofa. Dann sieht sie mich an und ergänzt: *„Du* müsstest es doch verstehen.“
„Warum?“
„Na, du bist doch jetzt Vater. Du kannst nachvollziehen, wie es ist, sich Sorgen um sein Kind zu machen“, sagt sie und streicht mir zärtlich übers Haar.
„Du kannst es offensichtlich auch nachempfinden.“
Ich schnappe nach ihrem Unterarm und ziehe sie grob auf meinen Schoß. Sie hat bereits damit gerechnet. Das erkenne ich an der Art, wie sie lacht.
„Ich denke bloß logisch“, sagt sie. Ich lege mich aufs Sofa und ziehe sie mit mir nach unten.
„Du denkst mit dem Herzen“, flüstere ich ihr ins Ohr, als sie auf mir landet.
„Und du mit dem ...“, versucht sie mich aufzuziehen, während ich eine Hand in ihrem Haar am Hinterkopf vergrabe, und sie mit der anderen unter ihrem T-Shirt kitzle. Sie versucht nicht, ihren Satz zu Ende zu sprechen, sondern weicht kichernd meiner Hand aus. Allerdings lasse ich nicht locker und ziehe sie zu mir, um

sie zu küssen. Sie gibt ihre Gegenwehr auf und erwidert zärtlich meinen Kuss. Doch plötzlich befreit sie sich aus meinem Griff und setzt sich rittlings auf meinen Bauch. Dann packt sie mich an den Handgelenken und drückt meine Arme über meinen Kopf. Die unmittelbare Nähe ihrer Brüste und ihr bestimmendes Verhalten wecken in mir den Wunsch, nach ihren Pobacken zu greifen. Sie befiehlt mir jedoch, meine Arme liegen zu lassen. Getreu dem Motto „Ihr die Arbeit, mir das Vergnügen“ strecke ich mich aus. Bereit, zu genießen, was noch kommt.

Das unwillkommene Klingeln an der Tür vereitelt meinen Plan. Rasch springt Magda auf, ordnet mit beiden Händen ihre Haare und sortiert ihre Kleidung. Da ich davon ausgehe, dass meine Eltern mit Matteo vor der Tür stehen, erhebe ich mich rasch und laufe zur Eingangstür, um sie zu bitten, noch eine Weile auf ihn aufzupassen. Aber anstatt meiner Familie steht Falk mit einer Papiertasche mit Apothekenaufdruck vor der Tür. Er drückt mir die Papiertüte in die Hand und verabschiedet gleich wieder, mit den Worten, der Inhalt sei für Magda. Ohne hineinzusehen, trage ich das Ding zu seiner Adressatin, währenddessen frage ich mich, ob es sich lohnt, dort anzuknüpfen, wo wir gerade aufgehört haben oder, ob wir möglicherweise ein zweites Mal gestört werden. Diesmal von meiner Familie. Sie kommt in den Flur und ich reiche ihr das Täschchen.

„Ist für dich.“

„Für uns“, berichtigt sie mich wissend. Dann holt sie einen Schwangerschaftstest aus der Papiertasche

heraus. Vollkommen überrumpelt, folge ich ihr zur Toilette.
„Dann gibt es doch einen Grund?“, frage ich argwöhnisch.
„Ja. Einen misstrauischen, ein-Meter-neunzig-großen Grund“, sagt sie. Dann reißt sie die Verpackung auf, holt den Streifen heraus und liest die Gebrauchsinformation.
„Sag mal! Gehts noch?“, rufe ich verärgert, als sie vor meinen Augen mit der Anwendung beginnt.
„Tja, da musst du jetzt durch. Für mich ist das auch kein Vergnügen. Aber dein ständiges Misstrauen finde ich schlimmer“, verrät sie.
Dann legt sie den eben verwendeten Streifen auf den Waschbeckenrand, drückt sich an mir vorbei und geht duschen. Wie gern würde ich ihr jetzt folgen, aber ich bin viel zu gespannt und sehe mir deshalb den *test da gravidanza* an. Der Beipackzettel verspricht, dass dieser Test sogar die Schwangerschaftswoche anzeigt. Die Spannung steigt und im nächsten Moment kann ich das Ergebnis ablesen. *Non incìnta.* Nicht schwanger! Die Erleichterung, die ich dabei empfinde ist unermesslich.
Geduscht steht Magda vor dem Spiegel, beobachtet mich darin und bürstet sich die Haare. Ich stelle mich hinter sie und atme ihren Duft ein. Ich liebe den Duft ihrer nassen, frisch gewaschenen Haare. Ab dieser Sekunde wird er mich immer an die Toskana erinnern.
„Und! Wie werden wir das Kind nennen?“, fragt sie gereizt.

„Warum bist du wütend?“, frage ich entspannt. Die Erleichterung über das negative Ergebnis dominiert alle anderen Gefühlsregungen in mir.
„Weil du auf einmal befreit wirkst“, gibt sie ehrlich zu.
„Das bin ich auch.“
„Das ist nicht fair“, sagt sie gequält.
„Was meinst du?“ Ich bin verwirrt. Wieso sollte ich mich nicht darüber freuen, dass sie nicht schwanger ist?
„Ich liebe Matteo. Aber du würdest mich auf den Mond katapultieren, wenn ich von jemand anderem schwanger wäre“, unterstellt sie mir.
„Aber es läge nicht am Kind, sondern daran, dass es von einem anderen wäre“, rechtfertige ich mich und bezweifle, dass sie diese Erklärung versteht.
„Würdest du mich abservieren, wenn das Ergebnis positiv wäre?“, fragt sie direkt.
Unsere Blicke treffen sich im Spiegel. Ihrer ist frostig.
Diese gesamte Testsituation hat mich eiskalt erwischt. Ich bräuchte Zeit, um über ihre Frage nachzudenken. Klar, hatte ich gehofft, dass sie nicht schwanger ist und mein Wunsch hatte sich erfüllt. Woher - zum Teufel - soll ich wissen, wie ich handeln würde, wenn sie schwanger wäre?
Erneut klingelt es an der Tür, diesmal bin ich sogar froh über die Störung unserer Zweisamkeit. Matteo steht in Begleitung meines Vaters vor mir und hält eine Schuhschachtel in den Händen. Als ich mich vorbeuge, um sie ihm abzunehmen, hindert er mich daran, mit der Begründung, sie sei für Magda. Schon wieder?

Fragend sehe ich zuerst ihn und dann meinen Vater an. Beide schweigen sie. Ihre versteinerten Mienen erinnern mich an mein Pokerface. Angesichts der übertriebenen Geheimniskrämerei trete ich einen Schritt zur Seite, um Matteo den Weg ins Appartement freizugeben. Magda betritt die Diele und grüßt meinen Vater freundlich aus der Ferne. Aufgrund unserer epidemischen Lage bleibt er draußen vor der Tür stehen. Auf mich wirkt diese Vorsichtsmaßnahme überzogen, wenn man bedenkt, dass Matteo eben noch mit ihm unterwegs war. Aber, wie Magda richtig festgestellt hat, niemand kotzt freiwillig.

„Das ist für dich", sagt mein Sohn und übergibt Magda die Schuhschachtel.

„Wieso für mich?", fragt sie verblüfft und öffnet neugierig die Schachtel. Darin befindet sich ein Paar weißer Sneaker.

„Ich habe sie auch. Schau", zeigt er ihr seine neueste Eroberung, indem er dabei mit den Schuhspitzen wackelt.

„Und ich?", frage ich ihn.

„Hör bloß auf", warnt mein Vater leise. „Dort gibt es nur Kinderschuhe. Ich hoffe, dass das Magdas Größe ist, sonst musst *du* mit ihm ähnliche Schuhe für sie suchen."

Von Matteos Mitbringsel aufgeheitert, probiert Magda die Schuhe an. Und sie passen tatsächlich. Matteo sieht stolz aus und auch sie strahlt übers ganze Gesicht. Dann bedankt sie sich bei ihm und meinem Vater. Lächelnd winkt dieser ab und geht. Ich bin froh, dass es wenigstens meinem Kind gelingt, sie zum Strahlen zu bringen. Plötzlich läuft Matteo ins Wohnzimmer. Ratlos sehen wir ihm hinterher. Eine Sekunde später bringt er meine weißen Sneaker und sagt: „Wir sind Partner."

Im Eingangsbereich stellt er unsere Schuhe in einer Reihe auf. Der Größenunterschied ist immens. „Ich bin immer noch der Boss", stelle ich klar. Verschmitzt schaut er zu mir hoch.

Um Matteo zu beschäftigen, denkt Magda sich neue Tanzschritte für ihre Bambini-Tanzgruppe aus. Sie führt sie ihm vor und lässt ihn diese nachtanzen. Auf diese Weise überprüft sie, ob die Schritte für ihre Knirpse in der Tanzschule geeignet sind. Es macht Spaß, den beiden bei ihrer Arbeit zuzusehen. Sie geht in ihrer Aufgabe auf, ist geduldig, hilft nur dann, wenn es wirklich erforderlich ist. Er ist Feuer und Flamme und führt ihr sogar ein paar eigene Moves vor, die zwar nicht sonderlich professionell wirken, sie jedoch zum Lachen bringen. Sie verspricht ihm, einige davon in ihre Choreografie einzubauen.

Als mein Vater ihn zum Mittagessen abholen möchte, weigert er sich mitzugehen, weil wir gerade Dino Labyrinth spielen. Und so kommt es, dass wir einige Zeit später das Mittagessen zu dritt im Appartement einnehmen. Schweigsam sitzen Magda und ich neben Matteo, während er uns von seinem Schuhkauf berichtet. Das vorherige Streitthema steht immer noch zwischen uns.

Nach dem Essen und Zähneputzen schläft Magda beim Vorlesen neben Matteo in seinem Bett ein. Der kleine Rabe Socke leistet den beiden Gesellschaft. Nur für mich ist kein Platz mehr in dem ein Meter breiten Bett. Der Gedanke daran, unwillkommen zu sein, nimmt plötzlich überhand und ich fühle mich hundeelend. Verzweifelt versuche ich ihm keinen Raum zu geben. Stattdessen an etwas Schönes zu denken. Doch vergebens. Tausende negative Gefühle prasseln auf mich ein und ich kann ihnen keinen Einhalt gebieten. Bewegung ist das einzige Gegenmittel, das jetzt noch hilft. Deshalb gehe ich joggen.
Nach einem fünfzehnkilometerlangen Lauf bin ich bereit, meine sortierten Gedanken aufzuschreiben und neue Beats zu bauen. Also biege ich an der Kreuzung nicht zum Castello, sondern in Richtung Dorf ab.

Erst spät in der Nacht komme ich zurück. Im gesamten Castello brennt kein einziges Licht mehr. Nur die filigranen Lichterketten, die von einem Pinienbaum zum nächsten gespannt sind, weisen mir den Weg zum Haupthaus. Es ist dunkel, und ich gehe davon aus, dass Magda sich Sorgen über meinen Verbleib macht. Dummerweise hatte ich mein Handy nicht dabei. Aber meine Mutter weiß, wo sie mich findet. Ich bin sicher, dass auch Magdas Sicherheitsteam wusste, wo ich war. Sie musste sich lediglich nach meinem Aufenthaltsort bei ihnen erkundigen.
Und das tat sie wohl auch, sonst würde sie jetzt nicht seelenruhig schlafen. Ich schmiege mich an sie und

lege besitzergreifend meine Hand auf ihren Oberschenkel. Vom vielen Schreiben und Musizieren fühle ich mich regelrecht beflügelt. Vielleicht ist das auch die Nachwirkung des Joints, den ich mir vor ein paar Stunden gegönnt habe. Jedenfalls fühle ich mich gut und sie ist hier bei mir.
Das Leben könnte nicht schöner sein.

Kapitel 12

Am nächsten Morgen verlassen wir endlich unser Quarantänelager und treffen meine Eltern, meine Tante und ihre zwei Söhne samt Familien im Frühstückscafé des Castello. Meine Freude darüber hält sich in Grenzen. Zum einen liegt es daran, dass meine Schwester, meine Lieblingscousine und meine Lieblingstante bereits abgereist sind und zum anderen hätte ich heute Morgen lieber mit Magda zu zweit gefrühstückt, um unser gestriges Streitgespräch aufzuarbeiten. Zurzeit herrscht zwischen uns Funkstille. Außer einem müden „Guten Morgen“ und ein paar Floskeln - um vor Matteo und den anderen den Schein zu wahren - haben wir nichts ausgetauscht. Ich vermisse ihr Lächeln. Vermisse ihre Hand in meiner und die Harmonie zwischen uns.

Als meine Cousins sich mit ihren Frauen darüber unterhalten, dass sie gern nach Florenz fahren und ihre Kinder der Obhut meiner Tante überlassen würden, wittere ich eine Gelegenheit, Matteo der Aufsicht meiner Mutter zu übergeben, um mir mit Magda einen schönen Tag zu gönnen. Allerdings macht zunächst meine Mutter und anschließend auch noch Magda einen dicken Strich durch meine Rechnung, indem die eine uns eröffnet, mit nach Florenz fahren zu wollen und die andere sich bereit erklärt, die Betreuung der Kinder zu übernehmen. Meine Mutter unterbreitet sofort meiner Tante Magdas Angebot auf Italienisch.

„Che bella idea!“, ruft meine Tante begeistert aus und an Magda gewandt, sagt sie: „Grazie, cara mia.“
Magda lächelt freundlich.
„Ohne mich“, sage ich bockig, weil ich glaube, dass Magda das nur macht, weil ich gestern abgehauen bin.
„Mein Italienisch ist nicht gut. Ich werde vielleicht jemanden brauchen, der für mich übersetzt. Nur, für den Fall, dass Matteo nicht weiterkommt“, sagt Magda, während sie meinen Vater ansieht.
„Ich wollte eh im Castello bleiben“, versichert er ihr.
„Allora, facciamolo così“, sagt mein Cousin Enrico energisch in die Runde und dann an Magda gerichtet: „Dann machen wir es so. Die Kinder bleiben hier.“ Er lässt dabei seinen ganzen Charme spielen und sein Bruder Davide schießt den Vogel ab, indem er versucht, ihr die Hand zu küssen. Diskret entzieht sie ihm ihre Hand, als sie seine Absicht erkennt. Mit ihrem übertriebenen Verhalten bezwecken sie bloß, dass ich mich ärgere. Ihnen ist meine gedrückte Stimmung sofort aufgefallen. Sie kennen mich gut genug, weil sie während ihres Studiums bei uns in München gelebt haben. Damals war ich dreizehn und sie hatten nichts Besseres zu tun, als mich andauernd zu triezen.
Magda lächelt verhalten. Es ist offensichtlich, dass ihr die geballte Aufmerksamkeit meiner Cousins unangenehm ist. Seit sie das Café betreten hat, sind deren Augen auf sie gerichtet. Sie schmachten sie an, wie Kinder eine Geburtstagstorte. Ich frage mich, wie ihre Frauen es schaffen, bei diesem despektierlichen Benehmen entspannt zu bleiben.

Als wir kurz nach dem Frühstück in einem Siebensitzer Richtung Firenze aufbrechen, sitzt Enrico am Steuer und Davide als Beifahrer neben ihm. Im größten räumlichen Abstand zu ihnen, sitzen ihre Ehefrauen auf den hintersten Plätzen. Ich sitze mit meiner Mutter und meiner Tante in der zweiten Reihe. Seit meinem achtzehnten Geburtstag fahre ich entweder selbst oder lasse mich in Ausnahmefällen auf dem Beifahrersitz kutschieren. Seit meiner Volljährigkeit ließ ich mich bisher nie in die zweite Reihe verbannen.
Dieser Tag *muss* besser werden!
In Florenz trennen sich unsere Wege. Die Frauen schließen sich zusammen und diskutieren über die Reihenfolge der Museumsbesuche, während meine Cousins sich von ihnen verabschieden und die Sportläden anpeilen. Mein Weg führt mich in eine Lingerie Boutique. Die Verkäuferin, eine rassige Italienerin, mit langen schwarzen Haaren und dichten Augenbrauen, erkennt in mir einen zahlungskräftigen, interessierten Kunden und legt sich beim Beraten entsprechend ins Zeug. Ihre Beratungskompetenz schlägt auf meinem Konto mit 1300 Euro zu Buche und beschert mir einen runden, beigen Karton, gefüllt mit reizvollen Schätzen. Anschließend hole ich noch beim Goldschmied ein speziell für mich angefertigtes Feuerzeug in Marmor-Optik, mit einem goldenen Rand, welcher meine Initialen trägt, ab. Das Feuerzeug befindet sich in einer edlen, samtenen Schatulle, die mich auf eine Idee bringt.

Als ich auf der Rückfahrt gefragt werde, was sich in der runden Schachtel befindet, behaupte ich einen Sonnenhut für Magda gekauft zu haben. Ohne sich meinen Satz auch nur zu Ende anzuhören, unterhalten sie sich weiter. Ich bin erleichtert, dass sie sich nicht für mich interessieren und flüchte in meine Gedankenwelt. Auf der ganzen Fahrt tausche ich kein Wort mit ihnen, doch das fällt niemandem auf. In dieser Familienkonstellation war es noch nie anders. Sie haben einander jede Menge zu erzählen, doch nichts davon interessiert mich. Ihnen geht es mit mir genauso. Lediglich in unserer Uneinigkeit sind wir uns einig.
Im Appartement verstaue ich die „Hutschachtel" ganz oben im Schrank, um nicht Gefahr zu laufen, von Matteo gefragt zu werden, warum Magdas neue Sachen zahlreiche Schlitze haben. Das Gelächter und die lauten Stimmen, die von draußen hörbar sind, ziehen mich auf die Terrasse. Magda und die Kids toben im Pool. Matteo trägt eine Schwimmweste und meine Neffen nicht. Offensichtlich können sie bereits schwimmen, was sie auch zur Schau stellen. Meine Mutter und meine Tante stehen auf ihren Balkonen und sehen den Kindern beim Tollen im Wasser zu. Hin und wieder fordern die Jungs Matteo dazu auf, seine Weste auszuziehen und mit ihnen zu tauchen. Er hört nicht auf sie. Stattdessen macht er sich einen Spaß daraus, vom Beckenrand in den Pool zu springen, um sich anschließend von Magda aus dem Becken herausziehen zu lassen. Die hohen Wasserspritzer erklären auch, die Überschwemmung unserer Terrasse.

Auch die Entfernung, in der ich meinen Vater und Steven Falk auf der Wiese entdecke, lässt sich damit erklären. Abgeschieden sitzen die beiden auf zwei Liegen. Zwischen ihnen befindet sich unser Couchtisch, auf dem ihr Schachbrett steht. Eine türkise Picknickdecke ziert den Rollrasen. Rabe Socke, sämtliche Malutensilien, Bücher und Bälle, die Matteo aus Deutschland mitgebracht hat, liegen darauf verteilt. Unsere Sachen und die Kleider der Kinder befinden sich auf vielen weiteren Liegen.

„Was für ein Chaos“, sagt meine Mutter zu meiner Tante. Sie teilen sich das Stockwerk über uns. Deren Appartements befinden sich zwar nebeneinander, doch ihre Balkone sind versetzt, deshalb muss sie lauter sprechen. Die Appartements meiner Cousins befinden sich jeweils darüber.

Chaos herrscht auch in meinem Inneren. Ich bin überwältigt von Magdas Anblick und wünsche mir, dass sie zu mir kommt. Aber mir wird lediglich ein allgemeines Hallo, wie allen anderen, zuteil. Abermals hilft sie Matteo aus dem Pool und er läuft zu mir, um mich zu umarmen. Ich möchte mich auf Augenhöhe mit ihm unterhalten, und gehe dafür in die Hocke.

„Was habt ihr mit den neuen Schuhen angestellt?“, ruft meine Mutter empört.

Da sie Deutsch spricht, weiß ich, dass diese Frage an Magda gerichtet ist. Um ihren Unmut zu begreifen, halte ich Ausschau nach den Schuhen der beiden und entdecke sie auf einer der freien Gartenliegen. Es vermittelt den Eindruck, als wurden sie zum Trocknen

aufgestellt. Um zu verstehen, worüber meine Mutter sich aufregt, nehme ich Matteo auf meinen Arm und laufe mit ihm zu der Liege mit den Schuhen.
„Ich habe sie angemalt", gesteht er flüsternd.
Als ich mich dem besagten Korpus Delicti nähere, fallen mir die roten Streifen auf zwei Schuhen auf. Sie haben bei beiden Schuhpärchen jeweils einen Schuh rot bestrichen und einen weiß gelassen. Ohne seinen Blick vom Schachbrett zu nehmen, erklärt mein Vater: „Matteo ist beim Malen die rote Farbe auf die Schuhe getropft. Damit er sich nicht darüber ärgert, hat Magda rote Linien darauf gemalt." Während mein Vater mit seiner Dame zu einem Zug ausholt, ergänzt er belustigt: „Jetzt ist auch Rabe Socke deren Partner."
Skeptisch beäuge ich die Ergebnisse ihrer spontanen Kunstaktion. Einerseits befürchte ich, dass Matteo, dadurch von anderen Kindern als ein komischer Kauz abgestempelt wird. Andererseits begrüße ich diese Problemlösung, weil sie außergewöhnlich ist. Außerdem freut sich Matteo über das Ergebnis und das ist für mich der entscheidende Faktor.
„Coole Idee!", sage ich zu Magda, als sie sich zu uns gesellt.
„Papa, wir können auch deinen Schuh anmalen", bietet Matteo mir an.
„Finger weg…", fange ich meinen Satz an.
„…von meinen Sachen", äfft sie mich nach. Und bringt Matteo damit zum Lachen.
„Ich meine es ernst", sage ich streng und schaue sie dabei an. Obwohl sie sichtlich genervt ist, verkneift sie

sich jeden Kommentar, weil sie sich nicht vor den anderen mit mir streiten möchte.
„Kannst du Matteo schonmal fürs Abendessen fertig machen? Ich räume hier solange auf“, bittet sie mich und beginnt aufzuräumen.
Ein weißes T-Shirt mit der roten Aufschrift *MM=5e* fällt mir auf und ich erahne, welche Eigenschaften die 5e zusammenfasst. Zeitgleich frage ich mich, ob man den Zwielaut ei spalten darf. Meine Tante, die nun am Beckenrand steht und ihre Enkel in Badetücher einwickelt, bemerkt das T-Shirt ebenfalls. Sie fragt mich, welche mathematische Formel das sein soll.
„Du weißt doch, ich war noch nie gut in Mathe“, antworte ich und werfe Magda einen wissenden Blick zu. Aber sie unterhält sich auf Englisch mit meinen Schwägerinnen, die ihr beim Aufräumen helfen und ignoriert mich völlig.

Beim Abendessen wird Magda deutlich mehr in die Gespräche einbezogen als noch am Morgen. Die Unterhaltungen werden auf Italienisch, Englisch und Deutsch geführt. Gelegentlich auch in einem Sprachenmix, was meine Eltern nicht gutheißen. Schließlich haben sie mein Leben lang dafür gekämpft, die Sprachen untereinander nicht zu vermischen, und sie möchten verhindern, dass Matteo sich diese „Unart“ - wie sie es nennen - angewöhnt.
Meine Tante beschwert sich, ihr habe die Zeit nicht gereicht, um in Florenz einen Friseur aufzusuchen, und unten im Dorf seien alle Termine bis Mitte September

vergeben. „Ich könnte das machen. Sie müsste nur die richtige Farbe besorgen“, bietet Magda ihre Hilfe über meine Mutter an.
Will sie denn überhaupt keine Zeit mehr mit mir alleine verbringen? Unter dem Tisch trete ich ihr gegen den Fuß. Aber sie ignoriert mich. Nach dem Essen laden meine Eltern Matteo ein, bei ihnen zu übernachten und er nimmt ihre Einladung freudig an. Sicherlich entging ihnen die unterkühlte Stimmung zwischen uns nicht oder der allwissende Steven hat meinem Vater irgendetwas über uns erzählt. Egal! Wichtig ist nur, dass wir sturmfrei bekommen.

„Was ist dein Problem?“, frage ich wütend, als sie nach dem Abendessen meine Annäherungsversuche abwehrt, obwohl wir allein im Appartement sind.
Ich bin schon im Begriff, mich erneut vom Acker zu machen, als sie plötzlich fragt: „Wo willst du hin? Und wo warst du gestern?“
Diese Fragen sind ein absolutes No-Go. Niemand fragt mich mehr, wohin ich gehe und wie lange ich wegbleibe. Und schon gar nicht in diesem Ton. Ich gehe, wohin ich will, und komme, wann ich es für richtig halte. Bevor ich ihr diesen Satz an den Kopf knallen kann, sagt sie verzweifelt: „Ich muss wissen, ob du zu einer anderen gehst.“
Das darf doch nicht wahr sein! Ist das ihre Sorge? Wie kann sie so etwas denken?
Damit ein für alle Mal in diesem Urlaub mit der Eifersucht Schluss ist, packe ich sie wortlos an der Hand

und ziehe sie hinter mir her, bis wir auf dem Castello-Parkplatz vor meiner Vespa stehen.
„Was hast du vor?", fragt sie erschrocken.
„Genau das, wonach es aussieht."
„Ich kann nicht darauf mitfahren", sagt sie zögerlich.
Mir ist der Grund für ihre Angst vor Motorrädern bekannt. Ihre Mutter ist auf einem Motorrad verunglückt. Aber das hier ist *kein* Motorrad. Es ist spät und ich werde den Teufel tun, mit ihr ins Dorf zu laufen. Deshalb reiche ich ihr meinen Helm, schwinge mich auf die Vespa und sage: „Jetzt oder nie."
Unwillig setzt sie den Helm auf und ich notiere auf meiner imaginären To-do-Liste, einen Helm in ihrer Größe zu kaufen. Vorsichtig nimmt sie hinter mir Platz. Weil sie verärgert ist, lehnt sie sich zunächst etwas nach hinten. Das ändert sich, sobald ich starte. In Nullkommanichts hält sie sich an mir fest, als würde sie ansonsten herunterfallen, was bei unserer Kriechgeschwindigkeit praktisch unmöglich ist. Mir soll es recht sein. Je näher sie sich an mich schmiegt, umso besser fühle ich mich.
Im Neubaugebiet parke ich meine Vespa auf dem hauseigenen Parkplatz eines Achtparteienhauses. Alle Wohnungen werden als Drei-Zimmer-Appartements von den Eigentümern selbst genutzt oder an die Feriengäste vermietet. Jedenfalls sind die meisten Wohnungen rund ums Jahr bewohnt. Außer meiner. Sie ist mein Rückzugsort, an dem ich zur Ruhe komme, übers Leben nachdenke und natürlich auch musiziere.

Es ist spät. Um Lärm zu vermeiden, verzichten wir auf den Lift. Seit ich Matteo habe und froh bin, wenn er nachts durchschläft, achte ich auf solche Kleinigkeiten. Schweigend steigen wir die Stufen hoch. Magdas Gesicht offenbart ihre schlimmsten Befürchtungen. Sie sieht aus, als rechne sie damit, meine zweite Familie kennenzulernen. Eine Frau und mindestens zehn Kinder. Mann! Selbst wenn ich wollte, hätte ich nicht die Zeit dafür. Meine gesamte Energie stecke ich - seit Jahren - in die Musik und habe damit Erfolg. Feste Beziehungen entpuppten sich in der Vergangenheit stets als hinderlich. Deshalb sabotierte ich die meisten davon. Sie kosteten viel zu viel Zeit, die ich nicht bereit war, zu investieren.
Bis ich Magda kennengelernt habe, habe ich mich nie ernsthaft mit dem Gedanken, eine eigene Familie zu gründen, beschäftigt. Und jetzt würde ich am liebsten alles perfekt machen, doch ich habe keine Ahnung, wie ich das anstellen soll. Ich weiß nicht, wie ich ihr Vertrauen gewinnen soll, und vor allem weiß ich nicht, ob ich selbst in der Lage bin, ihr bedingungslos zu vertrauen oder mich auf sie zu verlassen.
Ich schließe auf und sie tritt ein. Auf den ersten Blick sieht die Wohnung wie eine normale Wohnung aus. Eine modern ausgestatte Küche mit einem Tisch und vier Stühlen. Ein Badezimmer. Eine Toilette. Eine Abstellkammer. Ein schickes Wohnzimmer mit einer Sitzlandschaft und neuester Technik auf der gegenüberliegenden Seite. Das vom Architekten geplante Schlafzimmer sowie das Kinderzimmer mussten hier einem

schallgedämmten und perfekt klimatisierten Musikzimmer weichen. Darin befinden sich meine Instrumente. Ein Klavier, eine Geige, mehrere Gitarren, ein Akkordeon und ein Schlagzeug, um nur ein paar davon zu nennen. Als sie meine Mikrophone sieht, fragt sie, ob ich in dieser Wohnung neue Lieder aufnehme.

„Hier entstehen musikalische Bausteine, die ich später für meine neuen Songs verwende."

„Und ansonsten?"

„Recherchiere ich viel im Internet, studiere die Jugend."

„Die Jugend?"

„Marktforschung. Schließlich sind das meine Zuhörer. Ich informiere mich über ihre Trends und ihren Sprachwandel", erkläre ich ihr.

„Hast du manchmal auch Damenbesuch?" Endlich fragt sie, was sie wirklich wissen will.

„Ja, sogar ziemlich regelmäßigen."

Entsetzt über meine Offenheit starrt sie mich an.

„Jeden Montag kommt eine ältere Dame zum Putzen. Sie hat sogar den zweiten Wohnungsschlüssel", informiere ich sie.

„Das war gemein", sagt sie beleidigt.

„Dein Verhör ist gemein. Dein Misstrauen ist gemein", sage ich, um Fassung bemüht.

„Wer hat noch einen Schlüssel zu dieser Wohnung?"

„Meine Mutter. Aber *sie* war noch nie hier."

„Sie akzeptiert wohl deine Marotten", sagt sie, während sie, beinahe ehrfürchtig, über den Deckel des ge-

schlossenen Steinway&Sons-Flügels, Jahrgang 1896, streicht.
„Marotten!?“
„Du hast es schon richtig verstanden, Mister *Fass-meine-Sachen-nicht-an*. Du hast meiner Kollegin geschrieben, ich sei in festen Händen. Du kontrollierst mein Handy und willst wissen, ob ich die Pille rechtzeitig eingenommen habe. Im Gegenzug erwartest du von mir, dass ich die Finger von deinen Sachen lasse und keine Fragen stelle. Und wenn du dann auch noch für einen ganzen verdammten Abend sang und klanglos verschwindest, soll ich eine gute Miene dazu machen.“
„Jetzt weißt du ja, wohin ich verschwinde“, sage ich seelenruhig, weil ich weiß, dass sie damit leben kann. Ich kenne sie. Sie will mich nicht kontrollieren. Ihr geht es nur darum, sich nicht sorgen zu müssen.
Sie schnaubt verärgert.
„Es war dumm von mir, dir nicht zu sagen, wohin ich gegangen bin.“
„Und trotzdem wirst du es in Zukunft genauso handhaben“, prophezeit sie.
„Und du wirst wissen, wo ich bin. Und dir keine unnötigen Sorgen machen“, beruhige ich sie.
„Unnötige Sorgen!? Du hast eine Waffe!“, sagt sie aufgebracht.
„Sie liegt - sicher verwahrt - in meinem Safe. In München. Ich hatte sie an dem Abend nur deshalb dabei, weil ich nachts mit einem teuren Sportauto unterwegs war. Weißt du, wie viele Menschen nachts Stress suchen und ihn am liebsten an erfolgreichen…“

„...Kapitalisten auslassen?“, beendet sie meinen Satz.
„Ihn am liebsten an erfolgreichen Mitbürgern auslassen?“, korrigiere ich sie. „Außerdem, wer in einem Schloss aufgewachsen ist, sollte nicht mit antikapitalistischen Slogans um sich werfen.“
„Du versuchst bloß, vom eigentlichen Thema abzulenken“, ärgert sie sich.
„Na dann, zurück zum eigentlichen Thema: Woher weißt du von der Pistole? Hattest du etwa doch in meinen Rucksack geschaut?“
„Hältst du mich für blöd?“, regt sie sich auf. „Dieses Gewicht - bei so einem kleinen Rucksack! Was sollte sonst drin gewesen sein? Ein Backstein?“
„Warum schließt du den Drogenhandel aus?“, frage ich provokant.
Zweifellos hat ihr Sicherheitspersonal einen Backround-Check durchgeführt und sie darüber informiert, dass meine Geschäfte sauber sind. Allerdings macht es auf mich nicht den Eindruck, als würde sie sich über mich informieren. Sonst wüsste sie, wo ich gestern gewesen bin. Dass Falk und seine Leute es wussten, bin ich hundertprozentig sicher.
„Weil du genug Geld mit der Arbeit verdienst, die du gern ausübst“, antwortet sie entschlossen.
Okay, das wäre geklärt. Aber...
„Woher willst du wissen, wie schwer eine Pistole ist?“
Ihr weisender Blick aufs Handy lässt mich vermuten, dass Steven Falk, den sie seit ihrer Kindheit kennt, dahintersteckt und sie deshalb schweigt, weil sie ihm keinen Ärger bescheren möchte.

Apropos Handys. Ich ziehe meins aus der Hosentasche und strecke die Hand nach ihrem aus. Bereitwillig reicht sie mir ihres und ich trage beide Mobiltelefone ins Wohnzimmer. Dort werfe ich einen Blick aus dem Fenster, der mir bestätigt, dass ein SUV vorm Haus parkt. Unvermittelt frage ich mich, welche Charaktereigenschaften Menschen in diesen Beruf treiben. Was bewegt sie dazu, andere Menschen für Geld zu beschützen? Ich komme mit meinen Überlegungen nicht weit, denn als ich das Musikzimmer betrete, bietet sich mir ein exquisiter Anblick. Magda steht nackt vor meinem Klavier und wartet auf mich. Bilder von ihrem blonden wallenden Haar sowie ihr heller Körper auf meinem schwarzen Flügel überfluten mein Gehirn, während ich das Licht dimme.

„Hat die Oberkommissarin Magdalena Kreidler jetzt endlich Feierabend? Oder muss ich heute noch mit einer Verhaftung rechnen?“, frage ich und nähere mich ihr gemächlich. Sie sieht betörend aus.

„Wenn du Handschellen hier hast und möchtest, dass ich dich verhafte, dann werde ich dir gern diesen Gefallen erweisen“, erwidert sie mit einer frechen sexy Stimme. Ihre rosa Knospen richten sich unter meinem gierigen Blick auf.

„Wenn hier jemand verhaftet wird, dann wohl eher du, Fräulein“, sage ich. Drehe sie ruckartig zum Flügel und schiebe mit meinem rechten Bein ihre schlanken nackten Beine auseinander. Sie stützt sich am Flügelrand ab.

„Weshalb denn?“

„Wegen *Erregung* öffentlichen Ärgernisses“, teile ich ihr mit und drücke meinen Körper an ihren. Augenblicklich lehnt sie ihren Hinterkopf an meinen Brustkorb und ermöglicht mir einen direkten Blick von oben auf ihre wohlgeformten Brüste. Zärtlich fahre ich mit den Händen ihre runden Konturen nach und ihre Knospen richten sich beinahe synchron auf. Sanft knete ich sie mit den Fingerspitzen. Sie stöhnt leise. Eine Zeit lang gibt sie sich meinen Berührungen hin. Dann wird sie auch aktiv. Sie greift hinter ihren Rücken und öffnet meine Hose. Kurz lasse ich sie gewähren und drücke ihren Oberkörper anschließend sanft, aber bestimmt, auf den Flügeldeckel. Ich packe ihre Arme und lege sie ausgestreckt auf dem Flügel ab. Während ich sie, mit einer Hand auf ihrem Rücken, festhalte, streichle ich sie mit der anderen zärtlich zwischen ihren Schenkeln.

„Wenn das eine Verhaftung sein soll, wo sind dann die Handschellen?“, fragt sie mit belegter Stimme.

„Soll das eine Fangfrage sein?“

„Eine Fangfrage?“

Sie kann meinem Gedankengang nicht folgen.

„Ich empfange hier keinen Damenbesuch“, sage ich entnervt und gebe ihr einen Klapps auf den hübschen Hintern. Es knallt und ich frage mich, ob es zu fest war. Doch sie streckt ihn mir erneut entgegen. Ihre Haut ist bereits gerötet, also klatsche ich nur noch zart drauf. Dann entledige ich mich meiner Kleider und stelle mich dicht hinter sie.

„Auf die Zehenspitzen!“, befehle ich ihr, um ihr nicht wehzutun.
Abermals streckt sie mir ihr Becken entgegen. Sie ist vom gleichen Wunsch beseelt wie ich. Dem Wunsch nach Vereinigung. Ich erfülle ihn uns, indem ich behutsam in sie eindringe. Doch sie ist mit meinem gemächlichen Tempo nicht einverstanden und wechselt von den Zehenspitzen auf die Fußsohlen, um mich rascher in sich aufzunehmen. Angesichts unseres Größenunterschiedes ist das eine wagemutige Entscheidung, die sie zu genießen scheint, denn sie bewegt sich nun stetig hoch und runter. Um den Höhepunkt nicht vor ihr zu erreichen, ziehe ich mich nach einiger Zeit zurück, hole ein paar Kissen und lege sie auf den Flügel. Neugierig beobachtet sie mich dabei. Mit einem Zeigefingerwink locke ich sie zu mir, hebe sie hoch und setze sie frontal auf dem Flügel ab. Sie legt sich gemütlich auf die Kissen. Vor mir liegend, macht sie Spagat. Das ist dermaßen verführerisch, dass ich versucht bin, ein Bild davon zu machen. Allerdings weiß ich, dass die Nacht in einem Desaster enden würde, wenn ich diesen Wunsch auch nur laut ausspräche. Eine alternative Möglichkeit, diesen Moment festzuhalten, fällt mir ein, und ich schalte das Mikro über dem Flügel ein. Ich werde den Klang ihrer Stimme aufnehmen. Vielleicht gelingt es mir, Minisequenzen dieser akustischen Aufnahme in einen Beat einzubauen. Ich würde gern ein Lied für sie produzieren, stehe mir jedoch mit den tausend Ideen selbst im Weg. Die eingängige Melodie für die Hook habe ich schon länger.

Als könnte Magda meine Gedanken lesen, bittet sie mich, für sie zu spielen.
„Bist du sicher?", frage ich überrascht. „Eigentlich hatte ich andere Pläne mit dir."
„Wie wäre es mit einem Klaviervorspiel vorm Vorspiel", schlägt sie freudig vor, als wollte sie ein Glückslos einlösen.
„Sei vorsichtig", ermahne ich sie. „Du wiegst zwar weniger als eine Pistole, aber der Flügel steht bloß auf drei Beinen."
Sie lächelt zwar über meinen Scherz zu ihrem Gewicht, doch meine Warnung nimmt sie ernst und streckt sich bedächtig bäuchlings auf dem Flügeldeckel aus. Dabei winkelt sie die Knie an und streckt die Zehenspitzen hoch. Ihre Arme sind vor ihr aufgestellt, ebenfalls angewinkelt. Mit beiden Händen stützt sie ihren Kopf unterm Kinn. Unverhohlene Freude ziert ihr schönes Gesicht.
Ich öffne die Klaviatur und beginne mit der Eingangsmelodie. Anschließend improvisiere ich einfach. Dabei muss ich nicht einmal nachdenken. Es kommt mir vor, als würden meine Hände von allein spielen. Von den Klängen und Nachklängen erfüllt, schaue ich schließlich auf und sehe erneut in ihr strahlendes Gesicht. Ihre Augen glänzen.
„Es ist wunderschön", flüstert sie ergriffen, zieht sachte ihre Beine an und richtet sich auf.
Paradoxerweise bin ich über den misslungenen Versuch, ihr Stöhnen und ihre Liebesbekundungen aufzunehmen, regelrecht erleichtert. Behutsam hebe ich sie

vom Flügel und bringe sie ins Wohnzimmer. Auf dem Sofa legen wir uns nebeneinander und beginnen, leidenschaftlich zu knutschen.
„*Du* bist wunderschön“, himmle ich sie an, als ich mich danach über sie beuge.

Durch ein abstruses Beklommenheitsgefühl geweckt, schrecke ich einige Zeit später im Wohnzimmer auf der Couch auf. Magda lässt sich davon nicht stören und schläft weiterhin friedlich in meinem Arm. Doch mein Herz rast und ich habe dafür keine vernünftige Erklärung. Um mich zu vergewissern, dass alles in Ordnung ist, stehe ich auf und inspiziere die Räume. Nichts deutet daraufhin, dass etwas nicht stimme.
Das gedimmte Licht im Musikzimmer ist immer noch an. Ich überprüfe die Aufnahme des Mikros. Auch sie beinhaltet nichts Auffälliges. Ich sollte beruhigt sein, aber das bin ich nicht, denn die Beklommenheit füllt nun meinen gesamten Brustkorb aus und ich bin machtlos dagegen. In der Hoffnung, Magdas innere Ruhe, die sie im Schlaf ausstrahlt, würde sich auf mich übertragen, lege ich mich erneut zu ihr auf die Couch. Verzweifelt warte ich darauf, dass diese undefinierbaren Ängste und der, damit verbundene, tiefempfundene Selbsthass wieder verschwinden. Doch es wird nur schlimmer. Obwohl ich am liebsten abhauen würde, fühle ich mich wie gelähmt. Dieses Gefühl ist der reinste Energiefresser. Unfähig mich zu bewegen, konzentriere ich mich auf meine Atmung. Tief ein. Tief aus. Tief ein. Tief aus. Die Zeit vergeht, doch das

Gefühl bleibt. Dunkel und schwer. Um es loszuwerden, zwinge ich mich aus letzter Kraft aufzustehen und rauche einen Joint.
Schon nach zwei Zügen fühle ich mich besser.
Magda wird neben mir wach. Es tut mir leid, ihren friedlichen Schlaf gestört zu haben und noch mehr tut es mir leid, dass sie mich in diesem Zustand sieht. Ohne ein Wort über die Situation zu verlieren, rutscht sie mit einer Decke nach unten auf den Boden und setzt sich neben mich. Sie breitet die Decke über uns beide aus und ich fühle mich geborgen. Unkontrolliert laufen Tränen über meine Wangen. Mit einem Deckenzipfel tupft sie sie ab. Dann setzt sie sich wieder neben mich und schweigt.
„Was hat dich aufgewühlt?“, fragt sie nach einer geraumen Zeit.
„Keine Ahnung“, antworte ich hoffnungslos. Ich würde viel dafür geben, um mich selbst besser verstehen zu können.
„Es ist okay“, versichert sie mir.
Ich finde die momentane Situation keineswegs okay, fühle mich trotzdem getröstet und akzeptiert. Liegt es am Gras oder an ihr? Ich nehme mir vor, sie nächstes Mal vorher zu wecken. Vielleicht gelingt es ihr, dieses Gefühl der absoluten Hoffnungslosigkeit zu vertreiben. Die innere Spannung, die dieses Gefühl stets in mir erzeugt und die Ängste, die es auslöst, verschwinden bereits. Aber auch alles andere verliert an Bedeutung.
„Worüber denkst du nach?“ Sie klingt, als wäre sie weit von mir entfernt, doch sie sitzt neben mir und

beäugt mich skeptisch. Ich nehme an, dass sie meine Wesensveränderung bemerkt.
„Nichts“, gestehe ich tiefenentspannt. Dann strecke ich die Hand hoch, um ihr den Joint anzubieten.
„Nein“, wehrt sie meine Geste energisch ab. „Hoffentlich werde ich nicht von dem vielen Rauch hier high.“
Da ich mich noch nie damit beschäftigt habe, ob Passivkiffen ebenfalls high macht, äußere ich mich nicht dazu.
„Hast du nicht in Hamburg eine ähnliche Wohnung wie diese?“, höre ich sie fragen und nicke zustimmend.
„Hältst du mich jetzt für einen schlechten Menschen?“, frage ich.
„Weshalb?“, fragt sie zögerlich und ich wüsste zu gern, wie viele Gründe sie gerade in ihrem Kopf durchzählt.
„Weil ich Wohnungen besitze, die ich alleine nutze und du mühsam versuchst, bezahlbaren Wohnraum für benachteiligte Familien zu schaffen“, antworte ich.
„Woher weißt du das?“, wundert sie sich.
„Ich habe deine digitale Korrespondenz gelesen“, gestehe ich. Noch ein Grund für sie, um mich für einen schlechten Menschen zu halten.
„Warum?“
„Nicht, weil mich dein Business interessierte“, weiche ich ihrer Frage aus.
„Sondern, weil du herausfinden wolltest, ob ich einen anderen habe?“
Wann hört sie endlich mit diesen bohrenden Fragen auf? Um sie auf andere Gedanken zu bringen, biete ich ihr erneut meinen Joint an.

„Wenn du das nochmal machst, schmeiße ich ihn aus dem Fenster!“, warnt sie mich. „Ich versuche doch bloß, dich zu verstehen.“
„Lass es.“
Doch sie lässt nicht locker und fasst laut zusammen, was ihr durch den Kopf geht: „Du hast mein Handy auf den Kopf gestellt, weil du sicher sein wolltest, dass ich dir treu ergeben bin. Deine Waffe hast du, weil du dich nachts auf den Straßen sicher fühlen möchtest. Deine Wohnungen geben dir das Gefühl der finanziellen Absicherung.“
Gut erkannt, Frau Oberkommissarin!
„Emotionale Stabilität, körperliche Unversehrtheit und finanzielle Unabhängigkeit sind meine essentiellen Lebensziele.“
Offensichtlich habe ich es laut ausgesprochen, denn sie hat sofort wieder eine Frage auf Lager.
„Ziehst du dich deshalb so oft zurück und bist am liebsten ganz alleine, weil dich andere Menschen emotional zu stark aufwühlen?“, möchte sie wissen.
„Falsch.“
„Was davon stimmt nicht?“, fragt sie neugierig.
Ich bin nicht mehr in der Lage, ein vernünftiges Gespräch zu führen, denn die Vernunft hat sich zum Glück aus meinem Kopf verflüchtigt. Aber eines will ich ihr schon die ganze Zeit sagen.
„Am liebsten bin ich mit dir alleine.“

Kapitel 13

Am nächsten Morgen checke ich sofort meine Nachrichten und entdecke auf meinem Handy eine Mitteilung von Magda, in der sie mich darüber informiert, dass Steven sie in der Nacht nach Hause brachte, damit sie Matteo beruhigen konnte. Mehrere entgangene Anrufe meiner Mutter fallen mir auf. Magda muss ans Telefon gegangen sein, da ein Anruf angenommen wurde. Mann! Wann wird sie endlich begreifen, dass ich das nicht will? Aber vielleicht hatte ich es ihr erlaubt. Ich kann mich nicht mehr an alles erinnern. Erneut lese ich Magdas nächtliche Mitteilung durch, in der drinsteht, dass alles in Ordnung sei. Davon überzeugt, dass Magda im Castello alles im Griff hat, bleibe ich in der Wohnung, um zu arbeiten. Anschließend gehe ich joggen.

Als ich danach in unserem Appartement ankomme, fragt Magda mich, ob ich hungrig sei. Ich höre lediglich ihre Stimme. Während ich meine Schuhe in der Diele abstreife, überlege ich, in welchem Zimmer sie sich befindet. Auf Verdacht laufe ich zum Wohnzimmer. „Ich habe immer Hunger. Auf dich", gestehe ich scherzhaft und ziehe dabei mein verschwitztes T-Shirt aus.

Sie hüstelt warnend. Als ich im Wohnzimmer meine Tante, mit einer bunten Duschhaube auf dem Kopf, und meine Mutter neben ihr, mit einer Gesichtsmaske, sitzen sehe, kann ich nicht anders, als Magda zu fragen, ob sie seit Neuestem nicht nur die Kinderbetreuung, sondern auch noch die Seniorenunterhaltung in meiner Familie übernimmt. Meine Mutter schnaubt verärgert über meine Wortwahl. Obwohl meine Tante neugierig ist, zu erfahren, worüber sich ihre Schwester aufregt, hält sie sich mit dem Übersetzen zurück. Magda ist die Einzige, die dabei entspannt bleibt und rasch pariert.

„Dank dir - alter Mann - weiß ich ja, wie das geht."

Mit einem Mal funktioniert die Simultanübersetzung wieder. Und das Gegacker bricht los. Urplötzlich wird unser Altersunterschied von zehn Jahren zum Thema, über welches sie nun wortreich in zwei Sprachen diskutieren. Um mich dieser Scheindebatte zu entziehen, gehe ich duschen.

Danach werde ich von köstlichen Düften erneut ins Wohnzimmer gelockt. Offensichtlich hat Magda für mich Spaghetti al Limone aufgewärmt, die sie mittags im Restaurant für mich mitbestellte. Eine durchgeschnittene gelbe Zitrone, im Schälchen neben dem Herd, zeugt davon, dass sie meine Pasta mit frischem Zitronensaft aufgefrischt hat. Mir läuft das Wasser im Mund zusammen, als ich den Pastateller mit frisch geriebenem Parmesan auf dem großen Tisch serviert bekomme. Eine angebrochene Flasche Weißwein mit vier Weingläsern sticht mir ins Auge, doch mich interessiert nur das aromatische Essen.

„Den Wein hat der Kellner zu den Spaghetti al Limone empfohlen", sagt meine Mutter, bestens gelaunt. Unterdessen zupft Magda meiner Tante die Augenbrauen. Kurz überlege ich, diesen Beautysalon zu verlassen, um draußen in Ruhe zu speisen. Doch Magda

trägt einen hauchdünnen, sommerlichen Jumpsuit mit einem großzügigen Ausschnitt, und dieses Kriterium spricht eindeutig dafür, im Wohnzimmer zu bleiben. Außerdem höre ich meinen Vater und Steven auf der Terrasse mit den Kindern Fußball spielen. Ich muss erst meinen Hunger stillen, und mich mental darauf einstellen, bevor ich mich seiner Standpauke unterziehe. Deshalb setze ich mich zu den Damen an den Tisch und drehe, begleitet von ihren Scherzen, meine Spaghetti auf die Gabel. Magda mustert mich neugierig, bei jeder sich bietenden Gelegenheit. Und obwohl, sich unsere Blicke von Zeit zu Zeit treffen, gelingt es mir nicht, ihr waches Interesse an mir zu deuten. Kein Wunder! Momentan könnte ich nicht einmal meinen eigenen Gemütszustand definieren. Wenn ich die Zeit um einen Tag zurückdrehen dürfte, weiß ich nicht, ob ich nochmal den Mut aufbrächte, ihr meine Schwächen zu zeigen. Und dennoch, bin ich erleichtert, dass ich mich getraut habe, ihr auch diese Seite von mir zu offenbaren. Als ich meinen leeren Teller abräume, folgt sie mir in die Küche. Mit einem Geschirrtuch gewappnet stellt sie sich neben mich, während ich beginne, das Geschirr abzuspülen.
„Ich hoffe, dass ich dir mit unserem gestrigen Ausflug keine Gründe geliefert habe, mich zu verlassen“, sage ich nachdenklich.
„Ich bin mehr als froh, dass du mich mitgenommen hast. Aber dein Misstrauen nervt“, gesteht sie leise.
Die Sorge, unsere Beziehung könnte enden wie letztes Mal, ist mein ständiger Begleiter.

„Berechtigter Vorwurf", gebe ich laut zu. „Aber ich kann das nicht abstellen. Ich weiß nicht wie."
„Vielleicht gelingt es dir mit der Zeit, mir ein bisschen mehr zu vertrauen, und ich werde an mir arbeiten, dein grundsätzliches Misstrauen nicht allzu persönlich zu nehmen", sagt sie freundlich.
Bevor ich etwas erwidern kann, ertönt ein Klingelton. Es ist ihr Wecker. Bescheid wissend, erhebt sich meine Tante. Flankiert von meiner Mutter und Magda, verlegt sie ihre Verjüngungskur in unser Badezimmer. Zeit für mich, das Weite zu suchen. Um meine Oberarme zu trainieren, ziehe ich mich um und gehe schwimmen. Noch bevor ich ins Becken springen kann, löst sich mein Vater von der Gruppe der Fußballspielenden und kommt auf mich zu. Ich habe es geahnt. Er hält es für seine elterliche Pflicht, mir den Kopf zu waschen. Wir grüßen uns verhalten, bevor er loslegt.
„Hast du Magda gestern in deine Wohnung mitgenommen?", lautet seine vorwurfsvolle Frage, deren Antwort er bereits kennt.
„Was möchtest du wirklich wissen?", frage ich ungehalten. Dieses Um-den-heißen-Brei-herum-Gerede war mir schon immer zuwider.
„Hat sie auch?", fragt er peinlich berührt.
„Was?"
Er wirft mir einen vernichtenden Blick zu. Doch der zieht bei mir nicht mehr. Aus den Kinderschuhen bin ich herausgewachsen und gehe meinen eigenen Weg.
„Sie hat nicht geraucht", beruhige ich ihn.

„Du musst höllisch aufpassen“, warnt er mich. „Nicht nur Magdas wegen.“
„Auch Matteo zu liebe. Ich weiß“, versichere ich ihm.
„Du hörst mir nicht richtig zu. Du sollst auf *dich* aufpassen“, sagt er ergriffen. Offensichtlich macht er sich Sorgen um mich.
Scheiße! Ich bereite allen nur Kummer.

Als ich aus dem Pool steige, fühle ich mich ausgepowert und entspannt. Alle meine Sorgen sind in die zweite Reihe gerückt. Zufriedenheit und Gelöstheit beanspruchen den ersten Platz in mir. Beide sind mir willkommen. Als hätte sich unsere Terrasse meinen inneren Gefühlen angepasst, sieht sie auf einmal aufgeräumt aus. Das Hotelpersonal schwirrt auf der angrenzenden Wiese, wie ein fleißiger Schwarm Bienen, herum. Dort, wo vorhin noch die Sonnenliegen standen, stapeln sich Stehtische und Barhocker. Eine mobile Bar, sowie mehrere Grillstationen werden aufgebaut. Mir fällt wieder ein, dass heute, statt eines Abendessens, eine Grillparty für alle Gäste auf der Wiese stattfinden wird. Jetzt kapiere ich erst, weshalb meine Mutter und meine Tante sich von Magda aufhübschen ließen. Als ich in Matteos Schlafzimmer gehe, um nach ihm zu sehen, werde ich freudig begrüßt. Er belagert mich wie eine schwereinnehmbare Festung und berichtet mir wortreich von seinem Tag. Bald bin ich umfassend über alle seine Erlebnisse informiert.
Magda reicht mir Matteos sommerliches Outfit, damit ich ihm helfe, es anzuziehen. Es ist eine Kombination

aus weißem Polohemd und einer knielangen Bundfaltenhose in Beige. Zu elegant für meinen Geschmack, aber er fühlt sich darin wohl. Und das ist entscheidend. Seine weißen Schuhe mit den roten Streifen passen allerdings überhaupt nicht dazu. Doch er weigert sich partout, ein anderes Pärchen anzuziehen. Trotzig teilt er uns mit, alle anderen Schuhe seien ihm zu klein, und sowieso würde er am liebsten barfuß auf die Party gehen. Nach Rat suchend, sehe ich Magda an.
„There is no dress code“, sagt sie rasch.
Ihre Position wäre somit geklärt. Dank englischer Sprache und Magdas diplomatischem Geschick ahnt mein Kind nicht, dass es eine Verbündete in diesem Raum hat. Dresscode hin oder her. Es gibt gesellschaftliche Regeln, und es wird erwartet, dass wir uns an diese halten. Je früher er das lernt, umso besser ist das für ihn. Oder, er lernt mit den Konsequenzen seines Handelns zu leben. Ich habe keine Ahnung, welche Entscheidung jetzt die bessere für mein Kind wäre. Soll ich ihn nun zur Einhaltung der Anstandsregeln zwingen? Oder gebe ich ihm den nötigen Freiraum, um eine eigene Entscheidung zu treffen und mute ihm gleichzeitig zu, mit den Konsequenzen zu leben? Um ihm mögliche Folgen seines Handelns aufzuzeigen, sage ich: „Wenn du barfuß gehst, könnten dich die anderen Menschen auf der Party auslachen.“
„Danke, Papa“, sagt er glücklich, zieht seine Schuhe aus und stellt sie ordentlich vor seinem Bett auf.
Unschlüssig sehe ich ihm dabei zu, wie er barfüßig zur Tür läuft, weil er im Fenster meinen Vater erblickt. Es

klingelt an der Tür, doch anstatt sie zu öffnen, gehe ich ins Badezimmer. Ich habe nicht mehr viel Zeit, um mich für die Party zurecht zu machen. Bevor ich die Dusche betrete, möchte ich mich für den Abend rasieren und verteile Rasierschaum auf meinem Gesicht. Immerzu muss ich an das kurze Gespräch mit meinem Vater denken.

Magda kommt zu mir ins Badezimmer. Sie prüft ihre Lockenwickler und entscheidet sich, sie noch drin zu lassen. Nebenbei erzählt sie mir, dass meine Cousins und ihre Frauen den Nachmittag im Spa-Bereich des Castello verbrachten.

„Welch ein Wunder, dass sie nicht lieber zu dir gekommen sind“, sage ich gedankenverloren, weil ich erkenne, dass sie sich um ein Gespräch mit mir bemüht. Doch eigentlich beschäftigt mich im Moment etwas anderes. Die Worte meines Vaters geben mir keine Ruhe. Ich kann seine Sorge um mich nachvollziehen. Sie ist vollkommen berechtigt. Aber, was er nicht begreift, ist die Tatsache, dass ich mich nicht ändern kann. Ich habe es tausendmal versucht und bin jedes Mal gescheitert. Ich muss endlich daran arbeiten, mich zu akzeptieren, wie ich bin und nicht weiterhin versuchen, der zu werden, den alle in mir sehen wollen.

„Manchmal bist du Lichtjahre von mir entfernt, obwohl sich dein Körper neben mir befindet“, höre ich Magda durch die Fülle meiner Gedanken sagen. Sie hat sich bereits geschminkt und frisiert. Ich hingegen starre immer noch, mit dem Rasierer in der Hand, untätig mein Spiegelbild an.

„Soll ich das machen?“, fragt sie spontan und entzieht mir den Rasierer. Während ich noch überlege, ob ich das Risiko eingehen möchte, bringt sie bereits einen Stuhl aus dem Wohnzimmer und bittet mich, darauf Platz zu nehmen.
„Wo ist Matteo?“, frage ich, während ich mich auf den Stuhl setze.
„Dein Vater hat ihn mitgenommen“, bestätigt sie meine Vermutung und stellt sich vor mich.
Sie trägt immer noch ihren Jumpsuit und meine Risikobereitschaft steigt rapide. Um zu überprüfen, ob der Schaum auch ordentlich verteilt wurde, hebt Magda mein Kinn an. Zufrieden mit dem Ergebnis, setzt sie den Rasierer am Wangenknochen an und zieht zunächst eine Spur nach unten bis zum Kieferknochen. Dann prüft sie ihre Arbeit, gibt sich damit zufrieden und setzt sie fort. Mit Bedacht zieht sie eine Bahn nach der nächsten. Erst runter, dann wieder rauf. Ich entspanne mich dabei und beginne, die versteckten Druckknöpfe am Jumpsuit aufzuknöpfen. Zaghaft schlägt sie mir auf die Finger. Natürlich hindert mich das nicht daran, sie weiter zu berühren.
„Du machst mich verrückt!“, regt sie sich auf und hält dabei den Nassrasierer hoch.
„Das ist mein Plan, Baby“, gestehe ich selbstgefällig und streichle ungehindert ihre Innenschenkel.
„Dann verschiebe ihn“, sagt sie.
„Langsam wird es zur Routine, dass ich meine Pläne deinetwegen verschiebe“, spiele ich mich künstlich auf und schiebe meine Finger langsam nach oben.

„So geht das nicht“, sagt sie mit belegter Stimme, legt den Rasierer auf dem Waschbecken ab und verlässt das Badezimmer.
„Hey! Gibst du etwa schon auf?“, rufe ich ihr frech hinterher.
Anstatt mir eine Antwort zu geben, kommt sie - ein schwarzes Seidenband schwingend - zurück ins Badezimmer und gebietet mir, die Hände hinter dem Stuhl hängen zu lassen. Ehrlich gesagt, möchte ich nicht, der Möglichkeit beraubt werden, sie zu erregen.
„Was ist das?“, frage ich unschlüssig.
„Das, wonach es aussieht. Das Taillenband von meinem heutigen Abendkleid.“
„Gute Idee. Ich bin auch der Meinung, dass es an der Zeit ist, dein Jumpsuit auszuziehen und dir eine Geschenkschleife um die Taille zu binden“, ärgere ich sie.
„Wärest du mit einem Kompromiss einverstanden?“
„Mit welchem?“
„Du lässt mich dir deine Hände verbinden und ich ziehe dafür meinen Jumpsuit aus“, schlägt sie vor.
„Mit der umgekehrten Reihenfolge wäre ich einverstanden“, sage ich, und bin gespannt, ob sie sich darauf einlassen wird.
„Ich soll mich also vor dir ausziehen und darauf vertrauen, dass du mich anschließend, deine Hände verbinden lässt?“
„Vertrau mir, Bruder!“, sage ich mit verstellter Stimme und sie fängt an, laut zu lachen.
„Vergiss es, Bruder!“, sagt sie lächelnd. Sie sieht unseren Deal als geplatzt und tauscht das Band gegen den

Rasierer. „Kopf hoch“, sagt sie und fährt mit der Rasur fort. Das darf doch nicht wahr sein: Ich hatte sie für hartnäckiger gehalten! Doch sie legt einen größeren Wert auf das Gelingen meiner Rasur, als auf das Gelingen unseres Vorspiels. Leicht enttäuscht, schiele ich zum Band.
„Solltest du es dir anders überlegen, musst du wissen, dass ich dir sowohl die Hände, als auch die Augen verbinden werde“, schnurrt sie mir ins Ohr. Dann hebt sie ihren Kopf und rasiert mich mit einer engelsgleichen Unschuldsmiene weiter, sodass ich für einen Moment glaube, mich verhört zu haben.
Du kleines Biest! Du lernst schnell - dein Pokerface wird bald meines übertreffen.
„Und was soll mir das bringen?“, frage ich, weil ich nicht nachgeben möchte.
„Finde es doch heraus“, sagt sie schelmisch.
Ich habe mich in ihrer Absicht geirrt. Die Rasur ist nur ein Vorwand für ein gelungenes Vorspiel.
Ein zustimmendes Nicken meinerseits lässt sie ein zweites Mal das Badezimmer, mit dem gleichen Ziel wie zuvor, verlassen. Mein Spiegelbild verrät mir, dass meine Haut im Gesicht glatt ist. Lediglich um die Stoppeln am Hals muss Magda sich noch kümmern.
„Keine Sorge, ich werde kein Band als Schlinge verwenden“, zieht sie mich auf, weil ich mit meiner rechten Hand über die Halsstoppeln fahre.
„Unterschätze den Vertrauensbeweis nicht, den ich hiermit erbringe“, sage ich ernst, und setze mich

zurück auf den Stuhl, der mir für einen Moment, wie ein Folterstuhl vorkommt.
„Oh ja!“, lacht sie über mich, während sie meine Hände hinter der Stuhllehne zusammenbindet. „Ich werde diesen Moment stets in Ehren halten und auf deinem Grabstein wird stehen: Vertrauen kann tödlich sein.“
„Aufpassen, Fräulein! Noch kann ich mich befreien“, warne ich sie. Probiere es und scheitere kläglich.
Ich sitze in der Falle.
Um einen ernsten Gesichtsausdruck bemüht, tritt sie, mit der roten Binde in den Händen, vor mich und fragt feierlich: „Möchtest du noch etwas sagen, bevor ich dich, ähm, dir die Augen verbinde?“
„Ich hoffe, du wirst meine Rache ebenso genießen“, sage ich, bevor ich die Augen schließe. Sobald sie die Binde zugebunden hat, öffne ich meine Augen und stelle fest, dass ich hindurchsehen kann. Zumindest die Umrisse sind deutlich erkennbar. Sie richtet sich auf. Dann dreht sie sanft meinen Kopf zur Seite, neigt sich zu meinem rechten Ohr und beginnt, die übrigen Druckknöpfe, einen nach dem anderen, langsam aufzuknöpfen. Klack, klack, klack. Die Druckknopfleiste zieht sich, wie ein Reißverschluss, von oben nach unten durch. Bis in ihren Schritt. Ich wünschte, ich könnte sie jetzt anfassen.
Sie streift den aufgeknöpften Jumpsuit ab. Da sie davon ausgeht, dass ich nichts sehen kann, legt sie unspektakulär sowohl ihren Büstenhalter als auch ihren Stringtanga ab und steht nackt vor mir. Anschließend

sprüht sie sich Rasierschaum auf die Hände und verteilt erneut Schaum auf meinem Hals. Absichtlich stellt sie sich zwischen meine Beine und berührt mich immer wieder mit ihren Knien. Abwechselnd führt sie ihre Knospen an meine Lippen und lässt mich daran knabbern. Als sie mit dem Rasieren fertig ist, dreht sie sich mit dem Rücken zu mir und setzt sich auf meine Oberschenkel. Lasziv bewegt sie ihren Hintern hin und her. Erneut reiße ich an meiner Fessel.
„Was wünschst du dir? Außer deiner Freiheit."
„Dich", antworte ich sofort.
Umständlich zieht sie meine Hose runter und setzt sich auf mich. Bevor sie mich in sich aufnehmen kann, sage ich bestimmt: „Ich will beides. Dich und meine Freiheit."
Ohne zu zögern, löst sie die Augenbinde, erhebt sich und stellt sich hinter den Stuhl. Das Entfernen der Fessel an den Handgelenken gestaltet sich schwierig. Um den Knoten zu lösen, kniet sie sich hin und regt sogleich meine Fantasie an. Ungeduldig versuche ich die Hände auseinanderzubekommen und ziehe dabei den Knoten noch fester zu. Mit festem Druck umfasst sie meine Handgelenke und hat dadurch keine Hand mehr für den Knoten frei.
„Ich habs gleich", verspricht sie mir. „Entspann dich. Versuch an etwas Schönes zu denken", empfiehlt sie mir, während sie zärtliche Küsse auf meine Unterarme haucht. Ihre Finger sind in der Zwischenzeit wieder mit dem Entknoten beschäftigt.
„Daran zu denken, ist mir zu wenig. Ich will es haben!"

„Möglicherweise, zeigt dir das Schicksal gerade, dass du dich in Geduld üben musst“, philosophiert sie und entknotet endlich dieses Drecksband. Unverzüglich drehe ich mich über die linke Seite zu ihr um, helfe ihr hoch und ziehe sie vorwärts auf meinen Schoss. Die Füße seitlich auf dem Boden abgestellt, erhebt sie sich auf die Zehenspitzen, um mich in sich aufzunehmen. Während sie sich langsam auf mich setzt, sehe ich ihr tief in die Augen. Ich liebe diese Verbindung zu ihr. Für einen Augenblick hat die Welt für uns keine Bedeutung. Wir sind losgelöst von allem.
Doch schon im nächsten Augenblick bewegt sie sich und ihre Brüste hüpfen dynamisch. Auf und ab. Auf und ab. Ich knete und küsse sie. Magda schließt ihre Augen. Sie gibt sich dem Rhythmus hin. Ich packe sie mit beiden Händen an der Taille und erhöhe das Tempo. Anschließend führe ich meine rechte Hand zwischen ihre Schenkel und reize sie mit dem Daumen, bis die Bewegungen ihres Beckens verräterisch werden. Allerdings finde ich, dass gerade nicht der richtige Zeitpunkt für ihren Orgasmus ist, denn ich habe noch viel mit ihr vor. Spielverderberisch ziehe ich meine Hand zurück. „Nicht aufhören“, keucht sie an meinem Ohr und greift nach meiner Hand. Entschlossen befreie ich mich aus ihrem Griff und lege meinen Daumen auf ihre Unterlippe. Sie beißt drauf. Sehnsüchtig sieht sie mir in die Augen.
„Möglicherweise, zeigt dir das Schicksal gerade, dass du dich in Geduld üben musst“, zitiere ich sie, um mich für ihre philosophischen Weisheiten zu revanchieren.

Frustriert legt sie ihre Stirn auf meine und sagt: „Manchmal kannst du ein richtiger Arsch sein."
Ich lache laut auf. „Gleichfalls, Baby!" Erneut packe ich sie an den Hüften und erhöhe abermals ihre Rittgeschwindigkeit.
Obwohl sie nichts davon hat, unterstützt sie mich, mit gleichmäßigen Bewegungen und aktiver Beckenmuskulatur, darin, in kurzer Zeit den Höhepunkt zu erreichen. Sie hält sich dabei an meinen Schultern fest. Ihre Brüste sind gegen meinen Oberkörper gedrückt. Sie fühlen sich weich und warm an. *Sie* fühlt sich weich und warm an. An meinen konstanten Stößen erkennt sie, wie weit ich bin und stöhnt leise an meinem Ohr. Nichts kann mich mehr aufhalten.

Als sie anschließend rasch im Bad verschwindet, ziehe ich meine Badehose hoch und hole die Juwelierbox, in der sich vorher mein Feuerzeug befand. Es ist nicht mehr in der Schatulle. Stattdessen verbirgt sich etwas, das für Magda bestimmt ist unter dem samtenen Deckel. Im Badezimmer steht sie unter der Dusche. Am liebsten würde ich zu ihr gehen, doch zunächst stelle ich die Schatulle auf der Zwischenablage ab und wasche die Badehose im Waschbecken aus. Als ich fertig bin, hänge ich sie auf dem Trockenständer auf.
Neugierig darauf zu erfahren, was ich eben geholt habe, kommt Magda geduscht aus der Kabine heraus und beäugt die Schmuckschachtel skeptisch.
„Für dich", sage ich und betrete nach ihr die Duschkabine.

„Ich trage keinen Schmuck“, sagt sie trotzig. Abwehrend verschränkt sie die Arme vor der Brust.
Ich kenne mindestens zwanzig Frauen, die angesichts dieser Juweliermarke vor Freude Luftsprünge machen würden. Magda hingegen ist kurz davor, in die Luft zu gehen. Doch ich lasse mich von ihrer zur Schau gestellten Antihaltung nicht beeindrucken.
„Den hier, wirst du mögen und du wirst ihn auch gern zu besonderen Anlässen tragen“, verspreche ich ihr süffisant.
„Ganz egal, welches Schmuckstück sich darin befindet. Es wird in meinem Schrank versauern!“, meckert sie. Ich reagiere nicht auf ihr Genörgel. In aller Ruhe wasche ich meine Haare, seife mich ein und spüle den Schaum ab.
„Das ist ein Body. Oder? Wow, wie cool!“, höre ich ihre begeisterte Stimme.
Als ich meine Augen öffne, sehe ich sie vor einem ausgebreiteten Badetuch auf dem Boden sitzen. Darauf befindet sich der rote Riemchenbody aus der Schmuckschatulle. Zugegeben, durch die zahlreichen Riemchen, den Oberschenkelbändern und den Armbändern, die mit zierlichen Karabinerhäkchen am Body befestigt sind, hat er eine größere Ähnlichkeit mit einem Spinnennetz als mit einem Body. Doch Magda findet eindeutig Gefallen an ihm.
„Habe ich zu viel versprochen?“
Ohne zu mir hochzublicken, sagt sie aufgeregt: „Er ist fantastisch! Aber, wie zieht man ihn an?“
„Ich werde dir gleich beim Anziehen helfen.“

„Danke“, sagt sie vorfreudig.
Ich wundere mich jedes Mal darüber, womit man ihr eine Freude machen kann.
Abgetrocknet und gekämmt, stehe ich in der Hocke vor ihr und halte ihr die Bänder so hin, dass sie einsteigen kann. Wie gewohnt kann ich meine Finger nicht von ihr lassen. Und nutze jede Gelegenheit, um sie zu liebkosen und aus dem Gleichgewicht zu bringen. Damit sie gezwungen ist, sich an mir abzustützen. Ich genieße diesen Körperkontakt. Von Neugier ergriffen, konzentriert sie sich auf das Wesentliche und lässt mich, meinen Schabernack mit ihr treiben.
„Und wozu sind die beiden da? Sind das etwa Pistolenbeinholster wie bei Lara Croft?“, fragt sie ahnungslos und bringt mich zum Lachen.
„Was?“, fragt sie ungehalten, weil es ihr unangenehm ist, nicht zu wissen, worüber ich lache. „Was ist das?“ Ärgerlich trommelt sie gegen meine Schultern. Eigentlich, wollte ich sie etwas länger auf die Folter spannen und schweigen, aber jetzt ist der richtige Moment, um ihr zu zeigen, wozu die Dinger gut sind. Rasch ziehe ich die Klettverschlüsse auseinander, lege ihr ein Band um ihr linkes und das zweite um ihr rechtes Handgelenk. Anschließend verbinde ich die Armbänder, mit Hilfe der kleinen Karabinerhäkchen, mit dem Body. Sie versucht die Arme zu heben, aber es gelingt ihr nicht.
„Sind das etwa Handschellen?“
„So was in der Art“, antworte ich. Dann öffne ich die Klettverschlüsse wieder.
„Warum gibst du mich frei?“, fragt sie entrüstet.

„Hier ist viel zu warm. Lass uns ins Schlafzimmer gehen.“
„Ich kann auch mit festgebundenen Händen laufen!“
Ihre Begeisterung macht mich an.
„Deinen Enthusiasmus in allen Ehren, aber ich möchte erst, dass du bequem auf dem Bett liegst, bevor ich deine Hände an deinem Körper festbinde. Es wirkt abtörnend, wenn jemand, mit den Händen an den Seiten, vor einem wie eine Raupe zum Kopfkissen kriecht.“
„Da spricht wohl jemand aus Erfahrung“, unterstellt sie mir und sieht mich prüfend an.
„Die Fähigkeit, logisch zu denken, reicht hierfür aus.“
„Ach, deshalb wächst deine Nase, Pinocchio“, zieht sie mich auf und öffnet endlich die Badezimmertür.
„Es ist nicht die Nase, mein Schatz.“
Kichernd läuft sie in den Flur. Und kommt schleunigst wieder herein.
„Draußen sind jede Menge Leute“, teilt sie mir aufgeregt mit. „Die blickdichten Vorhänge sind offen und die Fenster im Wohnzimmer sind gekippt“, erklärt sie mir, während sie sich in ein Badetuch einwickelt. Sie schaltet das Licht im Flur aus und läuft im Halbdunkeln durchs Wohnzimmer.
Ich finde ihre Vorsicht total übertrieben. Dennoch halte ich die Stellung, um das Licht einzuschalten, sobald die ausgebreiteten Vorhänge das Appartement gänzlich verdunkeln. Den Geräuschen nach zu urteilen, ist sie gerade dabei, die Terassentür zu schließen, als sie laut Matteos Namen ruft. Alarmiert, laufe ich in den Flur. Blitzartig schiebt sie die Tür auf. Dabei fällt ihre

Schutzhülle auf den Boden. Ohne darauf zu achten, sprintet sie hinaus.

Was passiert mit Matteo, dass sie sich dermaßen vergisst?

Mein Herz rast. Wie ein Irrer jage ich ihr hinterher. An der Türschwelle hebe ich ihr Badetuch auf und laufe hinaus. Nun weiß ich, was los ist. Mein Kind ist - ohne Schwimmweste! - im Pool.

Magda taucht bereits ein. Spritzer erreichen die umstehenden Hotelgäste. Auf der Suche nach dem Übeltäter drehen sie ihre Köpfe zum Schwimmbecken. Auch ich springe ins Wasser und schwimme zu den beiden Auftauchenden. Sofort verhülle ich, so gut es geht, ihren Körper mit dem Badetuch. Sie hält unterdessen Matteos Arm nach oben, damit er Luft bekommt. Doch er scheint, mit dem Schrecken davon gekommen zu sein. Als er mich sieht, wechselt er augenblicklich auf meinen Arm. Er zittert am ganzen Körper, weint jedoch nicht. Während ich beruhigend auf ihn einrede, sehe ich mich hilfesuchend um. Die Jungs meiner Cousins stehen verdutzt vor dem Pool und werden von meiner Tante auf die Seite geführt. Ich werde das Gefühl nicht los, dass sie etwas mit Matteos Tauchgang zu tun haben. Jemand versucht eine Aufnahme von uns zu machen, doch einer der Kellner stellt sich ihm in den Weg und spricht ihn darauf an.

Und plötzlich sind sie alle da. Meine Mutter bringt einen Stapel trockener Badetücher. Mein Vater holt Matteo heraus, wickelt ihn in ein Badetuch und trägt ihn fort. Falk und meine Mutter spannen die anderen

Badetücher als Schutzschirm auf, während ich Magda aus dem Wasser hebe. Sogleich legt meine Mutter ein trockenes Tuch um Magdas Schultern und hält die Tuchenden zusammen. Schwer fällt das nasse Tuch auf den Boden und Magda wickelt sich in das trockene ein. Dann folgen die beiden meinem Vater und Matteo in unser Appartement. Ich ziehe mich aus dem Pool und binde mir Magdas nasses Tuch um die Taille. Schweigend begleitet Steven mich bis zum Wohnzimmer.

„Ein Jugendlicher hat versucht, uns zu filmen", sage ich in sein Schweigen hinein.

„Wir kümmern uns darum. Da wir das Netz lahmgelegt haben, sind Livestreams nicht möglich. Das verschafft uns die nötige Zeit", teilt er mir diskret mit.

„Danke", sage ich schlicht, froh darum, dass er sich um die äußeren Belange kümmert.

„Ich war abgelenkt. Es tut mir leid", sagt er betreten.

„Alles, was du dir vorwirfst, Steven, werfe ich mir ebenfalls vor. Mit dem gewaltigen Unterschied, dass er mein Sohn ist. *Ich* hätte auf ihn aufpassen müssen", sage ich schuldbewusst.

Ebenso schuldbewusst setzt er zu einer Erklärung an. Doch ich unterbreche ihn: „Du hast nicht den Auftrag, ihn zu beschützen."

„Das spielt keine Rolle. Für Matteo würde ich mein Leben geben", erwidert er. Der Knopf in seinem Ohr rasselt kaum merklich. Unauffällig drückt er drauf; und sagt anschließend an mich gewandt: „Sobald du drin bist, kann ich Entwarnung geben."

Mit beiden Beinen im Wohnzimmer - im Sichtschutz des zugezogenen Vorhangs - drehe ich mich noch einmal zu ihm um, und frage neugierig: „Was hat dich abgelenkt?“
Er ist im Begriff zu gehen, unwillig dreht er sich zu mir um und wirft einen diskreten Blick ins Appartement. Interessiert zu erfahren, vor welchem Familienmitglied er nicht darüber sprechen möchte, folge ich seinem Blick und sehe, meine Tante im Flur stehen.

Um nicht alles nass zu tropfen, lasse ich das triefende Badetuch in die Obstschale fallen, die uns in der Zeit des Magen-Darm-Infektes bereits gute Dienste erwies und jetzt nur noch eine Ecke des Wohnzimmers ziert. Ich ziehe mich rasch an und betrete anschließend das überfüllte Badezimmer. Magda hat sich das Shirt mit der Aufschrift MM=5e und eine kurze Hose übergezogen. Der aufregende Body ist vermutlich nicht mehr darunter. Ihre nassen Haare sind unter einem Turban versteckt. Mit seinen frischen Sachen in den Händen, wartet sie vor der Dusche auf Matteo. Meine Mutter ist mit dem Duschen meines Jungen fertig und Magda kümmert sich gleich um ihn. Sie legt ihm Zweierlei zur Auswahl hin, und fragt ihn, ob er schon einen Schlafanzug oder lieber ein weiteres Mal schicke Klamotten anziehen möchte. Seine Entscheidung fällt zugunsten des Schlafanzuges aus. Er schlüpft rasch in den luftigen Zweiteiler, holt seinen Raben und geht freiwillig ins Bett. Ich möchte bei ihm sein und folge ihm deshalb in sein Zimmer. Er holt ein deutsches

Märchenbuch und bittet mich, ihm von Hänsel und Gretel vorzulesen. Da ich gerne mit ihm über den Vorfall reden würde, schlage ich ihm vor, uns zunächst zu unterhalten. Doch er drückt mir das Buch in die Hand, kuschelt sich in meinen Arm, und besteht darauf, dass ich mit dem Vorlesen beginne. Ich fühle, dass ihm viel auf dem Herzen liegt. Aber ich weiß auch, dass er erst reden wird, wenn er dazu bereit ist. Um ihm Zeit zu verschaffen, sich innerlich zu sortieren, lese ich ihm das von ihm gewünschte Märchen vor. Und während ich mich noch über seine Wahl wundere, unterbricht er mich und sagt traurig: „Sie sind auch zu zweit."
„Wie meinst du das?", horche ich auf.
„Alessio und Domenico spielen immer zusammen. Oma hat ihre Schwester. Auch Hänsel und Gretel sind zu zweit", fasst er für mich zusammen und erwartet, dass ich seine Botschaft verstehe.
Worauf will er hinaus? Hoffentlich wünscht er sich keine Geschwister. Nur über meine Leiche!
Draußen im Flur höre ich Magdas ruhige Stimme. Sie unterhält sich mit meinen Schwägerinnen auf Englisch. Kein Streit, kein temperamentvolles Schimpfen, sondern nur besonnene Frauenstimmen. Am liebsten würde ich hinausgehen, um herauszufinden, wie es geschehen konnte. Aber Matteo hält mich davon ab, indem er weiterspricht.
„Sogar Opa hat Steven. Mit ihm spielt er immer Schach", sagt er.

Okay. Es geht ihm nicht um ein Geschwisterchen. Erleichtert über diese Erkenntnis, versuche ich weiter, seinem Problem auf die Schliche zu kommen.
„Aber du hast doch auch Freunde“, sage ich.
„Im Kindergarten! Aber hier nicht“, sagt er ungehalten.
„Bald fahren wir wieder nach Hause. Dort wirst du deine Freunde wiedersehen. Außerdem sind Magda und ich auch noch da.“
Wie aufs Stichwort betritt Magda das Zimmer. Da Matteos Bett für uns drei zu schmal ist, setzt sie sich im Schneidersitz vor uns auf den Boden. Die Stimmen draußen verklingen und wir bleiben zu dritt zurück.
„Geht´s dir besser?“, fragt sie mit sanfter Stimme und tätschelt dabei sein krauses Haar. Als Antwort umarmt er sie. Es sieht fast so aus, als würde er sich auf diese Weise fürs Gespräch wappnen.
„Wie bist du im Pool gelandet?“, frage ich.
„Domenico und Alessio haben mich geschubst“, sagt er vorwurfsvoll.
„Matteo, dass die Jungs dich geschubst haben, war nicht in Ordnung. Das war sogar richtig dumm von ihnen. Hattest du Angst?“, fragt sie.
Die Lippen gegeneinandergepresst, die Mundwinkel nach unten, nickt er zustimmend.
„Angst zu haben ist okay, hörst du? Jeder hat mal Angst“, tröstet sie ihn. Ich drücke ihn fest an mich.
Nach einer Weile schaut er erneut zu Magda. Geduldig harrt sie im Schneidersitz auf dem Boden aus.
„Habt ihr zuvor Fußball gespielt?“, fragt sie ihn.
„Ja“, sagt er unzufrieden.

„Und warum habt ihr aufgehört?“
„Weil ich nicht getroffen habe“, ärgert er sich.
„Aber die anderen schon?“, frage ich.
„Ja. Ganz oft. Die haben einfach geschossen und geschossen.“
„Und dann?“, möchte Magda wissen.
„Wollte ich nicht mehr mitspielen“, gibt er zornig zu.
Geduldig wartet sie, bis er weiterspricht.
„Sie sagen, sie sind die Besten!“ Die ersten Wuttränen bahnen sich den Weg über seine dunklen Wangen und ich wische sie ihm mit der Handkante weg.
Was hat diese Fragerei für einen Zweck? Will sie ihn noch mehr aufwühlen?
Als ich sie ansehe, legt sie mir vielsagend ihre linke Hand auf die Schulter. Ihre rechte liegt auf Matteos linken Hand, die den kleinen Stoffraben umklammert.
„Sie sagen, ich kann gar nichts“, ruft er nun wütend aus. Zärtlich streicht Magda ihm über den Handrücken.
„Aber das stimmt nicht. Du kannst so viel. Du spielst supertoll Fußball. Du fährst megaschnell Holzrad. Und das Allerbeste ist, dass du drei Sprachen verstehst. Das kann weder Alessio noch Domenico“, sagt sie stolz.
„Sie haben gesagt, nicht mal schwimmen kann ich“, regt er sich abermals auf.
„Und dann?“, bohrt sie nach.
„Habe ich gesagt - ich kann!“
Hoppla! Jetzt kommen wir der Sache näher.

„Wolltest du den beiden zeigen, dass du es kannst?“, fragt sie ihn mitfühlend. „Standest du deshalb ohne Schwimmweste am Beckenrand?“
„Ja“, sagt er weinend und sie schließt ihn in ihre Arme. Ihn weinen zu sehen, zerreißt mir das Herz. Zu sehen, dass er in diesem jungen Alter, sich vor anderen Menschen beweisen möchte, beunruhigt mich. In meinen Augen ist er perfekt, genauso wie er ist. Ich frage mich, wie ich es schaffen soll, ihm dieses Gefühl zu vermitteln.
„Matteo, ich habe gesehen, dass Domenico dich geschubst hat. Das werden wir mit ihm noch besprechen. Aber du selbst hast dich in diese gefährliche Situation gebracht. Du hast deine Schwimmweste ausgezogen und dich an den Rand des Schwimmbeckens gestellt. Erst dadurch konnte er dich dort reinschubsen.“
Schuldbewusst sieht er sie an. Ein erneuter Tränenstrom fließt über seine Wangen. Ich halte es nicht aus, ihm dabei zuzusehen, wie er sich quält. Deshalb nehme ich ihn in meinen Arm, damit er sich abgeschirmt ausweint.
Doch Magda ist immer noch nicht fertig und ich frage mich, was sie vorhat. Soll ich darauf vertrauen, dass sie weiß, was sie tut oder soll ich ihr Einhalt gebieten? Mein Sohn nimmt mir die Entscheidung ab, indem er sich von mir löst, um ihr weiter zuzuhören.
„Schätzchen, es tut mir so unendlich leid, dass dir das heute passiert ist. Ich weiß, dass du nicht damit gerechnet hast, dass deine Cousins dich reinschubsen würden, sonst hättest du es sicher nicht gemacht“,

sagt sie und kämpft selbst mit den Tränen. „Damit sich so etwas nicht wiederholt, musst du dir eine Sache unbedingt merken: Ohne Weste gehst du nicht ins tiefe Wasser, wenn Opa, Oma oder Papa nicht bei dir sind!"
„Oder, du", sagt er, und sie umarmt ihn.
Nun lässt der Schock nach und sie heulen um die Wette. Ich umklammere das Rotzbündel und ziehe Magda mit aufs Bett. Allerdings ist darin viel zu wenig Platz für uns drei, sodass Magda auf mir liegen muss. Wir unterhalten uns noch ein Weilchen und beschließen, morgen zu dritt ans Meer zu fahren. Da meine Haut und meine Haare nach Chlor riechen, werde ich zum Duschen verdonnert. Beim Verlassen des Zimmers kehre ich nochmal zurück, um die beiden ausgiebig zu betrachten.
Magda liest ihm weiter das Märchen vor, während er entspannt neben ihr liegt und zufrieden seinen Kuschelraben umarmt. Nach einiger Zeit, dreht er sich auf die Seite und streckt dabei seine freie Hand nach oben aus. Dann erwischt er eine von Magdas blonden Haarsträhnen und beginnt, sie mit seinen kleinen Fingern aufzudrehen. Ich möchte diesen wunderschönen Moment festhalten. Widerstehe jedoch dem Drang, sofort mein Handy zu holen und ein Foto zu schießen. Stattdessen, gehe ich zügig duschen.
Als ich danach Matteos Zimmer erneut betrete und die beiden friedlich nebeneinander schlafen sehe, hole ich mein Handy. Ich verwende den Nachtmodus und erhalte ein Bild, das meine Seele berührt. Ein kleines dunkles Händchen mit einer hellen blonden Strähne

darin, die sich wie eine Verbindungsschnur zu der Frau zieht, die in diesem Moment die Augen öffnet und mich anlächelt.
„Vielleicht wirst du es mir nicht glauben, aber ich habe auch gedacht, dass es schön wäre, ein Bild davon zu besitzen. Schickst du es mir?“, flüstert sie und erhebt sich leise aus dem schmalen Bett.
„Schon geschehen.“

Kaum landen wir im Schlafzimmer, schon möchte ich das vorhin Versäumte nachholen und beginne, sie im Bett zu verführen.
„Was machst du da?“, fragt sie genießerisch, als ich sie nach einer nicht enden wollenden Knutschpartie, zwei Etagen tiefer berühre. Erfreut stelle ich dabei fest, dass unsere Küsse und Liebkosungen ihre Wirkung auf sie nicht verfehlt haben.
„Meine Schulden begleichen“, antworte ich.
„Wie unromantisch du sein kannst“, flüstert sie.
Grundsätzlich stimmt diese Behauptung. Und normalerweise würde ich jetzt sagen, sie solle sich, so rasch wie möglich, daran gewöhnen. Allerdings, als ich ohne sie in Florenz war, ging sie mir nicht aus dem Sinn und, weil ich weiß, dass sie auf romantisches Zeug steht, hatte ich auch eine Kleinigkeit nach ihrem Geschmack ausgesucht.
„Öffne nochmal die Schatulle“, empfehle ich ihr.
„Wieso?“, fragt sie verwundert, weil sie davon ausgeht, dass sie leer ist. Aber da irrt sie sich. Ich habe sie zwischenzeitlich wieder gefüllt.

Ich fordere sie kein zweites Mal auf, sondern rutsche weiter nach unten, um ihren Bauch mit meiner Zunge zu necken. Dabei beobachte ich sie verstohlen. Neugierig auf deren Inhalt, dreht sie zunächst ihren Kopf zum Nachttisch, auf dem die Schmuckbox steht. Und streckt anschließend ihre Arme, um nach dem Kästchen zu greifen. Darin entdeckt sie einen bezaubernden, weißen Spitzenbody und ich hoffe inständig, dass er ihr gefällt. Ich möchte sie glücklich machen. Vor allem nach dem heutigen Tag, hat sie es mehr als verdient.

Allerdings hat das Schicksal erneut andere Pläne mit uns. Vorausgesetzt, es ist legitim, einen verschlafenen kleinen Jungen mit krausem Haar und einem Raben in der Hand, als Schicksal zu bezeichnen. Denn Matteo steht - ohne Vorwarnung - vor unserem Bett. Erschrocken lasse ich von ihr ab und drehe mich zu ihm.

„Kann ich hier schlafen?“, fragt er mit einem dünnen Stimmchen.

„Matteo!“, ruft Magda mit viel zu hoher Stimme. Sie hat seine Schritte ebenfalls nicht gehört.

„Möchtest du nicht lieber in deinem Bett schlafen?“, frage ich, mich an die Hoffnung klammernd.

Anstatt mir eine Antwort zu geben, wirft er seinen Raben Magda zu. Sie fängt das Stofftier, legt es in der Bettmitte auf ein kleines Kissen und Matteo krabbelt zu ihm. Weil sie meinen Versuch, ihn in seinem Bett schlafen zu lassen, vereitelt, schaue ich sie entnervt an. Aber sie bekommt nichts davon mit, weil sie im selben Augenblick den weißen Body in der Schmuckbox verstaut und schließlich das Leselicht ausschaltet. Es dauert keine fünf Minuten und mein Sohn schläft erneut den Schlaf der Gerechten.

„Er hatte diesmal keinen Alptraum“, flüstert Magda fröhlich und verhilft mir dazu, diesen Tag als vollen Erfolg zu verbuchen.

Kapitel 14

Am nächsten Morgen brechen wir noch vorm Frühstück in Richtung Meer auf. Magda hat diese Reise organisiert. Folglich entfällt der Komfort eines Mietwagens. Von Steven und seinem Team fehlt ebenfalls jede Spur. Deshalb heißt es für uns, bis zur nächsten Ortschaft laufen. Dort beschließen wir, in einem Café, in der Nähe einer Kirche zu frühstücken. Als ich Magda gerade nach dem Aufenthalt ihres Sicherheitsteams fragen möchte, fällt mir ein Pärchen auf den Stufen der Kirche auf, in deren Gesichtern ich Falks Mitarbeiter erkenne. Auch der dicke SUV, der nach unserem Frühstück brav hinter dem Linienbus fährt, welcher uns ans Meer bringt, kommt mir bekannt vor. Allerdings befindet sich Steven nicht darin. Ich vermute, dass er bereits die Lage vor Ort checkt.

Die hügelige Landschaft beschert uns einen malerischen Ausblick auf ihre Olivenhaine und Weinäcker. Die schlanken hochgewachsenen Zypressen säumen die geschwungene Landstraße. Magda liest Matteo aus einem französischen Bilderbuch über einen kleinen Hasen namens Petit-Lapin vor. Anschließend unterhalten sie sich auf Französisch über die Hasenfamilie. Währenddessen lasse ich meine Gedanken schweifen. Immerzu muss ich daran denken, dass wir gestern Abend sicherlich noch DAS Gesprächsthema waren und seitdem als Party Flitzer gelten. Magdas selbstgestaltetes T-Shirt mit der geheimnisvollen Formel fällt mir wieder ein, welches sie nach dem unfreiwilligen Tauchgang im Badezimmer trug. Meine Mutter hatte die Aufschrift einige Male auffällig unauffällig beäugt und dabei besonders laut geschwiegen. Dass MM für Marco Maiocchi steht, wird sie sich schon gedacht haben. Ich bin außerdem davon überzeugt, dass sie liebend gern erfahren hätte, wofür der Rest steht. Deshalb bin ich nachts aufgestanden und habe spaßeshalber die Rückseite mit einer Auflösung versehen. Aus diesem Grund bin ich noch müde und gönne mir auf der Fahrt einen Power Nap.

Der Bus bringt uns bis zum Strandabschnitt, wo Magda in der Früh zwei Liegen für uns reserviert hatte. Während ich, mit Matteo auf dem einen Arm und der Schwimmtasche auf dem anderen, abseits auf sie warte, stellt sie sich am Ausgabehäuschen an, und wird prompt anderen Wartenden vorgezogen. Die jungen Männer, die dort arbeiten, streiten miteinander darüber, wer ihr unseren Platz zeigen und die Liegen dorthin karren darf. Um deren Brunftverhalten zu unterbinden, kommt sie zu mir und nimmt mir Matteo ab. Doch er möchte lieber runter auf den Boden. Von den spielenden Kindern am Strand angelockt, läuft er zum Meer. Sofort jagt Magda hinterher und nimmt ihn an die Hand. Während der junge Strandmitarbeiter auf den mit Holz ausgelegten Wegen bleibt, folge ich Matteos Beispiel, und laufe auf dem Sand zu unserem Sonnenschirm. Mit den Schuhen in den Händen rennt Matteo mit Magda um die Wette und kommt als Sieger an unserem Platz an.

„Schöne Schuhe“, sagt der junge Mann, nachdem er die Liegen aufgestellt hatte. Offensichtlich widerstrebt es ihm, sich jetzt schon von uns zu verabschieden.
„Danke“, sagt Magda und streift ihre Sneaker ab.

„Habt ihr die Streifen selbst aufgemalt?“, fragt er.
„Ja“, antwortet sie knapp.
Sie trägt ihren Bikini unter ihrem Sommerkleid. Anstatt es auszuziehen, bietet sie Matteo Hilfe an. Doch er lehnt ab und faltet selbständig seine Sachen, um sie in der Schwimmtasche zu verstauen. Während ich mich umziehe, setzt sich Magda mir gegenüber auf die Liege. Dann fällt ihr etwas ein und sie holt Geld aus ihrem Portemonnaie heraus. Offensichtlich möchte sie ihm Trinkgeld geben. Aber er winkt ab und unternimmt einen neuen Versuch, sie in ein Gespräch zu verwickeln.
„Spielst du Volleyball?“, fragt er.

„Nein“, antwortet sie sichtlich genervt.
Sie steht nicht auf ihn, deshalb bleibe ich gelassen. Die Arme weiß nicht, wie sie ihn loswerden soll. Eigentlich sollte ich mich über seine Dreistigkeit, Magda vor meinen Augen anzubaggern, ärgern. Aber er tut mir fast schon leid, denn sie wendet sich demonstrativ von ihm ab und cremt Matteo - ein zweites Mal an diesem Morgen - ein.
„Wenn ihr doch mal Lust bekommt, dann ruft an“, startet er einen letzten Versuch und hält ihr seine Visitenkarte hin. Aber sie greift nicht danach, sondern schüttelt energisch den Kopf. Endlich kapiert er es, sagt *Salve* und geht.
„Seit wann willst du nicht spielen?“, ziehe ich sie auf, und verkneife mir mit aller Gewalt das Lachen.
Verärgert zieht sie ihr Kleid aus und wirft es nach mir. Als sie mich frech grinsen sieht, fragt sie verschmitzt: „Wieso hast du nichts gesagt?“
„Ich vertraue dir“, antworte ich großspurig.
„Seit wann?“
„Seit der Schwangerschaftstest negativ war“, antworte ich halb scherzhaft, halb ernst. Ein Schatten legt sich über ihr Gesicht. Betrübt presst sie die Lippen zusammen. Aber, das ist die Wahrheit und ich habe nicht vor, sie zu beschönigen.
Matteo möchte ins Meer und verlangt nach seiner Weste. „Im flachen Wasser brauchst du sie nicht“, sage ich. Doch er besteht darauf und Magda zieht sie ihm an.

Die ersten zehn Meter ist das Meer knietief und bietet mir eine perfekte Gelegenheit, meinem Sohn gefahrlos ein paar Schwimmübungen zu zeigen. Allerdings hat mein Kind dazu eine eigene Meinung und weigert sich, die Schwimmweste auszuziehen. Ratlos schaue ich zu Magda. Aber das Einzige, was ihr in dieser Situation einfällt, ist, mich schwimmen zu schicken. Auf mich wirkt es, als bräuchte sie einen Moment Ruhe vor mir, um meine jüngste Aussage zu verarbeiten.
Mist!
Doch, es ist, wie es ist. Ich kann es auch nicht ändern. Oder hätte ich die Wahrheit für mich behalten sollen? Nein! Ich möchte, dass sie weiß, wie sehr mich der Gedanke, sie könnte von einem anderen schwanger sein, beschäftigt hat.

Als ich zurückkomme, sind die beiden immer noch im flachen Wasser. Mit dem Unterschied, dass Matteo keine Weste mehr trägt und mit Magda Ballwerfen übt.
„Wie hast du das gemacht?“, frage ich und küsse sie.
„Er brauchte einfach etwas Zeit, um sich an das Wasser zu gewöhnen. Als er sich sicher gefühlt hat, zog er sie selbst aus“, verrät sie mir.
Ich übernehme das Ballspielen und sie geht schwimmen. Nach einiger Zeit nehme ich Matteo auf meinen Arm, passiere die Sicherheitsleine und stehe im tiefen Wasser. Während wir auf Magdas Rückkehr warten, biete ich Matteo an, ihm eine Schwimmübung zu zeigen. Doch er schlägt mein Angebot aus. Verängstigt krallt er sich in meinen Oberarm und bittet mich, ihn

zurück zu bringen. Gerade als ich ihn mit Engelszungen davon zu überzeugen versuche, dass ihm in meiner Nähe nichts passieren wird, taucht Magda neben uns auf. Erleichtert darüber, streckt er ihr die Arme entgegen, damit sie ihn trägt.
„Matteo, es geht nicht.“
Trotzdem macht er Anstalten, zu ihr zu wechseln.
„Schätzchen, ich kann hier nicht stehen“, erklärt sie ihm. „Nicht einmal auf Zehenspitzen.“
„Magda ist ein Zwerg“, sage ich zu Matteo. „Komm lieber auf meine Schultern. Bei mir ist der Ausblick schöner.“
Ich hebe ihn hinter meinen Kopf und er setzt sich auf meine Schultern. Seine Hände in meinen haltend, laufen wir zum Strand. Genau genommen, laufe ich auf dem Sandboden und Magda schwimmt neben mir.
„Magda est un lapin nain“, sagt Matteo und bringt mich zum Lachen. Offensichtlich geht ihm die Hasenfamilie nicht aus dem Kopf. Kurz nach der Sicherheitsleine stelle ich ihn im Wasser ab und bleibe mit Magda stehen. Matteo kennt jedoch nur einen Weg; zunächst etwas schwerfällig und dann flinker watet er zum Strand und läuft auf dem Sand schnurstracks zu unseren Sonnenliegen. Weil er außer Hörweite ist, sagt sie: „Wenn ich, wie Matteo behauptet, ein Zwerghase sein soll, dann bist du ein großer… “
Noch bevor sie den Satz beendet, tunke ich sie ins Wasser und bin froh, dass Matteo nicht zu uns herübersieht. Allerdings verfolgt die Kollegin aus Stevens Team unser Wasserspielchen mit Argusaugen und

entspannt sich sichtlich, als Magdas blonder Kopf wieder aus dem Wasser ragt. Laut lachend erhebt sich Magda, ordnet ihre durcheinander geratenen Haare und vermittelt den Eindruck, als wäre alles in Butter. Dennoch beobachte ich jede ihrer Bewegungen genau und flitze zum Strand, als sie versucht, nach mir zu schnappen. Längere Beine machen sich im flachen Wasser bezahlt. Pech für die Zibbe!

Um die Mittagszeit verlassen wir den Strand, um auf der Promenade essen zu gehen. Auf dem Weg zum Restaurant mustern die meisten Männer sie bereits aus der Ferne. Und anschließend drehen sie ihre Köpfe, um ihr hinterher zu glotzen. Sie hat nur Augen für Matteo und mich. Ich kann nicht erkennen, ob ihr dieses offenkundige Interesse überhaupt auffällt. Am Strandrestaurant angelangt, bitten wir um einen Platz auf der Terrasse. Der Kellner weist uns den einzigen noch freien Tisch zu. Allerdings ist dieser für zwei Personen. Deshalb fehlt noch ein dritter Stuhl. Kaum halten wir vor dem uns zugewiesenen Tisch an, schon bringen uns zwei Männer der benachbarten Tische einen ihrer freien Stühle. Ich greife nach dem ersten Stuhl und bedanke mich gezwungen.
„Kennen sie dich?“, fragt sie, sichtlich verwundert über diese übertriebene Hilfsbereitschaft.
„Ich bezweifle, dass sie meinetwegen so höflich sind“, antworte ich.
Verstohlen blickt sie sich um. Prompt lächeln die beiden sie an.

„Im Urlaub spielt die Libido des Mannes verrückt“, sagt sie leise.
„Ich weiß gar nicht, was du meinst.“
„Das weißt du ganz genau! Mein schönes T-Shirt werde ich vor deiner Familie nie wieder tragen können“, beschwert sie sich über meinen nächtlichen Einfall, die Rückseite ihres Kunstwerkes zu gestalten. Da ich ihre Unterstellung, ich sei eingebildet, als wenig zutreffend einstufe, hatte ich 5e wie folgt aufgeschlüsselt: elegant, extravagant, einmalig, einzigartig und einer der besten Liebhaber der Welt. Ich gebe zu, dass der Ersatz für das Wort eingebildet, ein winziges Bisschen auf einen Rachegedanken zurückführbar ist.

„Schade!“, sage ich sarkastisch. „Ich hätte so gern ihre Gesichter gesehen.“
„Deine arme Mutter, die das übersetzen müsste“, sagt sie gespielt empört.
„Sie könnte ja flunkern und *einfallsreich* anstatt *einer der besten Liebhaber der Welt* ins Italienische übersetzen“, schlage ich vor.
„Oder *eingebildet*“, kommt sie mit der alten Leier.
„Ich habe ja noch ein paar Sonnenstrahlen übrig. Vielleicht schreibe ich *einfallsreich* und *erfinderisch* drüber“, sage ich, nur um sie zu ärgern.

„Wie willst du dann 5e in der Formel erklären?“, möchte sie wissen.
„Easy! Ich sage einfach, dass du nicht bis sieben zählen kannst.“
„Hey, Papa! Magda kann bis hundert zählen“, sagt Matteo stolz. Seine liebgemeinte Verteidigungsstrategie sorgt für ein Lächeln in unseren Gesichtern.
Der Kellner kommt, um die Bestellung aufzunehmen und wir vergessen unser ins Niemandsland führendes Wortgefecht. Als Magda mit Matteo anschließend die Memory-Karten auf dem Tisch verteilen, wird mir klar, wie sehr die beiden mittlerweile aneinanderhängen. Zeitgleich wird mir bei dem Gedanken, wir könnten es auch diesmal vergeigen, speiübel. Jetzt begreife ich auch, weshalb meine Mutter es verhinderte, dass Magda und meine Schwester einander kennenlernten. Wahrscheinlich hätten die beiden sich auch gut verstanden oder sogar angefreundet. Auch Matteo verbindet eine Freundschaft mit Magda. Unser gestriges Gespräch fällt mir wieder ein, als er mir gestand, keinen Freund zu haben. Auch ich kenne dieses Gefühl, welches mir im Kindesalter gelegentlich Sorgen bereitete. Allerdings bin ich mittlerweile der Meinung, dass man den Begriff Freundschaft grobmaschiger definieren sollte. Würde man sich beispielsweise darauf fokussieren, dass Freunde viel voneinander lernen, sich gegenseitig respektieren und sich, sowohl in guten als auch in schlechten Zeiten, gegenseitig unterstützen, dann wären Magda und Matteo laut dieser Kriterien auch Freunde.

Matteo liebt Geschichten. Vielleicht sollte ich eine Geschichte für ihn schreiben, die von einer ungewöhnlichen Freundschaft handelt. Ich bräuchte eine Hauptfigur, mit der er sich identifiziert, und eine zweite, mit der er alltägliche Abenteuer erlebt. Als ich Magda und Matteo ansehe, fallen mir spontan eine Eisbärin und ein kleiner Braunbär ein, die sich zufällig an einem Bach im Wald treffen; nachdem die Eisbärin, aus einem Zoo ausgebrochen und er aus einem Zirkus getürmt ist. Die Bärin zeigt dem kleinen Bären, wie man Fische fängt. Im Gegenzug versucht er ihr das Klettern auf Bäume beizubringen. Eines Tages entdeckt er dabei ein Bienennest und das kleine Abenteuer nimmt seinen Lauf. Ob beim Bienenabwimmeln oder beim Fischen, stets erweist sich der Bach, an dem sie sich trafen, als Retter. Im Wald lernen sie viele Tiere kennen, mit denen sie sich über alltägliche Dinge unterhalten und von denen sie ebenfalls sehr viel lernen. Im Herbst erzählt ihnen ein Igel, dass er Winterschlaf halten wird, und rät dem Braunbären, sich auf die Winterruhe vorzubereiten. Daraufhin graben sie eine Bärenhöhle und legen sie mit Gras und Moos aus...
„Hallo! Erde an Mister Paralleluniversum“, höre ich durch meine Gedanken hindurch und sehe, dass Matteo und Magda unseren Tisch freiräumen, weil die Kellner mit unserer Bestellung zu uns eilen. Rasch helfe ich beim Einsammeln der Memory-Kärtchen.
„Wo warst du mit deinen Gedanken?“, fragt Magda interessiert.

„Bei euch, natürlich“, gebe ich ehrlich zu.
„Natürlich!“, sagt sie misstrauisch. Doch das Hungergefühl siegt wohl über ihre Neugier. Beherzt beißt sie in ihren Veggieburger.
Und ich frage mich: Wann werden wir einander bis in das i-Pünktchen des Wortes Liebe hinein vertrauen?

Auf der Rückfahrt ergattern wir im Bus einen Viererplatz. Die zueinander positionierten Sitze erlauben Matteo, ein Mittagsschläfchen zu halten und bieten uns eine willkommene Gelegenheit, uns vis-à-vis sitzend zu unterhalten.
„Ich wollte ihm vorhin das Schwimmen beibringen, doch er hatte Angst“, steige ich in unser Gespräch ein, weil ich ihre Meinung dazu hören möchte.
„Nach seinem unfreiwilligen Tauchgang gestern müssen wir froh sein, dass er heute überhaupt ins Wasser gestiegen ist.“
„Das bin ich auch“, versichere ich ihr. „Und an seinen Mut wollte ich ja anknüpfen.“
„Du hast seinen Mut überstrapaziert. Versteh mich nicht falsch. An deiner Absicht ist nichts Verwerfliches gewesen. Du möchtest deinen Sohn vorm Ertrinken bewahren, sowie dein Vater dich vor Gefahren schützen möchte“, sagt sie unvermittelt.
„Wie kommst du jetzt auf meinen Vater?“
„Ich habe euch gestern auf der Terrasse gesehen. Danach warst du die meiste Zeit in Gedanken.“
„Wenn du mir damit sagen willst, dass ich mit dem Kiffen aufhören soll, dann sag es mir freiheraus und

schieb nicht meinen Vater vor", rege ich mich auf, weil ich nicht begreife, weshalb sie ausgerechnet jetzt die gestrige Unterredung erwähnt.

„Meinungsverschiedenheiten zwischen Vater und Sohn sind keine Seltenheit", fährt sie ungerührt fort. „Wichtig ist, der richtige Umgang damit. Weil du weißt, dass er es gut mit dir meint, verleihst du seiner Meinung viel zu viel Gewicht. Es ist gut, wenn du seine Sichtweise verstehst. Aber du bist ein erwachsener Mensch und hast das Recht auf eine konträre Meinung."

Während ich noch über ihre Worte nachdenke, kommt sie auf das ursprüngliche Thema zurück und sagt: „Ich finde, Matteo hat sich im Meer richtig verhalten."

„Was meinst du damit?"

„Sicher spürt er auch, dass schwimmen zu können, für ihn wichtig wäre. Aber er ist noch nicht soweit und bleibt deshalb strikt bei seinem Standpunkt."

„Ich hoffe, er empfand kein schlechtes Gewissen mir gegenüber, als ich schwimmen ging", sage ich mehr zu mir selbst, als zu ihr.

„Vielleicht sagst du ihm nächstes Mal, bevor du gehst, dass er keines zu haben braucht", empfiehlt sie mir.

„Wenn ich das in solchen Momenten könnte, wäre ich meinem Vater in einem Punkt voraus. Aber in der Situation war ich über Matteos Sturheit dermaßen verärgert."

„War nicht zu übersehen", sagt sie. Um mich nicht in noch größere Verlegenheit zu bringen, richtet sie ihren Blick auf die Glasscheibe und schaut hinaus.

„Manchmal wünsche ich mir, meine Gefühle noch besser verstecken oder überspielen zu können“, gesteh ich ihr.
„Ich mag es, wenn du zeigst und sagst, was du fühlst.“
„Hm“, gebe ich meine Skepsis offen zu und unterstelle ihr dann: „Solange es schöne Gefühle sind.“
„Das glaubst du. Aber das stimmt nicht. Authentisch, bist du mir in jeder Situation am liebsten.“
„Du hast mich noch nicht richtig überfordert erlebt.“
„Und was überfordert dich?“
„Nichts und alles.“
„Wie meinst du das?“, fragt sie verwirrt.
„Es gibt Zeitspannen, in denen mich nichts umhauen kann. Aber manchmal haut mich einfach alles um. Selbst Positives ist in solchen Zeiten einfach zu viel. Deshalb brauche ich Zufluchtsorte, wie die Wohnung, um dort die ganzen Eindrücke und Gefühle zu verarbeiten, um sie in etwas Schönes, wie die Musik zu verwandeln“, erlaube ich ihr einen kurzen Einblick in mein Inneres und hoffe inständig, dass sie jetzt keinen Witz darüber reißt.
Nichts dergleichen passiert. Stattdessen sieht sie mir tief in die Augen und sagt schlicht: „Du bist ein Mensch voller Wunder. Du bist wundervoll.“
Nun wünsche ich mir, sie hätte sich über mich lustig gemacht. Denn auf ein Kompliment war ich am wenigsten vorbereitet. Ich weigere mich innerlich, es anzunehmen. Deshalb sage ich: „Vor allem dann, wenn mich alles bedrückt.“

Ihr Handy vibriert und ich fühle mich erleichtert, nicht mehr über mich reden zu müssen. Neugierig schaue ich auf ihr Handydisplay. Ihr Bruder. Anstatt das Gespräch mit Richard anzunehmen, schaltet sie die Vibration aus.
„Nimm es an“, fordere ich sie auf.
„Ich möchte Matteo nicht wecken“, weicht sie aus.
„Wir haben uns eben erst in voller Lautstärke unterhalten und ihm hat es nichts ausgemacht“, sage ich und sie geht beim nächsten Läuten dran.
Das auf Französisch geführte Telefonat dauert gefühlt zehn Sekunden. Sie sagt ihm, dass wir im Bus sitzen und sie deshalb nicht viel Zeit zum Telefonieren hat. Dann teilt sie ihm mit, dass wir nicht mehr lange in Italien bleiben werden und bittet ihn, sie nicht zu besuchen.
„Warum soll er dich nicht besuchen?“, frage ich verblüfft, als sie das Telefonat beendet.
„Ich sehe ihn schon bei der Investorensitzung in zwei Wochen. Er beteiligt sich am Bauprojekt“, erklärt sie verlegen.
Ich weiß, dass sie sich gut verstehen und zusammenhalten wie Pech und Schwefel. Seine Beteiligung am Wohnprojekt hatte ich vorausgesetzt, noch bevor ich seinen Namen in den entsprechenden Gruppen auf ihrem Handy las. Magda hat keinen guten Draht zu ihrem Vater, aber ihr älterer Halbbruder ist ihr ganzer Stolz. Ihr Versuch, ihn am Telefon abzuwimmeln, ist ungewöhnlich und kommt mir merkwürdig vor.

„Findest du, dass es für eine Familienzusammenführung noch zu früh ist?“, frage ich genervt. Das ist jedenfalls der einzige Grund, der mir einfällt, warum sie Richard vertröstet.
„Sprichst du von dem Teil deiner Familie, mit dem wir noch ein Hühnchen zu rupfen haben?“, fragt sie, in der Hoffnung, auf einen Themenwechsel. Bis zu diesem Anruf hatte ich nicht den Eindruck, die anstehende Aussprache würde sie bedrücken. Möglicherweise hatte ich mich geirrt, und ihr unfreiwilliger Nacktauftritt von gestern bekümmert sie stärker, als sie zugibt. Plötzlich drosselt der Busfahrer merklich die Geschwindigkeit und hält den Bus ruckartig am Straßenrand an. Mit einer Durchsage setzt er uns über einen technischen Defekt am Fahrzeug in Kenntnis und verspricht den Passagieren eine baldige Abholung durch den nachfolgenden Linienbus. Als hätte er uns einen Weltuntergang angekündigt, reden alle Mitreisenden hektisch durcheinander. Sie regen sich über die Unzuverlässigkeit des Nahverkehrs auf und telefonieren, im nicht minder anklagenden Ton, mit ihren Angehörigen, die sie über die unvermeidliche Verspätung informieren. Ich kläre Magda über den Quell der allgemeinen Aufregung auf und bleibe gelassen neben ihr sitzen. Das allseitige Telefonieren und Handyklingeln weckt Matteo. Und was die erste Hiobsbotschaft nicht geschafft hat – schafft die zweite. Denn Matteo verkündet uns, dass er dringend pinkeln muss.
Er springt auf und zerrt an mir. Automatisch schnappe ich nach den Griffen unserer Schwimmtasche und

laufe mit ihm vor. Magda folgt uns. Unser Anliegen bleibt nicht unbemerkt und wird von den vorderen Passagieren an den aufgeregten Busfahrer herangetragen, so dass wir uns schlussendlich vor einer geöffneten Bustür befinden. Eilig verlassen wir den Bus. Matteo huscht hinter die nächststehende Zypresse. Im Stechschritt holt Magda uns ein und gemeinsam sehen wir uns um. Zwei SUVs mit jeweils zwei gelangweilten Insassen fallen uns am Straßenrand auf.
„Wann wird der nachkommende Bus hier sein?“, fragt Magda, ihr Sicherheitsteam stoisch ignorierend.
„Das kann uns scheißegal sein.“
„Wie bitte?“
„Matteo, corri da Steven“, schicke ich meinen Sohn zu Steven Falk. Abermals hebe ich die Tasche vom Boden auf und lege mir Miss Klimapatronin über die linke Schulter.
„Den Teufel werde ich tun, hier auf den nächsten Bus zu warten“, teile ich ihr unmissverständlich mit.
„Du bist so ein Grobian“, beschwert sie sich, mit dem Kopf nach unten hängend.
„Du magst es doch, wenn ich authentisch bin.“
Mit ihr auf der einen Schulter und der Schwimmtasche auf der anderen folge ich, entlang des Feldrandes, meinem Sohn. Falk, der aus dem Auto gestiegen ist, nimmt ihn zur Sicherheit auf seinen Arm, öffnet den Kofferraum und holt einen Kindersitz raus. Erneut schimpft Magda mit mir. Sie bittet mich, sie runterzustellen, weil sie befürchtet, ihre kurze Jeanshose würde zu wenig Haut verdecken.

„Mache dich mal nützlich da oben und massiere meine rechte Schulter!", ziehe ich sie, wie gewohnt, auf. Doch sie weigert sich, mir meine Bitte zu erfüllen, mit der Begründung, die Schwimmtasche versperre ihr den Weg.
Während Steven Matteo im Kindersitz anschnallt, nutze ich den immer noch geöffneten Kofferraum, um meine Schwimmtasche darin zu verstauen. „Steven, wo ist eigentlich die Massageliege, die Magda aus Deutschland mitbringen ließ?"
„Seit heute Morgen in eurem Appartement", antwortet er und wirft Magda einen fragenden Blick zu.
„Schulterschmerzen", erklärt sie wortkarg, während sie sich auf die Rückbank setzt. Ihre Tür lässt sie offen. Sie rechnet damit, dass ich mich zu ihr setze. Doch sowohl Steven als auch ich denken anders darüber. Auf Knopfdruck fährt der Kofferraumdeckel geräuschlos nach unten und ich höre, wie Steven seiner Kollegin, die am Steuer sitzt, den Befehl erteilt, im zweiten SUV mitzufahren. Daraufhin schließt Magda ihre Tür und ich steige vorne ein.
Der missbilligende Blick, mit dem Stevens Kollegin ihn straft, ist nur schwer zu übersehen. Unser Fahrer jedoch richtet in aller Seelenruhe seinen Sitz, stellt den Spiegel ein und weicht gekonnt ihrer Aufmerksamkeit aus. Ich frage mich, ob der Stress zwischen den beiden privater oder geschäftlicher Natur ist. Vielleicht gibt es ja irgendeine Regel, die besagt, dass das Personenschutzpersonal immer doppeltbesetzt sein muss. Schließlich wurden wir auch im Privatjet von zwei

Männern begleitet. Oder, die beiden haben eine Beziehung und meine Tante funkt dazwischen. Wenn Steven mit jemandem liiert wäre, wüsste Magda hundertprozentig darüber Bescheid und hätte es meiner Mutter bestimmt schon erzählt.
Bei unserer Ankunft am Castello hören wir fröhliche Kinderstimmen. Da Matteo die Kinder am Pool vermutet, sprintet er freudig voraus und Magda hechtet ihm hinterher. Zack! Hat sie ihn eingeholt. Er reicht ihr die Hand und sie setzen ihren Weg zu unserem Appartement fort. Während sich Falks Kollegen aus dem zweiten Fahrzeug auf dem Gelände verteilen, bleiben wir am Auto stehen. Mein Handy kündigt den Empfang einer Nachricht an. Magda bittet mich darin, Steven zu fragen, ob er meine Eltern und meine Tante mit den Kindern zur Eisdiele ins Dorf begleiten möchte.
„Halbe Stunde“, lautet seine Antwort und ich schreibe Magda, dass die anderen auf ihn warten sollen.
„Hat meine Tante Konkurrenz?“, ergreife ich die Gelegenheit, ihn zu fragen, was mich die ganze Zeit beschäftigt.
„Nein“, sagt Steven mit fester Stimme.
Automatisch durchforste ich mit meinem Blick das Gelände nach seiner Kollegin.
„Ich habe Konkurrenz oder besser gesagt - eine Nachfolgerin. Wenn sie es denn wird.“
„Warum?“
„Ich will mich zur Ruhe setzen und sie soll mich ersetzen. Um meinen Posten zu übernehmen, benötigt sie unter anderem meine Zustimmung. Anstatt sie sich

durch vorbildliche Arbeit zu verdienen, versuchte sie mich anfangs, mit anderen Mitteln zu überzeugen. Nachdem ihr das nicht gelungen ist, versucht sie nun, wo es nur geht, mich zu diskreditieren, und Beweise für meine berufliche Inkompetenz zu sammeln."
„Wozu?"
„Um schneller und sicher an ihr Ziel zu kommen. Sie glaubt, wenn sie mich erpresst, wird sie mich früher los", antwortet er.
„Porca miseria", schimpfe ich.
„Sie wird sich die Zähne ausbeißen", prophezeit er.
„Weiß Magda, dass du aufhören willst?", frage ich auf den Stufen zu unserem Appartement.
„Sie weiß, dass ich aufhören werde, sobald wir einen adäquaten Ersatz für mich gefunden haben", sagt er.
„Also - niemals", prognostiziere ich.

In unserem Appartement herrscht eine mir bisher unbekannte Stille. Die Abwesenheit von Matteos weiß-roten Sneaker deutet auf meine alleinige Herrschaft in diesem Domizil hin. Im Wohnzimmer lassen die ausgebreiteten blickdichten Vorhänge spaltweise so viel Licht durch, dass man zwar innen alles gut sieht, die Außenstehenden haben jedoch keine Chance, drinnen etwas zu erkennen. Mitten im Wohnzimmer finde ich die ersehnte Massageliege. Innerlich bin ich versucht zu jubeln. Doch solange ich nicht sicher weiß, dass die Liege für mich aufgestellt wurde, halte ich meine Begeisterung im Zaum. Mit frischgewaschenen Haaren kommt Magda aus dem Bad. Sie trägt ihren weißen

Spitzenbody und silberfarbene High Heels, die ihre schlanken Beine endlos wirken lassen. Aufreizend mit den Hüften schwingend, kommt sie auf mich zu. Bewegungslos stehe ich vor der Liege und genieße ihren alles versprechenden Gang. Dicht vor mir bleibt sie stehen. Doch anstatt mich verheißungsvoll zu küssen, schubst sie mich auf die Liege. Während ich mich mit dem rechten Arm abstütze, verzerre ich schmerzvoll das Gesicht.

„Wenn die Schmerzen dermaßen stark sind, hast du sie doch nicht erst seit heute. Warum hast du nicht früher etwas gesagt?“, fragt sie besorgt.

„Ich bin in der Nacht blöd gelegen. Meistens lässt der Schmerz nach dem Schwimmen nach. Aber heute wurde er beim Schwimmen schlimmer“, gestehe ich ihr.

Vorsichtig, als wäre mein Arm gebrochen, zieht sie mein T-Shirt aus. Mit kundigen Händen massiert sie meine Nacken- und Schulterpartie und versucht anschließend, die Blockade zu lösen. Allerdings ohne Erfolg. Deshalb breitet sie ein Badetuch aus und befiehlt mir, mich hinzulegen. Auf diese Weise komme ich zwar zu der von mir erhofften Massage, bin allerdings gerade nicht sicher, ob ich nicht lieber Sex hätte.

„Jetzt komme ich mir wie ein Fahrrad vor“, meckere ich scherzhaft.

„Hä? Weshalb?“

Offensichtlich kennt sie den Witz nicht.

„Wegen des Ständers“, verrate ich des Rätsels Lösung.

Es dauert eine Sekunde, bis sie losprustet und mich mit Pseudomitleid in Form von übertriebenen Ohs überschüttet. Nur drei Sekunden später, wünsche ich mir, Magda auf den Mond katapultieren zu können. Sie hat das Epizentrum der Verspannung zwischen der rechten Schulter und der Wirbelsäule entdeckt und quält mich seitdem, als würde ich ihr noch eine Million Dollar schulden.

„Herrschaftszeiten, Weib!“, knurre ich.

Ihre Antwort darauf - ein glöckchengleiches Lachen und noch mehr Druck. Scheiße! Wenn man mich in diesem Moment fragen würde, was ich für sie empfinde, fiele meine Antwort nicht zu ihrem Vorteil aus.

Allmählich lässt der Schmerz nach. Sie sagt, dass sich die Stelle nun deutlich entspannter anfühlt und klingt zufrieden. Endlich fühlt sich ihre Massage angenehm an und ermöglicht es mir, sie zu genießen. Intuitiv hebe ich den Kopf an, neige ihn zunächst zur linken und anschließend zur rechten Schulter, und höre wie es in meiner Wirbelsäule knackt. Dann lege ich meinen Kopf erneut ab und lasse mich weiter massieren.

„Ich vermute, dass deine Verspannung vom Schwimmen kommt“, sagt sie.

„Wie kommst du darauf?“

„Ich habe dich beobachtet. Du atmest jedes Mal auf der rechten Seite ein. Meiner Meinung nach solltest du beidseits Luft holen.“

„So, so, und was macht dich zur Expertin?“

„Die Fähigkeit, logisch zu denken“, bedient sie sich meiner Argumente.

Es widerstrebt mir, sie mit dieser Antwort davonkommen zu lassen. Deshalb sage ich: „Das ist bestimmt dieselbe Fähigkeit, die dich zur Familienratgeberin macht."
„Worauf willst du hinaus?"
„Auf unser Gespräch im Bus. Du gabst mir Ratschläge für den Umgang mit meinem Vater. Ich nehme an, dass auch in dieser Hinsicht, eher das logische Denkvermögen, als deine eigenen Erfahrungen, dich zur Expertin machen. Soweit ich weiß, hattest du Jahre lang keinen Kontakt zu deinem Vater."
Es klingt hart. Doch ich habe ein Problem damit, wenn Menschen, die einem kluge Ratschläge erteilen, sie selbst nicht befolgen.
„Wenn es dir nicht gefallen hat, dass ich mich eingemischt habe, dann tut es mir leid. Das hättest du mir direkt im Bus sagen können, anstatt dir meine Familienratgeberfloskeln anzuhören", sagt sie und bricht die Massage ab.
„Hey! Nicht aufhören", sage ich und greife nach ihr. Beleidigt entzieht sie sich meinem Griff und läuft ins Bad, um ihre Hände zu waschen. Für sie ist die Behandlung meiner Schulter für heute beendet.
„Unser Gespräch im Bus war wichtig für mich. Ich finde deine Denkanstöße interessant. Doch ich bin nicht davon überzeugt, dass du dich an deine eigenen Ratschläge hältst", sage ich, als ich im Badspiegel ihrem verärgerten Blick begegne.
„Ich halte mich daran und ich habe wieder Kontakt zu meinem Vater", sagt sie widerspenstig. Dann senkt sie

ihren Blick und ergänzt leise: „Besser gesagt, ich hatte zwischenzeitlich wieder Kontakt mit ihm. Und ja, es fällt mir schwer, seiner Meinung über mich und über mein Leben nicht viel Gewicht beizumessen."
„Wann hast du ihn gesehen?"
„Letztes Jahr. Zwischen Weihnachten und Silvester. Seitdem herrscht zwischen uns wieder Funkstille."
„Warum?"
„Deinetwegen."
„Was hatte er an mir auszusetzen?"
„Nichts, was er anschließend nicht bereut hat. Zumindest hoffe ich, dass er es bereut."
„Hättest du ihn doch einfach reden lassen und darüber hinweggehört", bediene ich mich ihrer Empfehlungen.
„Ich konnte nicht", gibt sie zu. „Ich konnte ihn nicht reden lassen und darüber hinweghören, wie er dir Unrecht tat und unsere erste Begegnung in den Dreck zog. Möglicherweise lag es auch daran, dass ich erkannt habe, dass er sich überhaupt nicht dafür interessiert, was ich im Leben wirklich brauche. Jedenfalls war es zwar ein kurzer Kontakt, aber immerhin."
„Was brauchst du im Leben wirklich?"
„Was ich wirklich, wirklich ganz dringend brauche, bist du", sagt sie anzüglich, während sie sich an mich schmiegt und reizvoll mit ihren Fingernägeln über meine Rippen und meine Flanken kratzt. Natürlich merke ich, dass sie das Thema auffällig rasch unter den Teppich kehren möchte. Frau Familienratgeberin hat weder Lust über ihre Träume noch über die eigene

Familie zu reden. Und obwohl ich noch so viele offene Fragen an sie habe, lasse ich mich von ihr um den Finger wickeln und verbanne meine Neugier auf die Ersatzbank.
„Wir haben ein Riesenglück, dass deine Eltern uns diese Auszeit ermöglichen“, sagt sie und zieht meine Shorts runter. Sie überhäuft meinen Oberkörper mit zarten Küssen und sanften Bissen. Ich genieße ihre Verführungskünste, während ich gedanklich mit ihrer Erzählung beschäftigt bin. Als sie dann vor mir kniet, in ihrem weißen Body, goldblondem Haar und auf High Heels, lasse ich alle meine Gedanken los.

Plötzlich vernehmen wir draußen ein fröhliches Stimmengewirr. Im nächsten Moment klingelt es an unserer Tür. Automatisch beginnt Magda die Schnallen an ihren High Heels zu öffnen, um sich von diesen Stelzen zu befreien. Weil es ihr nicht gelingt, sie zügig auszuziehen, sieht sie gequält zu mir hoch. Aber auch ich kann nicht sofort zur Tür laufen. Ich beuge mich nach unten, um meine Sachen vom Boden aufzulesen und gebe ihr einen Kuss. Rasch rennt sie ins Schlafzimmer und holt ihr Kleid.
„Ein Riesenglück“, motzen wir im Flur unisono und ziehen uns auf dem Weg zur Tür unsere Klamotten über. Bevor wir öffnen, läutet es ein zweites Mal. Matteo steht mit einem großen Becher in den Händen, der mit verlaufener Eiscreme gefüllt ist und sieht uns traurig an. Ungefähr zehn Meter von uns entfernt, unterhalten sich meine Eltern mit meiner Tante und Steven. Da ich

die Stimmen meiner Neffen um die Ecke höre, gehe ich davon aus, dass die Älteren sich deshalb dort postiert haben, damit sie alle drei Kinder gleichzeitig im Blick behalten. Allem Anschein nach, hatten meine Neffen nicht die gleiche Idee wie Matteo - ihre Eltern mit einem Eisbecher zu überraschen. Ich weiß, dass ich mich über seine Geste freuen sollte, doch ich würde lügen, wenn ich behaupte, mir sei nach Freudensprüngen zumute.
„Ich habe euch Eis mitgebracht, aber das ist jetzt kaputt", sagt Matteo enttäuscht.
„Das ist nicht kaputt. Das ist genau richtig! Bei dem warmen Wetter sollten wir Milchshake trinken und nicht Eis essen", sagt Magda aufmunternd. „Ich liebe Milchshake", beruhigt sie ihn. Um ihn davon zu überzeugen, knickt sie den Becher und lässt die geschmolzene Eiscreme in ihren Mund laufen.
Fuck! Diese Frau ist sogar dann verführerisch, wenn sie es nicht darauf anlegt.
„Zeig mir ruhig, was mir entgeht", raune ich ihr zu und sie errötet verlegen. Wenn sie nur wüsste, welche Wirkung das auf mich hat.
Meine Eltern rufen nach Matteo, aber er flitzt ins Appartement, um auf die Toilette zu gehen. Weil meine Mutter nicht versteht, was er vorhat, nähert sie sich uns. „Er wollte euch unbedingt ein Eis mitnehmen", sagt sie betreten. Sie weiß ganz genau, wobei wir gestört wurden. Wir hören das Wasser laufen: erst die Toilettenspülung, dann den Wasserhahn. Mit schüt-

telnden Händen kommt der kleine Racker in den Flur und biegt in Richtung Wohnzimmer ab.
„Matteo! Falsche Richtung“, rufe ich ihm hinterher.
„Ich bleibe bei euch“, antwortet er und setzt seinen Weg unbeirrt fort.
„A doppo, Nonna“, verabschiedet er sich von meiner Mutter, da er weiß, dass wir später gemeinsam zu Abend essen werden.
Vollkommen entgeistert sehen Magda und ich uns an. Tausende Varianten gehen mir durch den Kopf, doch ich verwerfe sie alle. Wenn er bei uns sein möchte, impliziert dieser Wunsch unsere Anwesenheit. Ihn erneut wegzuschicken oder uns in meine Wohnung zu verpissen, wäre ihm gegenüber nicht gerecht. Magdas Nasenspitze verrät mir, dass unsere Gedanken kongruent sind. Das heißt, selbst wenn ich mich dazu entschlösse, in meine Wohnung zu gehen, würde Magda nicht mitkommen.
„Und was machen wir jetzt?“, will ich wissen.
„Mensch ärgere dich nicht! spielen“, sagt sie trocken und meine Mutter bekommt einen Lachflash.
Wenigstens die beiden tragen es mit Humor.

Unser Abendessen ist mit Schweigen gesegnet. Allerdings empfinden nicht alle unserer Tischmitglieder dieses Schweigen als einen Segen. Die meisten von ihnen würden die Stimmung eher als eine betretene Stille bezeichnen. Ich bin jedenfalls froh darum. Endlich kann ich meinen Gedanken freien Lauf lassen, ohne ständig durch irgendwelche Fragen beim

Nachdenken gestört zu werden. Ein Freund hat mir eine Hook zu seinem neuen Song geschickt und bittet mich um die Zusammenarbeit mit ihm. Das Thema ist *Verrat und Vertrauen.* Zweifellos werde ich ihm morgen meinen Part schicken können.

Nach dem Abendessen folgen uns alle, wie selbstverständlich, in unser Appartement. Die Kinder gehen, begleitet von meinem Vater ins Kinderzimmer. Die Eltern und die Großmütter machen es sich im Wohnzimmer gemütlich. Wie lange wollen sie bleiben? Auf Englisch erzählt Magda, was Matteo uns gestern über den Vorfall berichtete.

„Das wäre nicht passiert, wenn ihr hier nicht…“, sagt Davide auf Deutsch und beendet seinen Satz mit einer eindeutigen Geste.

„Das war unverantwortlich“, pflichtet ihm sein Bruder bei.

Jetzt reicht´s mir! Doch bevor ich etwas sagen kann, antwortet Magda bereits auf den Vorwurf.

„Erzähl mir nichts vom Verantwortungsgefühl. Du standest fünf Meter von den Kindern entfernt und hattest sie nicht im Blick“, sagt sie wütend. Sie ist nicht verärgert, weil er uns anklagt. Sie ist wütend, weil sich zu diesem Zeitpunkt alle Erwachsenen, außer uns beiden, draußen befanden und sich dennoch niemand für die Kinder zuständig gefühlt hatte. Erneut macht sich betretenes Schweigen breit.

„Habt ihr mit Alessio über den Vorfall gesprochen?“, frage ich meine Schwägerin, weil sie mir als Ansprechpartnerin hundertmal lieber ist, als mein Cousin.

„Er hat zugegeben, Matteo geschubst zu haben. Es tut uns sehr leid“, antwortet sie und löst die angeheizte Stimmung. Als kurze Zeit später mein Vater, mit den offensichtlich versöhnten Kindern an seiner Seite, aus Matteos Zimmer tritt, steht ihm die Erleichterung ins Gesicht geschrieben. Vermutlich ging er davon aus, dass entweder die kleinen oder die großen Kinder sich an die Gurgel gehen würden, weil Diplomatie bisher nicht zu unseren Stärken zählte.

„Erinnere mich bitte nächstes Jahr daran, nie wieder mit diesem Teil meiner Verwandtschaft in Urlaub zu gehen“, sage ich ihr im Bett.
„Du musstest dich vorhin sehr beherrschen, nicht wahr?“, fragt sie und schmiegt sich an mich.
„Allerdings.“
„Warum schilderst du ihnen in solchen Momenten nicht, wie du dich fühlst?“, fragt sie sanft. Gedankenverloren kreist sie mit ihrem Zeigefinger um meinen Bauchnabel und raubt mir dabei den Verstand. Es ist eine ernste Frage, und wenn ich sie ehrlich beantworten soll, brauche ich meine volle Konzentration. Deshalb nehme ich ihre Hand und führe sie an meine Lippen. „Obwohl ich sie nervig finde, mag ich sie zu sehr, als dass ich ihnen meinen ganzen Zorn jemals zumuten würde.“
„Schonst du sie vor deinem Unmut?“
„Wenn du es so nennen willst.“
„Aber dir selbst tut es nicht gut, ständig alles in dich hineinzufressen“, stellt sie fest.

„Glaube mir, ich fühle mich auch dann nicht besser, wenn ich meinem Gegenüber meinen vollen Unmut gezeigt und dessen Hintergründe erklärt habe. In den meisten Fällen bin ich derjenige, der sich nach einer Aussprache noch beschissener fühlt."
„Aber - theoretisch - müsste es dir nach einer Aussprache doch besser gehen."
„In meinem Fall entpuppte sich diese Theorie stets als Wunschdenken. Ich fühle mich nach einer sogenannten Aussprache jedes Mal doppelt beschissen."
„Warum?"
„Weil ich die verletzten Gefühle des Anderen nachempfinde und mich als Verursacher dieser seelischen Verletzung hasse", erkläre ich leicht gereizt.
Wieso vertraue ich ihr das an? Wann hört sie endlich auf, mich mit ihren bohrenden Fragen zu bombardieren? Langsam wird es zu einer lästigen Angewohnheit.
„Aber irgendwie muss doch dein Frust abgebaut werden", sagt sie nachdenklich, wie zu sich selbst.
„Ich kenne da ein sehr gutes Mittel zum Frustabbau", flüstere ich ihr ins Ohr und lege ihre Hand zurück auf die Höhe meines Bauchnabels. Gekitzelt von meinem Hauch, kichert sie und meine Gereiztheit löst sich in Luft auf. Versöhnt erzähle ich ihr, dass ich meinen Frust über die Musik abbaue. „Indem ich etwas (nach meinem Ermessen) Sinnvolles erschaffe, münze ich die negative Energie in positive um."
Ihre Hand ist mittlerweile tiefer gerutscht und weckt alle meine Lebensgeister.

Allerdings scheint das Gespräch für Magda noch nicht beendet zu sein, denn nach einer kurzen Bedenkzeit, ruft sie entrüstet aus: „Wenn du dich jeder verbalen Auseinandersetzung entziehst, raubst du deinem Gegenüber jegliche Möglichkeit, herauszufinden, wie du dich fühlst!“
Halleluja! Ich dachte schon, sie kommt nie darauf.
Nicht gewillt, mich noch länger darüber zu unterhalten, drehe ich sie auf den Rücken und liebkose ihre Brüste. Langsam rutsche ich nach unten. Penibel darauf bedacht, jede empfindliche Hautzone ihres Körpers von meinem Vorhaben zu überzeugen.

Kapitel 15

Am nächsten Morgen eilen Magda und Matteo nach dem Frühstück mit der Modelliermasse, die Steven neulich gebracht hatte, auf unsere Terrasse. Dort werden sie bereits von Alessio und Domenico erwartet. Als ich mich nach dem obligatorischen Bahnenziehen von ihnen verabschiede, informiert mich Magda, dass wir zum Abendessen mit der Großfamilie im Dorf verabredet sind, und wünscht mir einen erfolgreichen Arbeitstag. Den wünsche ich ihr zurück. Aber anstatt sich darüber zu ärgern, verteilt sie fleißig Tischsets an die Kids, die sie beim Basteln als Unterlage benutzen sollen und winkt mir lächelnd zum Abschied. Die ganze Kommunikation mit meinen Neffen läuft mehr oder minder über Matteo. Er geht in seiner Rolle als Bindeglied auf.
Am Abend steuere ich auf meiner Vespa die beschauliche Ortsmitte an. Ich parke auf einem öffentlichen Parkplatz und laufe die paar Schritte zum Restaurant. Sie sitzen an einer langen Tafel auf der Terrasse und unterhalten sich angeregt. Magda bemerkt mich als Erste. Sie tippt Matteo an der Schulter an, deutet mit dem Zeigefinger auf mich und hilft ihm aus seinem Stuhl. Unter neugierigen Blicken werde ich euphorisch von meinem Sohn begrüßt. Voller Stolz erzählt er mir wortreich von seinen Erlebnissen des Tages.
Beim Bestellen unserer Speisen, dreht er sich plötzlich um und ruft jemandem *„Ciao, Pedro!“* zu. Und sorgt erneut für ein allgemeines Kopfdrehen. Ein Junge im Vorschulalter nähert sich unserem Tisch. Lächelnd

erwidert er den lauten Gruß meines Sohnes und bleibt bei ihm am Platz stehen.
„Wo ist Paola?“, fragt ihn der Kellner, der gerade versucht, unsere Bestellung aufzunehmen. Daraufhin streckt der junge Neuankömmling seinen Arm aus und die gesamte Tischgesellschaft blickt abermals in die gleiche Richtung.
„Na, das ist ja mal eine Begrüßung“, scherzt Paola. Sie ist die gute Fee, die in meiner Wohnung für Ordnung sorgt. Außerdem führt sie den örtlichen Gemischtwarenladen und hilft ihrer Schwester im Restaurant aus. Da wir bereits im letzten Jahr mit der gesamten Familie hier unseren Urlaub verbracht haben, wird sie nun von allen in italienischer Manier umarmt. Steven wird ihr als Freund der Familie vorgestellt. Schließlich hat er inzwischen einen festen Platz am Tisch unserer Großfamilie. Als Paola bei Magda ankommt, fragt sie scherzhaft in die Runde, ob sie Magda für die Kinderbetreuung engagieren dürfe. Während sie noch freudestrahlend das zauberhafte Mädchen, wie sie Magda bezeichnet, drückt und umarmt, erzählt sie uns ausgelassen auf Italienisch, dass Magda bei ihr am Nachmittag Fingerfarbe gekauft habe und gleich mit Matteo im Laden geblieben sei, um dort die Figuren und das Spielfeld zu bemalen, die sie mit ins Dorf brachten. Magdas Hilfe suchender Blick verrät mir, dass sie von Marias Lobeshymne kaum etwas versteht.
„Sie ist begeistert von dir“, fasse ich zusammen. Skeptisch runzelt sie die Stirn, als sie das hört. Um meine Aussage zu untermauern, setze ich einen Satz nach:

„Sie bietet mir quasi schon Geld an, damit du für sie arbeitest.“ Bereits an ihrem betroffenen Gesichtsausdruck erkenne ich, dass dieser Satz ein Fehler war.
„Du darfst nicht über mich bestimmen, weil ich dir nicht gehöre. Ich gehöre niemandem“, sagt sie gekränkt.
Doch bevor ich dazu komme, etwas darauf zu erwidern, teilt Paola ihr in gebrochenem Deutsch mit, dass die kleinen Fußballtore morgen geliefert werden. Magda muss sie im Laden bestellt haben. Als Matteo das mitbekommt, äußert er den Wunsch, mit Pedro morgen Fußball zu spielen. Magda empfiehlt ihm, Pedro auf Italienisch zu fragen, ob er denn Zeit hätte. Nach Rücksprache mit Paola willigt Pedro ein und löst eine Kettenreaktion aus. Denn nun schauen meine Neffen mit einem niedlichen Bettelblick Magda an, um morgen mitmachen zu dürfen. Sie hüpfen vor Freude, als sie einladend nickt.
„Aber sie dürfen über dich bestimmen“, flüstere ich verärgert.
Miss *Ich-gehöre-niemandem* versucht daraufhin, die Stimmung zu kitten, indem sie die Nähe zu mir sucht. Stoisch ignoriere ich jegliche Annäherungsversuche. Die Speisen werden gebracht. Zufriedenes Schweigen breitet sich über unserer Gruppe aus. Man kann nur das Besteckklappern und vereinzelte Lobeshymnen auf das Essen hören. Eine Gruppe männlicher Jugendlicher rollt auf E-Scootern am Restaurant vorbei. Mehr oder weniger gleichgültig schauen sie zu uns herüber.

Als einer der Jugendlichen Magda bemerkt, verlangsamt er das Tempo und der ihm Folgende fährt beinahe auf ihn drauf. Um einen Aufprall zu verhindern, beschleunigt der Vordere wieder. Jedem, der an unserem Tisch mit dem Gesicht zur Straße sitzt, fällt dieser Zwischenfall auf. Außer ihr. Sie hilft Matteo beim Aufdrehen seiner Spaghetti und unterhält sich, unbeeindruckt von der Szenerie, mit ihm weiter. Auch ihm fallen die Gaffer nicht auf. Bei diesem Anblick löst sich der vorhin empfundene Ärger beinahe gänzlich auf. Aber eben nur beinahe. Sie ist eine intelligente, empathische Frau. Sie weiß sehr wohl, dass die Sätze – Ich gehöre dir nicht - und - Ich gehöre nicht zu dir- nicht nur ähnlich klingen, sondern beim Empfänger dieser Botschaft gleiche Gefühle auslösen.

Nach dem Essen hilft Paola beim Abräumen unseres Geschirrs mit und fragt beiläufig, was uns dazu veranlasst, dem Koch im Castello untreu zu werden. Applaus und Lobeshymnen auf die Restaurantküche sind die Folge. Vor allem die hausgemachten Tortellini und die farbenfrohen Culurgioni stehen bei den Damen hoch im Kurs. Paola verrät ihnen, dass ihre Schwester, die Köchin, bei ausreichender Teilnehmeranzahl, einen Kochkurs anbieten würde, in dem sie zeigt, wie man diese Teigspezialitäten zubereitet. Dieses Angebot löst bei den Damen ekstatische Begeisterungsrufe aus. Gerade, als sie die Zeit für den Kurs vereinbaren, sieht Magda neugierig zu ihnen hinüber und meine Mutter legt fest, dass Magda ebenfalls daran teilnehmen wird.

Allerdings haben die Kinder dazu auch ihre Meinung und im Gegensatz zu mir, halten sie damit nicht hinterm Berg. „Magda kann nicht mitkommen! Wir wollten die Fußballtore abholen und Fußball spielen“, protestieren meine Neffen vehement. Weshalb sie glauben, ein Vetorecht zu haben, ist mir schleierhaft. Ungehalten kommt einer der Zwillinge zu Magda, legt besitzergreifend beide Hände auf ihren Unterarm und beschwert sich über die Planänderung. Ich ringe um Fassung. Wieso, zum Geier, glaubt hier denn jeder, über sie und ihre Zeit einfach verfügen zu dürfen?
Ruhig, aber bestimmt, nimmt sie seine Hand runter. Dann schaut sie ihm fest in die Augen. „Troviamo una soluzione“, verspricht sie ihm, eine Lösung zu finden. Er will ihr vertrauen, aber seine Körperhaltung verrät seine Ungeduld. Er hätte gern sofort eine Lösung für dieses Dilemma. Hilfesuchend schaut sie sich nun in der Runde um. Ihre Wahl fällt auf meinen Vater. Offensichtlich hat er schon mit dem Kinderdienst gerechnet und nickt bereitwillig.
„Ich werde auch dabei sein“, sage ich.
„Gut, Papa. Dann besiegen wir sie“, sagt Matteo siegessicher.
Oh, Mann. Diese ewige Rivalität wird wohl nie enden.

Am nächsten Tag, kurz nach unserem Frühstück, machen wir uns auf den Weg zum Dorf. Unser erstes Ziel ist das Restaurant, um die Frauen zu ihrem Kochkurs zu bringen. Anschließend werden wir den Kinderladen um ein paar Tore erleichtern. Wie gewohnt fährt ein

SUV an uns vorbei, um die Lage vor Ort zu prüfen und uns dort in Empfang zu nehmen. Eigentlich hat Steven heute einen freien Tag. Aber, anstatt die Zeit am Pool bei einem guten Krimi zu genießen, schließt er sich unserem Wandertrupp an und läuft mit meiner Tante und meiner Mutter an seiner Seite voraus. Dicht hinter ihnen sind mein Vater und meine Neffen, gefolgt von uns dreien. Die Jungs versuchen, jeden Käfer auf ihrem Weg mitzunehmen und werden von meinem Vater daran gehindert. Er erlaubt ihnen lediglich, sich die Insekten in Ruhe anzusehen. Als Matteo sich auch noch zu ihnen gesellt, wird der Abstand zum vorderen Trio immer größer. Doch für meinen Vater ist das offensichtlich kein Grund, um die Kinder anzutreiben.
„Woher kommt plötzlich diese Geduld?“, frage ich Magda, die etwas entfernt von den Rabauken, mit mir, auf sie wartet.
„Ich nehme an, Übung macht den Meister.“ Sie schaut mich verschmitzt an.
„Mit mir war er nie so geduldig“, beschwere ich mich.
„Er hatte ja auch keine Übung und war womöglich überfordert“, wendet sie ein.
Kein Kommentar. Noch eine Ratgeberviertelstunde halte ich nicht aus.
„Trotzdem bist du ihm sehr gut gelungen“, sagt sie. Ihre Stimme klingt sanft. Sie stellt sich auf die Zehenspitzen und küsst mich zärtlich auf die Wange.
„Das sieht er, glaube ich, anders“, sage ich nachdenklich.

„Glauben, heißt ja bekanntlich nicht wissen“, versprüht sie erneut ihren Ratgebercharme. Und weil ein Kalenderspruch nicht genug ist, haut sie gleich den nächsten raus: „Wer sich nicht zu fragen traut, wird die Antwort nie erhalten.“
„Du solltest Sprüche für Glückskekse schreiben“, empfehle ich ihr murrend.
Matteo kommt zu uns und wir setzen endlich unseren Weg fort. Vor dem Restaurant warten wir auf meine Schwägerinnen und als sie mit dem Auto ankommen, ist unser Frauenteam komplett. Mit Erleichterung vernehme ich, dass meine Cousins gleich nach dem Frühstück wieder nach Florenz aufgebrochen sind. Der Blickaustausch zwischen meiner Mutter und meiner Tante bedarf keines Untertitels. Dann bin ich wohl nicht der Einzige, der für Gesprächsstoff in unserer Familie sorgt.

Nachdem die Frauenfraktion im Restaurant verschwunden ist, gehen wir, mit den Kindern zu Paola in den Laden, die uns bereits erwartet.
„Die Pokale, die Magda auch bestellt hatte, werden erst morgen geliefert“, informiert sie mich beim Abkassieren.
„Ich werde es ihr ausrichten“, verspreche ich, obwohl ich mit dieser Information nichts anfangen kann.
Paolas Enkel Pedro schließt sich uns an und begleitet uns zu dem nahegelegenen Fußballplatz. Nach einer Stunde machen wir eine kleine Pause. Steven gibt

Bescheid und die Männer aus dem SUV bringen uns eine Picknickdecke, Getränke und einen Korb mit Vesper.
„Wann hat Magda ihn gepackt?“, frage ich verblüfft.
„Deine Tante hat den Proviant gerichtet“, antwortet Steven rasch.
Obwohl mein Vater und ich darauf verzichten, einander anzusehen, habe ich das Gefühl, zu wissen, was er denkt. Ihm geht es mit mir ebenso. Als sich Sekunden später unsere Blicke flüchtig treffen, gelingt es ihm nicht, zu verhindern, dass seine Mundwinkel vom unterdrückten Lächeln leicht hochzucken. Die Sache mit dem Pokerface habe ich besser drauf.
Mein Handy klingelt. Es ist Richard. Wieso ruft Magdas Bruder mich an?
„Pronto“, melde ich mich. Wir sind schließlich in Italien.
Er erkundigt sich, wie es mir geht und möchte wissen, was Magda macht und, ob ich eine Möglichkeit sehe, dass wir uns treffen.
„Wer ist das?“, möchte mein Vater wissen, weil er wahrscheinlich vermutet, dass eine der Frauen aus unserem Frauenteam irgendetwas benötigt.
„Magdas Bruder. Er ist in der Nähe und möchte sich mit mir treffen“, antworte ich ihm, wie gewohnt auf Französisch.
„Und worauf wartest du?“
„Warte mal“, sage ich nun zu Richard.
Das Treffen mit ihm interessiert mich. Aber ich habe ein schlechtes Gewissen, jetzt einfach zu gehen. Die

Kinder toben lautstark auf der Wiese. Ich rufe Matteo zu mir und frage ihn, ob es für ihn in Ordnung wäre, ohne mich Fußball zu spielen. Fröhlich nickt er und rennt zu seinem neuen Freund.
„Keine Sorge. Wir haben die kleinen Hosenscheißer im Griff. Zur Not setzen wir Falks Handschellen und die Pistole zur Abschreckung ein“, scherzt mein Vater. Daraufhin sage ich Richard zu und lege auf.
„Meinen kleinen Hosenscheißer aber verschont ihr“, sage ich bei der Verabschiedung.
„Wenn er sich gut benimmt“, antwortet mein Vater lächelnd.

Pünktlich zum Abendessen erscheine ich im Castello. Vor lauter Fragen, die Magda mir zu meinem Besuch bei ihrem Bruder stellt, komme ich kaum dazu, etwas zu essen. „Ich habe dir doch schon erzählt, dass wir erst windsurfen waren. Bis zur Yacht. Dort auf eFoils umgestiegen sind und anschließend auf der Yacht zu Mittag gegessen haben“, sage ich missmutig, weil sie mich nicht in Ruhe kauen lässt.
„Mit wem habt ihr auf der Yacht gegessen?“, fragt sie übertrieben neugierig.
„Es waren zig Leute da. Wenn du jeden Namen wissen willst, ruf deinen Bruder an“, sage ich genervt und stehe auf, um mir noch etwas von der Salatbar zu holen.
„Viele Frauen?“
„Zwei Drittel.“
„Hübsch?“

„Die meisten."
Prüfend sieht sie mich an, während ich scheinbar seelenruhig esse. Obwohl sie mir meine Fassade nicht abkauft und deutlich spürt, dass mein Geduldsfaden am Reißen ist, sägt sie daran weiter.
„Drogen?", flüstert sie.
„Es reicht", zische ich brüsk.
Endlich gibt sie nach und isst ebenfalls. Ich weiß, dass ich sie verletzt habe. Als stumme Entschuldigung lege ich eine Hand auf ihren Schenkel. Im nächsten Moment umhüllt sie mit beiden Händen meine Hand und lächelt mich versöhnlich an. *Sorry!* haucht sie kaum hörbar und ich küsse sie auf die Lippen. Sollen die anderen denken, was sie wollen.
„Ein paar seiner Freunde hat er mir vorgestellt, aber ich habe mir keinen einzigen Namen gemerkt, weil sie mich nicht interessieren. Und an seiner Stelle würde ich sie nicht als Freunde bezeichnen."
„Nur wer sie kennt, ist auch wer", sagt sie mit verstellter Stimme. Vermutlich parodiert sie ihren Vater. Doch ich möchte mich heute nicht mehr damit befassen.
„Morgen kommt noch irgendein Prinz aus Südafrika", scherze ich, um sie von ihrer Familie abzulenken.
„Er ist kein Prinz. Sie nennen ihn nur so, weil sein Großvater ein Landgraf war. Aber sein Vater ist unehelich geboren und hat deshalb keinerlei Anspruch auf einen Titel", informiert sie mich, als würde das für mich irgendeine Rolle spielen.
„Das ist mir scheißegal", sage ich und wundere mich selbst über die Bissigkeit in meiner Stimme.

Woher dieser Anflug von Ärger kommt, kann ich mir selbst nicht erklären. Jedenfalls habe ich genug für heute von dieser Welt. In der - außer Reichtum - nichts zählt. Glamour, Luxus, Lotterleben. Reichlich Stoff fürs nächste Album.

Wie am Tag zuvor folgen uns auch diesmal alle Familienmitglieder, inklusive Steven, in unser Appartement. „Habt ihr alle keine eigene Bleibe?“, frage ich eher belustigt als genervt. „So oft, wie ihr hier seid, sollte ich Untermiete verlangen.“

„Du weißt doch, dass wir morgen ein Turnier ausrichten wollen. Dafür muss heute alles vorbereitet werden“, erklärt meine Mutter und drückt sich an mir vorbei. Sie läuft durchs Wohnzimmer nach draußen und die anderen drei Banditen, die ebenfalls der älteren Fraktion angehören, folgen ihr mit Stift und Papier auf die Terrasse. Ähnlich wie die Kinder am Vortag, nehmen nun sie am Tisch Platz. Als ich daraufhin Magda fragend ansehe, teilt sie mir mit, dass unsere Stammesältesten für die Ausarbeitung eines Zeitplans und eines Bewertungssystems zuständig sind. Daraufhin schließe ich mich den Kindern und meinen Cousins an, die allesamt vorm Sofa auf dem Boden sitzen, um die vor ihnen gestapelten T-Shirts zu gestalten. Arbeitsteilung steht gerade hoch im Kurs und meine Hilfe wird dabei ebenfalls benötigt. Zwei Erwachsene spannen je ein T-Shirt auseinander, während ein dritter mit einem Textilmarker darauf einen Ball zeichnet.

Anschließend malen die Kinder die Bälle mit bunten Textilstiften aus.
Nach dem zweiten Ball sitzen die Handgriffe bei den Erwachsenen und wir kommen ins Gespräch. Ich erfahre, dass jeder von uns zwei Trikots bekommen wird. Ein weißes und ein beiges. „Wir sind zu viele. Deshalb werden wir uns in zwei Mannschaften aufteilen müssen“, erklärt mir Magda.
„Aber der Ball bleibt unser gemeinsames Symbol. Er zeigt, dass wir eine Familie sind“, ergänzt Davide.
Magda übersetzt seinen Satz für meine Schwägerinnen ins Englische und alle Frauenherzen liegen ihm einen Moment lang zu Füßen.
Während er sich in den Sympathiebekundungen suhlt, frage ich die Kinder: „War das Turnier eure Idee?“
Sie nicken bestätigend beim Ausmalen.
„Finde ich gut“, gestehe ich, ohne großes Tamtam.
„Vergesst nicht, für uns welche zu gestalten“, meldet sich meine Mutter von der Terrasse.
„Habt ihr auch weiße oder beige T-Shirts?“, schreie ich zurück.
„Hier“, sagt Magda und hält mir zwei Stapel hin.
„Du denkst wohl an alles?“, frage ich erstaunt.
„Eigentlich war das die Idee deiner Mutter“, gesteht sie betreten.
„Magda! Das war Teamwork“, meldet sich meine Mum erneut zu Wort.
Weil wir mitbekommen, wie mein Vater ihr draußen auf der Terrasse sagt, sie solle doch bitte nicht schreien, wenn andere bereits im Bett liegen, müssen meine

Cousins und ich leise prusten. Kein Mensch geht in Italien im Sommer um halb elf schon schlafen.
„Tut mir leid, dass wir nicht rechtzeitig erkannt haben, was die Kinder am Pool vorhatten. Wir hätten selbstverständlich sofort eingegriffen“, entschuldigt sich Davide bei mir.
„Ist ja nochmal gut gegangen“, sage ich und schaue Magda an, die mit meinen Schwägerinnen über die Verpflegung und die Siegerehrung diskutiert.
„Paola bekommt die Pokale erst morgen“, informiere ich sie.

Als alle weg sind und Matteo im Bett schläft, vertraut Magda mir an, dass sie eine Überraschung für mich hat. Sie verrät jedoch nicht, welche. Im wahrsten Sinne des Wortes schaffe ich es nicht, etwas aus ihr heraus zu kitzeln. Außer, dass wir für drei Tage zu zweit verreisen werden.
„Ohne Matteo?“, frage ich ungläubig.
„Wäre das für dich in Ordnung?“, fragt sie schuldbewusst. Vermutlich, weil sie mich nicht im Vorfeld gefragt hatte.
„Hast du es mit ihm besprochen?“, möchte ich wissen.
„Ja. Für ihn ist das okay“, antwortet sie.
„Wenn das so ist, dann ist es auch für mich in Ordnung“, gebe ich mein Go.
„Aber du musst wissen, dass ich schon Pläne mit dir habe“, warnt sie mich.

„Ich auch! Und ich denke dabei ganz gewiss nicht an Opern oder Museumsbesuche“, warne ich sie meinerseits.
„Du wirst die Oper lieben“, zieht sie mich auf.
„Dreimal darfst du raten, wen ich gleich lieben werde. Ein Tipp: Aida ist es nicht“, scherze ich und lasse meinen Händen freien Lauf. Gedanklich notiere ich mir, die Hutschachtel auf die dreitägige Reise mitzunehmen.

Kapitel 16

Früh am Morgen wache ich nach einem erotischen Traum auf und finde dessen Hauptakteurin nicht in unserem Bett vor. Verschlafen mache ich mich auf die Suche nach ihr, um dort anzuknüpfen, wo wir gestern aufgehört haben. Im Wohnzimmer werde ich fündig. Nach vorne gebeugt führt sie auf ihrer Yogamatte die Downward Dog Position aus. Beste Grüße an den Erfinder oder die Erfinderin dieser Stellung. Ich bin jedoch ziemlich sicher, dass es ein Mann gewesen ist, der ganz bestimmt nur die Gesundheit seiner Frau im Sinn hatte. Nun richtet sich Magda auf und streckt ihr linkes Bein senkrecht nach oben aus. Mit einer ehemaligen Balletttänzerin zusammen zu sein, hat viele Vorteile.

„Wenn wir allein im Appartement wären, würde ich mitmachen. Aber anders als du denkst“, sage ich.

„Ich wünsche dir ebenfalls einen Guten Morgen“, antwortet sie und fährt scheinbar unbeeindruckt mit ihren Dehnübungen fort.

„Schade, dass Matteo gleich aufwachen wird“, sage ich gut gelaunt.

„Jammerschade“, sagt sie ironisch.

„Dein Desinteresse kannst du einem anderen vorgaukeln. Ich lasse mich von dir nicht täuschen. Dafür kenne ich deinen Körper viel zu gut“, ziehe ich sie auf und blicke direkt auf ihr Sportoberteil.

„Sagt der Mann, dessen Unterlippe gerade mit Zahnabdrücken übersäht ist, nur, weil er mir kurz beim Stretching zugesehen hat“, kontert sie.
„Im Gegensatz zu dir, spreche ich offen über mein Verlangen.“ Ich setze mich aufs Sofa und genieße den Anblick, den sie mir mit ihrem Stretching bietet.
Während ich sie beobachte, überlege ich, auf welche Sportgeräte ich in der Villa verzichten würde, um in meinem Fitnessraum Platz für sie zu schaffen. Ich gehe davon aus, dass sie für ihr tägliches Trainingsprogramm eine Spiegelwand mit einer Ballettstange braucht. Und selbstverständlich werde ich eine Poledance-Stange einbauen lassen. Bei diesem Gedanken kann ich mir ein dreckiges Grinsen nicht verkneifen und wecke damit ihre Neugier.
„Was müsste ich tun, um zu erfahren, woran du gerade denkst?“, fragt sie mich, während einer Übung.
Bei mir einziehen - ist der erste Gedanke, der mir einfällt. Doch aus irgendeinem Grund halte ich mich zurück und überlege fieberhaft, welche unverfängliche Antwort ich ihr geben könnte.
Plötzlich vernehme ich Matteos leises Weinen.
„Matteo“, sage ich.
„Ach, komm!“ Sie hält es für ein Ablenkungsmanöver.
„Er weint“, sage ich.
Sofort unterbricht sie ihre Übung und wir gehen zusammen zu ihm. Wir finden ihn neben seinem Bett vor. Seine bequeme Schlafhose und das Bett sind nass. Dicke Tränen kullern ihm seine braunen Pausbäckchen

herunter. Magda umarmt ihn und spricht beruhigend auf ihn ein.
„Würdest du ihn abduschen?“, frage ich sie, weil ich ihren Bruder benachrichtigen möchte, dass ich heute nicht an den Strand kommen werde.
„Aber nur, wenn du mir verrätst, woran du vorhin gedacht hast.“
„Du kleine Erpresserin“, werfe ich ihr vor. Unterdessen informiere ich Richard über das von Magda organisierte Fußballturnier, um ihm den Grund meines Fernbleibens zu nennen. Dann schicke ich die Message ab.
„Ich müsste nicht zu solchen Mitteln greifen, wenn du mir gleich sagen würdest, was ich wissen will“, ruft sie aus dem Badezimmer.
„Das sagen die Mafiosi auch immer“, foppe ich sie.
„Den Spruch haben sie von mir“, setzt sie einen drauf.

Vormittags um elf treffen wir in einem Park ein, der über eine große Rasenfläche verfügt und uns heute als Austragungsort eines von Amateuren organisierten Fußballturniers dienen wird. Ich hoffe, dass wir kein Problem mit dem hiesigen Ordnungsamt bekommen werden. Andere (mit meiner Familie mittlerweile befreundete) Hotelgäste, aber auch manche Dorfbewohner, sind bereits da. Die Wiese wird in zwei Hälften geteilt und die vier kleinen Tore werden auf den jeweiligen Fußballfeldhälften quer aufgestellt, sodass jeweils zwei Spiele parallel stattfinden können.
Mein Vater und Steven werden den schweren Job der Schiedsrichter übernehmen und die Spielverstöße

reglementieren. Als einer der Teilnehmer nach den Linienrichtern verlangt, sorgt sein Wunsch bei allen Anwesenden für heiteres Gelächter. Nun werden Witze diesbezüglich in verschiedenen Sprachen zum Besten gegeben. Auf Nachfrage erklärt mein Vater das Prinzip, nach dem dieses Turnier ausgetragen werden soll. Wobei er die Bezeichnung Profiturnier verwendet, und dadurch für erneutes Gelächter und heiteres Klatschen sorgt.

Insgesamt treten vier Mannschaften gegeneinander an, wobei jede Mannschaft aus fünf Spielern besteht. In der Vorrunde spielt jedes Team gegen jede gegnerische Mannschaft. Die erreichten Punkte der ersten Runde legen die Platzierung fest und bestimmen, wer um den 3. Platz und wer um den 1. Platz spielen wird. Nach der Verkündung der geltenden Regeln bitten unsere Schiris alle Spieler auf die entsprechenden Felder.

Bei unserem ersten Spiel treten Magda, Matteo, Pedro und ich gegen meine Cousins und meine Neffen an. Allerdings fehlen unseren Mannschaften die Torhüter. Meine Mutter, meine Schwägerinnen und Paola sind mit der Organisation der Verpflegung beschäftigt und wollen alle mit der Teilnahme am Spiel nichts zu tun haben. Lediglich meine Tante erklärt sich bereit, bei ihren Enkeln ins Tor zu gehen. Womit sich unser Problem quasi zur Hälfte löst. Mein Vater pfeift das Parallelspiel bereits an. Woraufhin Steven, der bei unserem Spiel der Unparteiische sein wird, den Ball auf den Mittelpunkt legt, um ebenfalls mit dem Spiel zu beginnen.

„Bei wem darf ich mitspielen?“, fragt plötzlich eine männliche Stimme hinter mir auf Deutsch.
„Das gibts doch nicht“, ruft Magda überrascht aus. „Wo kommst du denn her?“
Nervös, als erwarte sie, dass er von Außerirdischen zu uns gebracht wurde, sieht sie sich um und fällt ihm anschließend um den Hals. Er knuddelt sie, als wäre sie fünf Jahre alt. Irritiert werden sie von den Umstehenden beäugt. Erst als sie laut verkündet, dass er ihr Bruder ist, kehrt die Gelassenheit in die Runde zurück und auf einmal lächeln ihn alle freundlich an. Im nächsten Moment wird er unserem Team als fünfte Person zugewiesen und bekommt ein weißes Mannschaftstrikot von Davide gereicht. Es erfolgt eine kurze Kennenlernrunde und endlich kann das erste Spiel der Vorrunde auf unserer Feldseite von Steven angepfiffen werden. Am Ende dieses Spiels steht es unentschieden. Die weiteren Spiele, bei denen wir anderen Mannschaften gegenüberstehen, gewinnen wir alle und letztendlich stehen wir im Finale erneut einander gegenüber. Es gelingt meinen Cousins, uns mit einem zwei zu eins zu besiegen und wir gratulieren den Gewinnern. Die Siegerehrung übernimmt mein Vater. Mit den Dankesworten an alle Teilnehmer und Organisatoren dieses Fußballturniers beendet er seine Ansprache. Aber, bevor alle in die Hände klatschen, weist er seine Zuhörer daraufhin, dass ein Fingerfood-Buffet für sie alle bereitsteht, dessen Speisen von Paolas Schwester und ihrem Restaurantteam zubereitet wurden.

Während die Kinder unter Aufsicht ihrer Mütter und Großmütter sich mit Snacks stärken, beschließen wir Männer, uns in zwei Mannschaften aufzuteilen und uns ein weiteres Spiel – diesmal auf dem gesamten Fußballfeld - zu gönnen. Meine Cousins, mein Vater, Steven, Richard und ich bilden ein Team, welches gegen die anderen sechs Touristen antritt. Diesmal ist das Spiel wesentlich schneller und die Zweikämpfe sind erbitterter als in den Spielen zuvor. Alle wollen gewinnen und tun alles dafür, um dieses Ziel zu erreichen. Doch, wie bei jedem Spiel, gibt es am Ende nur eine Gewinner-Mannschaft. Jubelnd verlassen wir das Feld und lassen uns von den anderen beglückwünschen. Von unserer Euphorie angelockt, kommen die Kinder zurück auf die Rasenfläche und nehmen nun ihrerseits das Spielfeld in Beschlag.
Wir holen uns derweil etwas zu essen und zu trinken. Verschwitzt, aber gutgelaunt bilden wir eine kleine Gesprächsrunde, zu der sich Magda dazugesellt. Meine Cousins wollen wissen, womit Magdas Bruder sein Geld verdient. Er hält sich bedeckt und sie erzählen ihm von ihren Autohäusern. Ab da geht es nur noch um Autos und Verkaufsstrategien. Darin unterscheide ich mich von meiner Verwandtschaft, denn sie lieben es, Autos zu verkaufen und ich ziehe es vor, sie zu kaufen. Als Richard sich kurz danach verabschiedet, begleiten Magda und ich ihn zum Auto. Der Fahrer öffnet ihm die Tür und wartet, dass Richard einsteigt. Der Mann auf dem Beifahrersitz drängt respektvoll, aber bestimmt,

auf eine baldige Abreise, weil sie die Yacht in zwei Stunden erreichen wollen.
„Es ist meine Yacht. Sie werden schon nicht ohne uns ablegen“, sagt Richard und der andere Mann nickt.
„Wohin fahrt ihr?“
„Wir holen den Prinzen in Bastia ab“, antwortet er lächelnd.
„Du weißt, dass es ihm nicht gefällt, wenn ihr ihn *Prinz* nennt?“, belehrt ihn Magda.
„Dir gefällt es auch nicht, wenn wir dich als *Pippi Langstrumpf* bezeichnen und dennoch passiert das ständig. Zumindest hinter deinem Rücken“, lacht er über sie und gibt ihr ein Küsschen auf die Wange, bevor er sich von uns allen verabschiedet.
Dann steigt er in den Wagen. Bevor sein Fahrer die Tür schließt, sagt er an Magda gewandt: „Ich befürchte, dass deine Empathie eine Einbahnstraße ist. Er war nämlich derjenige, der auf einer kurzfristigen Planänderung beim Rennen bestand.“
Seine Worte treffen sie sichtlich. Irritiert und leicht verlegen sieht Magda ihren Bruder an.
„Warum?“, frage ich neugierig.
„Weil sein Geschäftsessen länger gedauert hat“, antwortet er und gibt seinem Fahrer ein Zeichen.

Kapitel 17

Am Tag der von Magda geplanten Reise bin ich neugierig, wohin es geht. Aber Magda verrät mir unser Ziel nicht. Da Matteo bei meinen Eltern übernachtet und wir uns gestern schon von ihm verabschiedet haben, hindert uns heute nichts daran, früh aufzustehen und gleich loszufahren. Eigentlich bin ich davon ausgegangen, dass wir erneut die öffentlichen Verkehrsmittel nutzen würden, doch Stevens SUV steht bereits abfahrtbereit auf dem Parkplatz. Steven und ein Kollege warten darauf, dass wir einsteigen.
„Seit wann lässt du dich kutschieren?“, ärgere ich sie, um mich für ihre Geheimniskrämerei zu revanchieren.
„Zu Fuß würden wir die Strecke in drei Tagen nicht schaffen“, antwortet sie vage, und schweigt sich weiterhin über das Ziel unseres Ausflugs aus.
Die Fahrt dauert keine ganze Stunde, und als wir in Florenz ankommen, hält Steven den Wagen an. „Diese Strecke hätten wir in drei Tagen locker geschafft“, ziehe ich sie beim Aussteigen auf.
Ihre Antwort darauf ist ein mildes Lächeln, gefolgt von einer auffordernd gereichten Hand, um unseren Weg zu Fuß fortzusetzen. Ich hasse es, wenn sie so gönnerhaft lächelt. Noch mehr hasse ich es, wenn sie mich auf die Folter spannt. Warum sagt sie nicht einfach, wohin wir gehen?
Wir biegen rechts ab und schon stehen wir davor - ein pompöses Autohaus. Ein elegant gekleideter Lackaffe, der etwa einen Kopf kleiner ist als ich, begrüßt uns

wortreich und schüttelt ihr überschwänglich die Hand. Bevor er sie ihr herausreißt, strecke ich ihm meine Pranke entgegen und er schleimt sich bei mir ein. Er führt uns zu einem kirschroten Ferrari SF90 Stradale.
„Soll ich dir den Wagen kaufen?“, biete ich ihr an.
„Nein“, sagt sie, obwohl ihre Augen beim Anblick dieses Schmuckstücks glänzen.
„Ist ein Hybrid-Modell“, versuche ich sie zu überzeugen, weil ich weiß, dass ihr letztes Auto ein Hybrid war.
„Ich brauche keinen Wagen und so einen schon gar nicht“, sagt sie ärgerlich. Ich habe das Gefühl, dass ihre Abwehrreaktion deshalb dermaßen heftig ausfällt, weil mein Angebot für sie, trotz ihrer Prinzipien, eine krasse Verlockung darstellt, sodass sie sich mit aller Willenskraft dagegen aufbäumen muss. Mit ihrem vehementen Protest versucht sie, mehr sich selbst als mich zu überzeugen.
„Was machen wir dann hier?“, frage ich belustigt.
„Ich habe ihn für dich gemietet“, sagt sie. „Wir fahren damit weiter.“
Dann wendet sie sich an den Verkäufer und fragt ihn, ob wir starten dürfen. Er übergibt ihr die Papiere und bietet an, uns zu zeigen, wie der Wagen funktioniert. Verschmitzt grinst sie ihn an, während sie sein Angebot höflich ablehnt.

„Wie fährt er sich?“, fragt Magda neben mir neugierig. Auf der Autostrada sind 130km/h erlaubt und die meisten Italiener teilen offensichtlich ihr Reiseziel mit uns, denn bis jetzt hinderte der stockende Verkehr auf der A1 uns daran, diese 130 km/h-Marke überhaupt zu erreichen. Bisher bestand die Fahrt aus einem beständigen Mix aus sanftem Gasgeben und starkem Abbremsen.

„Baby“, sag ich deshalb, „es ist als würdest du auf der Couch neben mir sexy Dessous tragen und Matteo spielt im Zimmer nebenan.“

„Zumindest in dieser Hinsicht kann ich dich beruhigen“, sagt sie. „Du musst dir keine Sorgen machen, im Bett erwischt zu werden. Und, was die Autobahn angeht, kann ich nur sagen, dass *ich* noch keine Punkte in Flensburg habe.“

Nach diesem Wink mit dem Zaunpfahl tauschen wir die Plätze, und die Frau, die vor zwei Stunden noch von sich behauptete, solch einen Wagen nicht zu benötigen, tritt aufs Gas, als würde sie der Leibhaftige persönlich verfolgen. Es grenzt an ein Wunder, dass sie, trotz ihres sportlichen BMW i8-Modells, noch keine Punkte hat. Sie bittet mich darum, die Adresse unseres Hotels in Mailand ins Navi einzugeben.

„Ich wusste, dass wir die Oper besuchen werden“, sage ich triumphierend.

„Du solltest deine Kristallkugel dopen. Sie ist schwach“, sagt sie geheimnisvoll, parkt vorm Hotel und sieht mich gut gelaunt an.

„Also, werde ich keinen Hosenanzug brauchen?“

„Dort, wohin wir in einer Stunde gehen werden, wärst du in einem Hosenanzug etwas overdressed. Zieh dich besser sportlich an“, empfiehlt sie mir.

Plötzlich ahne ich, wohin wir gehen werden. Ins Stadion! Natürlich! Wieso bin ich nicht gleich darauf gekommen? Von Pavo weiß ich, dass Dinamo Zagreb heute in Mailand spielt. Das ist mein Mädchen! Immer für eine Überraschung gut! Ungestüm küsse ich sie auf die Lippen.

„Wusste gar nicht, dass ein nicht stattfindender Opernbesuch dich so erfreuen kann“, kichert sie.

Bevor ich aussteige, frage ich sie, woher sie die Karten hat. Soweit ich weiß, war dieses Spiel sofort ausverkauft. Sie erzählt mir, dass die Idee einer Auszeit zu zweit erst entstand, als sie schon die Karten hatte. Paolas Neffe, den sie im Kochkurs kennengelernt hatte, bot ihr die Karten an. Als ich misstrauisch zu ihr hinüberschiele, erklärt sie mir, dass sie mir deshalb nichts von ihm erzählt hat, weil sie mich mit den Karten überraschen wollte.

Unser Gepäck wird abgeholt und aufs Zimmer gebracht. Wir checken ein und fahren, begleitet von Steven, im Fahrstuhl nach oben.

„Für sie habe ich leider keine Karte, Herr Falk“, sagt Magda betreten.

„Wir konnten zwei weitere organisieren. Wenn Sie sich strikt an unsere Anweisungen halten, werden zwei Personen reichen“, sagt er an Magda gewandt.

Im Liftspiegel erkenne ich deutlich, wie Magda sich auf die Zunge beißt, um einen bissigen Kommentar zurückzuhalten, der ihre Unfähigkeit, sich an strikte Anweisungen zu halten, nur bestätigen würde.

Stevens Zimmer ist direkt neben unserem. Als er es aufschließt, hören wir die Stimmen seiner Mitarbeiter darin. Tja, nicht jedem ist es vergönnt, hier Urlaub zu machen. Wenn wir, so wie ich vermute, in einem der gewöhnlichen Zuschauerränge sitzen werden, wird Magdas Sicherheitspersonal ernsthaft gefordert sein.

Unser Gepäck ist bereits im Zimmer. Zwei Stunden stehen uns noch zur Verfügung, bevor wir zum Giuseppe-Meazza-Stadion aufbrechen werden. Davide ruft an, weil er neugierig ist, zu erfahren, wohin wir heute Morgen verschwunden sind? Nachdem ich ihm unseren Ausflugsort und unser Ziel mitteile, wünscht er mir viel Spaß und verspricht, sich mit den anderen die Übertragung im Fernsehen anzusehen.
„Vielleicht entdeckt Matteo euch im Publikum“, sagt er fröhlich und beendet das Telefonat.
„Marco, kommst du?“, höre ich Magdas verführerische Stimme aus dem Schlafzimmer.
„Das kann ich doch nicht mehr ohne dich“, scherze ich auf dem Weg zu ihr. Im Vorbeilaufen höre ich ihr Handy bimmeln. Offensichtlich hat sie es nicht auf stumm geschaltet. Damit es uns nicht die ganze Zeit nervt, nehme ich es, um es auf lautlos umzustellen. Sie hat eine Nachricht von Richard erhalten. Vielleicht kommt er nachher mit zum Spiel. Steven ist es schließlich auch noch gelungen, Karten für das anstehende Fußballspiel zu organisieren. Neugierig auf den Inhalt, lese ich seine Mail.

Richard: *Pippi Langstrumpf, wie kommt Prinz dazu, zu behaupten, er habe dir einen Antrag gemacht?*
Ha!Ha!Ha!

Liegt es daran, dass er zum ersten Mal in seinem Leben stoned ist?

Was, zum Teufel-?
Ping. Eine weitere Nachricht von Richard.

Richard: *Er halluziniert.*
Eindeutig!
Er sagt, du hättest ihn angenommen.

„Wieso dauert es so lange?“, fragt Magda ungeduldig. In heißen Lederdessous, die die Farbe des Ferraris widerspiegeln, steht sie an den Türrahmen gelehnt. Dazu trägt sie tiefrote High Heels. Auch ihre Lippenstiftfarbe ist darauf abgestimmt. Gott, sie ist unwiderstehlich!
Ich muss mich zusammenreißen, um sie nicht sofort ins Schlafzimmer zu tragen. Kommentarlos halte ich ihr das Handy zum Lesen hin. Sie kommt meiner stummen Aufforderung nach. Ihre Wangen und ihr Hals passen sich farbig ihrem Outfit an. Fuck! Was wird hier gespielt?
„Sieh mich an!“, befehle ich ihr.
Zögerlich hebt sie ihr Gesicht und unsere Blicke treffen sich. Sofort bereue ich es, denn die Antwort steht darin geschrieben.
„Sag mir, dass das nicht euer Fucking Ernst ist“, herrsche ich sie an.
„Nein“, sagt sie betreten.

„Dann lügt er?“ Die Hoffnung in meiner Stimme ist unüberhörbar.
„Nein.“
Meine Adern füllen sich mit heißem Blei.
„Es ist nicht, wie du denkst“, sagt sie trotzig.
Ein Blick von mir genügt, um sie zum Schweigen zu bringen. Er lässt sie noch tiefer erröten. Sie fühlt sich schuldig und ich bekomme keine Luft mehr. Am liebsten würde ich jetzt abhauen und in Ruhe über alles nachdenken. Doch, um zu verstehen, was diese Farce zu bedeuten hat, brauche ich mehr Informationen, und diese bekomme ich nur von ihr. Denn nicht einmal Richard scheint im Bilde zu sein. Verzweifelt fahre ich mir durchs Haar.
Ping!
Magda schaut auf ihr Handy.
„Herr Falk möchte wissen, ob alles in Ordnung ist“, informiert sie mich und tippt kurz ein Ja ein. Im nächsten Augenblick hält sie mir ihr Handy vors Gesicht, damit ich mich selbst davon überzeuge, dass sie mich nicht belügt.
Scheiße! Diese Pattsituation ist für uns beide erniedrigend.
„Wussten sie Bescheid?“, frage ich verbittert.
„Weiß ich nicht. Ich hatte mein Handy nicht dabei, als wir uns unterhielten“, gibt sie ehrlich zu. „Sie können mich auch anders orten. Was sie sonst noch können, weiß ich nicht.“
„Gutes Ablenkungsmanöver. Bloß zieht es bei mir gerade nicht. Dein Personenschutz ist mir herzlich egal“,

sage ich wütend und sehe ihr in die Augen. Mein Blick ist mit dem Schmerz, der letzten Minuten überfüllt und soll sie umhauen. Doch sie hält ihm Stand.
„Wir sind nicht verlobt oder etwas in der Art“, startet sie einen Erklärungsversuch. „Letztes Jahr haben wir uns an Richards Geburtstag, seit Langem, wiedergesehen. Ich war unglücklich in dich verliebt und er hatte sich eben erst von seiner langjährigen Partnerin getrennt. Wir waren beide nicht auf der Suche nach einer neuen Beziehung, sondern nach einem Gesprächspartner.“
„Wieso machte dir dein *Gesprächspartner* einen Heiratsantrag, anstatt mit dir eine gepflegte Konversation zu führen?“, keife ich sie an, unfähig meine Wut unter Kontrolle zu bringen.
„Zunächst hatten wir uns ja auch lange unterhalten und stellten fest, dass wir viele Ansichten, die Zukunft betreffend, teilten. Er wünscht sich zum Beispiel - genauso wie ich - eine große Familie“, teilt sie mir mit, während mein Blut kocht.
„Dann heirate ihn doch! Oh, warte! Ich habe ganz vergessen - Das hast du ja bereits vor“, sage ich erbost.
„Das werde ich nicht tun. Der Heiratsantrag entstand aus der Situation heraus, in der wir uns damals befanden. Wir hatten uns gut verstanden und meinten scherzhaft, ob es womöglich unser Schicksal sei, eine Vernunftehe miteinander einzugehen. Im nächsten Moment kniete er vor mir und fragte mich, ob ich bereit wäre, ihn zu heiraten, sollten wir am Ende des Jahres nicht mit jemand anderem verheiratet sein.“

„Und du hast einfach so ja gesagt!?“
Ich bin fassungslos.
„Nicht weil ich ihn liebe“, versichert sie mir.
Sondern, weil er stinkreich ist und Einfluss hat. Dieser unwillkommene Gedanke nistet sich in mir ein und übertönt alle anderen Emotionen in mir. „Das ist doch krank“, sage ich, mehr zu mir selbst als zu ihr.
„Er nimmt das bestimmt nicht ernst“, versucht sie, mich zu besänftigen.
„Weshalb sollte er sonst deinem Bruder davon erzählt haben?“
„Sie sind high!“, sagt sie, als würde das an der Situation, in der wir stecken, irgendetwas ändern.
Wir brauchen eine Lösung. Ihr Handy, welches sie noch immer in den Händen hält, bringt mich auf die Idee.
„Klär das mit ihm. Auf der Stelle!“, befehle ich ihr, mit einem weisenden Blick auf ihr Smartphone.
„Ich habe seine Nummer nicht“, antwortet sie kleinlaut.
Diese Information hebt meine Laune etwas. Doch ich bleibe hartnäckig.
„Frag deinen Bruder danach!“
Trotzig verschränkt sie ihre Arme vor der Brust. Ihre grünen Augen werfen Zornesfunken in meine Richtung. Ich erwidere ihren Blick nicht minder boshaft. Ganz sicher werde ich in dieser Sache nicht nachgeben. Meine Entschlossenheit entgeht ihr nicht.
„Du darfst nicht ständig über mich bestimmen“, ruft sie zornig.

„Aber *DU* darfst ständig mit meinen Gefühlen spielen!?“
Ich verstehe ihre Weigerung nicht. Wenn dieses Heiratsversprechen für sie keine Bedeutung hätte, würde sie dann einen Streit in Kauf nehmen und riskieren, dass wir uns trennen? Würde sie darauf beharren, die Absage aufzuschieben, wenn sie nicht vorhätte, diesen Fake-Prinzen zu heiraten?
Aber natürlich! Wieso bin ich nicht gleich daraufgekommen? Er ist in ihren Augen eine gute Partie. Vermutlich ist er sogar vermögender als sie. Deshalb hält sie sich diese Heiratsoption offen. Dieser Gedanke trifft mich bis ins Mark. Es fühlt sich an, als hätte sie mir ein Messer in den Rücken gerammt.
Um zu verhindern, dass sie bemerkt, wie sehr sie mich damit trifft, entspanne ich meine Gesichtszüge und setzte mein Pokerface auf. Mein Blick ist eiskalt. Ihre Augen hingegen sprühen Funken. Ihre Atmung ist schwer. Ihre Brust hebt und senkt sich. Sie ist begehrenswert. Ich muss verrückt sein, sie jetzt noch unwiderstehlich zu finden. Ich liebe und ich hasse dieses Gefühl, weil es mich verwundbar macht. Es kann so nicht weitergehen. Ich muss etwas dagegen tun.
„Du bist wie alle anderen Frauen vor dir“, werfe ich ihr an den Kopf. Am Zucken ihrer Mundwinkel erkenne ich, dass meine Worte sie treffen. Noch bevor sie etwas darauf erwidern kann, setze ich nach und werfe ihr wütend vor: „DU bist genauso käuflich!“
Mit zwei schnellen Schritten steht sie vor mir. Ich höre nur das Klatschen ihrer Handfläche auf meiner

Wange. Noch bevor ich realisiere, was geschieht, strecke ich blitzschnell meine rechte Hand aus, packe sie grob am Hals und drücke sie gegen die Wand. Ihr Kinn ist angehoben. Ihr Blick ist nun ebenfalls eisig. Unsere Brustkörbe heben und senken sich wuterfüllt. Heben und senken sich. Draußen höre ich Geräusche, die ich nicht einordnen kann. Ich blende sie aus und konzentriere mich vollständig auf Magda, die sich meinem Griff hingibt und nicht versucht, sich daraus zu befreien.

Dann höre ich die Eingangstür leise aufgehen, vernehme dumpfe Schritte und ein Klicken vom Entsichern einer Pistole. Wer auch immer hinter mir steht, will, dass ich ihn höre. Ohne den Blick von mir abzuwenden, hebt Magda beschwichtigend ihre rechte Hand. Ich lockere meinen Griff leicht, lasse sie jedoch nicht los und drehe mich auch nicht um.

„Raus hier!“, befehle ich.

Allerdings untersteht die Person hinter mir einem anderen Arbeitgeber und rührt sich deshalb nicht vom Fleck. Daraufhin sagt Magda etwas Unverständliches. Ich nehme an, dass es sich um ein Codewort handelt, denn unmittelbar danach höre ich ein Rascheln, welches aus den Kopfhörern kommt und die Person tritt hörbar den Rückzug an. Die Tür fällt ins Schloss. Im selben Moment lasse ich sie los.

„Es ist besser, wenn du jetzt auch gehst“, sage ich müde. Die Tatsache, dass ich dermaßen die Fassung verlor, erfüllt mich mit Wut und Ekel vor mir selbst. Ich fühle mich, wie ein Monstrum. Voller Verzweiflung fahre ich mit beiden Händen durch mein Haar. Dann wende ich mich von ihr ab und stelle mich ans Fenster. Allerdings nehme ich draußen nichts bewusst wahr. Meine Gedanken gelten der Frau hinter mir. Ich liebe sie. Mit jeder Faser meiner Seele. Doch das wird sie niemals erfahren. Wozu auch? Sie hat jetzt eine bessere Option. Jemanden aus ihrer Liga, mit Rang, Namen, Geld und politischem Einfluss. Jemanden ohne Kind und ohne Laster.

Offensichtlich bemerkt sie meinen inneren Kampf. „Gib mir etwas Zeit. Ich werde das klären", verspricht sie mir sanftmütig.

Doch ihr Versuch, die Mauer aus Misstrauen zwischen uns, einzureißen, scheitert kläglich. Sie hat mich schon einmal, ohne mit der Wimper zu zucken, verlassen. Wieso sollte sie ausgerechnet diesmal, angesichts der Optionen, bei mir bleiben? Mein Entschluss steht fest.

Ohne mir die Mühe zu geben, mich von ihr zu verabschieden, verlasse ich das Hotelzimmer.

Kapitel 18

Als ich um Mitternacht stockbesoffen ins Hotel zurückkehre, ist es in unserem Zimmer dunkel. Der Duft ihres Shampoos weckt in mir die Hoffnung, dass sie die Sache geklärt hat und zurückgekehrt ist. Torkelnd steuere ich zunächst das Schlafzimmer an, und als ich das Bett leer vorfinde, ändere ich behäbig den Kurs, um im Badezimmer nachzusehen. Aber auch dort herrscht Dunkelheit und gähnende Leere. Sie ist tatsächlich gegangen. Sie zog es vor, mich zu verlassen, anstatt die irrwitzige Verlobung mit ihrem Prinzen zu lösen.

Wie können ihr seine Gefühle wichtiger sein als meine? Handelt so eine Frau, die behauptet verliebt zu sein? Müssten meine Gefühle nicht Vorrang vor all den anderen haben? Bin ich egoistisch, wenn ich genau das von ihr erwarte?

All diese Fragen drehen in meinem Kopf Runden wie auf einem Karussell. Doch die Frau, der ich sie stellen möchte, zieht das Wohlbefinden eines anderen Mannes meinem Wohlbefinden vor, und ist deshalb nicht dafür zu haben, sie mir zu beantworten. Verzweifelt werfe ich mich aufs Bett. Doch es gelingt mir nicht einzuschlafen, weil sich das Fragenkarussell stetig weiterdreht. Ich weiß, womit ich meinen seelischen Schmerz betäuben könnte. Ein Anruf würde genügen, um mich all meine Sorgen vergessen zu lassen. Aber die Erinnerung an den Entzug im letzten Jahr hält mich davon ab, den Fehler noch einmal zu begehen. Noch einmal schaffe ich es nicht und Matteo braucht mich. Ihm zu liebe werde ich mich von den harten Drogen fernhalten. Um mich vor mir selbst zu schützen, verbanne ich sämtliche Gedanken aus meinem Kopf, und beschließe die nächsten Tage allein auf dem Zimmer auszuharren, um abzuwarten, bis sich das Leben wieder einigermaßen erträglich anfühlt.

Als das Housekeeping-Personal am dritten Tag das Zimmer aufschließt, stehe ich mit dem Gepäck für die Rückreise bereits vor der Tür. Um nicht verrückt zu werden, verbiete ich mir, an Magda zu denken und konzentriere mich auf meine neuen Arbeitsprojekte. Der seelische Schmerz erweist sich häufig als ein zuverlässiger Treibstoff und Energielieferant, der - in die richtigen Bahnen gelenkt - Gutes hervorzubringen vermag.

Kapitel 19

Drei Monate später

Mein nächstes Album ist nun endlich fertig und wird nach einer Releaseparty in einer Woche auf den Markt kommen. Sein Erscheinen wird von meinen Fans mit größter Ungeduld herbeigesehnt. Die sozialen Medien quellen vor Spekulationen über. Der Hype um mein neues Album ist bis zu den Radiosendern durchgedrungen, die vergeblich miteinander um das Recht der Erstausstrahlung buhlen. Früher hätte ich mich über ihr Interesse gefreut. Doch dieser Zug ist längst abgefahren. Heute freut mich lediglich die Option der Absage, denn ich gehe mit der Zeit und nutze die modernen Kanäle, über die ich meine Fans erreiche.

Das Liebeslied, welches ich für Magda geschrieben und in Kooperation mit einer französischen Rapperin aufgenommen habe, wird nicht auf meinem Album dabei sein. Erst müsste Magda es hören und mir ihr Go für die Veröffentlichung geben, bevor ich es als Single herausbringe. Auch Monique, die französische Rapperin, hat sich vertraglich dazu verpflichtet, auf meine Zustimmung zu warten.

Das Lied trägt den Titel *Mon coeur t`appartient*, zu Deutsch: *Mein Herz gehört dir*. Es offenbart meine Gefühle und bringt all das zur Sprache, was mir nicht gelingt, ihr von Angesicht zu Angesicht zu sagen. Ich hoffe sie damit endgültig für mich zu gewinnen. Die Arbeit an diesem Lied half mir, meine Gefühle für sie zu reflektieren. Heute weiß ich sicher, dass mein Herz ihr

gehört. Einzig und allein ihr. Ich habe keine Ahnung, wie sie auf dieses Bekenntnis und darauf, dass ich sie drei Monate lang warten ließ, reagieren wird, aber für mich war es wichtig, mir die Zeit zu nehmen, um mir über die Tiefe meiner Gefühle klarzuwerden.
Als Moniques Management ein Treffen in Paris vorschlug, war ich Feuer und Flamme. Ich brauchte Abstand, um besser nachdenken zu können. Dort habe ich dann auch die meisten meiner neuen Lieder produziert. Neue Orte, neue Klänge, neue Techniken. Ich lerne gern Neues.
Dass ich mich überhaupt nicht bei ihr gemeldet habe, entspricht nicht ganz der Wahrheit. Gleich zu Beginn hatte ich ihr einen Brief geschrieben, indem ich mich für meine übergriffige Reaktion entschuldigt habe. Ich musste ihr nicht versichern, dass sich so etwas nicht wiederholen wird, denn davon geht sie mit Sicherheit aus. Auf demselben Weg entschuldigte sie sich bei mir für ihre Ohrfeige und merkte an, dass ihr außer dieser sonst nichts leidtat. Diese Anmerkung versetzte mir einen Stich. Offensichtlich war für sie unsere Trennung, als Konsequenz für die nicht sofortige Annullierung ihres Versprechens, hinnehmbar. Auch diese Erkenntnis musste ich erst einmal verarbeiten und Magdas Beweggründe akzeptieren, was mir am schwersten gefallen war.

Auf dem Flug von Paris nach München lasse ich die letzten drei Monate Revue passieren. In dieser Phase habe ich sie weder gesehen noch persönlich mit ihr

gesprochen. Zu tief saß der Schmerz über das Vorgefallene, sowohl bei mir als auch bei ihr. Denn, obwohl sie ihrem Prinzen noch in unserer ersten Trennungswoche eine offizielle Abfuhr erteilte, (das weiß ich von meiner Mutter, die es von Steven erfahren hatte), hat mich Magda noch nicht kontaktiert. Von meiner Mutter weiß ich auch, dass der Kerl nicht lockerlässt und sich seit Neuestem um ein Date mit ihr bemüht. Ich kann es ihm noch nicht einmal verübeln. Eine Frau wie Magda trifft man nicht alle Tage.
Ich vermisse sie und sehne mich nach einem Wiedersehen mit ihr, wie die Menschen in Kriegsregionen sich nach den friedlichen Zeiten sehnen. Sie ist der Garant meines inneren Friedens, der mir schon so viele Jahre fehlt. Dass es mir gelungen ist, ihr so lange fernzubleiben, lag lediglich am immensen Arbeitspensum. Matteo und meine Eltern hingegen sahen sie beinahe jedes Wochenende. Mein Vater und Richard beschlossen bereits in Italien, in Mannheim und Umgebung Autohäuser für Elektrofahrzeuge zu eröffnen, deren primäre Aufgabe in der Vermietung von Firmenfahrzeugen bestand. Seitdem arbeiten sie ununterbrochen an diesem Ziel. Mit Richards Kontakten zu den Vorständen der dort angesiedelten weltweit agierenden Firmen, dem Praxiswissen meines Vaters und den wirtschaftlichen Vorgaben unserer Landesregierung verspricht ihr Projekt ein voller Erfolg zu werden. Einen klitzekleinen Nachteil hätte deren Erfolg jedoch für mich: Meine Cousins haben im Zuge der neuesten Entwicklungen angekündigt, mit ihren Familien nach

Deutschland zu ziehen, um die Geschäftsführung in den geplanten Filialen zu übernehmen. Meine Schwägerinnen, ihre Kinder und meine Tante besuchen bereits fleißig Deutschkurse in Italien. Steven wird dieses Engagement zu schätzen wissen. Ganz im Gegenteil zu mir. Ich hatte meiner Mutter angedroht auszuwandern, sollte der Wunsch meiner Cousins, die Familie zu vereinen, in Erfüllung gehen. Sie fand meine überspitzte (natürlich nicht ernst gemeinte) Drohung nicht witzig. In solchen Momenten vermisse ich Magda am meisten, sie teilt meinen Humor und setzt meinen dummen Sprüchen stets noch ein Krönchen auf.
Beim Gedanken an sie muss ich an meine Überraschung für sie denken. Ich habe in Paris einen Laden gefunden, in dem man Schuhe selbst designen darf. Da Matteo aus seinen halbgestreiften halbverdreckten Sommerschuhen rausgewachsen ist und sie außerdem für die kühlen Herbsttage nicht mehr geeignet sind, habe ich ihm ein gefüttertes Nachfolgemodell aus abwaschbarem Leder anfertigen lassen, welches dem selbstkreierten Rabe-Socke-Modell ähnelt. Für Magda habe ich ebenfalls ein Pärchen designt. Allerdings mit einer anderen Raffinesse als bei meinem Sohn. Wie gesagt, ich wusste meine Zeit in Paris sinnvoll zu füllen und hoffe, dass ihr die Ergebnisse meiner Arbeit zusagen.

Wir landen planmäßig, ungefähr eine Stunde später bin ich zu Hause. Die Villa ist hellerleuchtet – meine Eltern sind mit Matteo aus Heidelberg zurück.

„Papa!“, begrüßt mich Matteo stürmisch, als ich die Eingangstür aufschließe.
Seine Freude rührt mich jedes Mal. Mann! Wie alt bin ich? Hundert? Langsam werde ich sentimental. Seriös und solide fallen mir auch noch als Schimpfwörter ein. Sollte Magda jemals damit anfangen, Eigenschaftswörter zu sammeln, die mit s beginnen und mich beschreiben, hoffe ich, dass ihre Wahl nicht auf sentimental, seriös und solide fallen wird, sondern auf so etwas wie sexy, sinnlich und stark.
„Was hast du da?“, möchte mein Sohn wissen und reißt mir die Schachtel aus der Hand. Neugierig sieht er hinein. Während er die neuen Schuhe sofort anprobiert, ruft er seine Großeltern. Von seinen Freuderufen angelockt, folgen meine Eltern ihm ins Foyer. Wir begrüßen uns inmitten des euphorischen Gehopse meines Kindes. Matteo schlägt ein Rad oder zumindest etwas, das ein Rad vermuten lässt. Dabei blitzt sein Name auf der Sohle auf. Meine Mutter bestaunt die eingearbeitete Schrift.
„Nun wird jeder im Kindergarten wissen, dass das deine Schuhe sind“, sagt sie.
„Bei den alten wusste das auch jeder“, sagt mein Vater lächelnd.
„Wo sind die alten Schuhe? Ich würde sie gerne als Glücksbringer im Auto aufhängen.“
„Magda hat zuerst gefragt“, verkündet mein Sohn und holt seine Sommerschuhe aus dem Schuhschrank. Als ich meine Hand danach ausstrecke, versteckt er die Sneaker hinter seinem Rücken.

„Einen könnte ich nehmen und einen Magda", mache ich einen Vorschlag zur Güte.
Doch Matteo behält die Hände hinterm Rücken und ich ernte ein vehementes Lockenkopfschütteln.
„Wieso nicht?", frage ich gekränkt.
„Die hebe ich für meinen Bruder auf."
Hä? Was redet er da? Nach einer Erklärung suchend sehe ich meine Eltern an. Allerdings sind deren Blicke auf Matteo gerichtet. Sie weichen meinem Blick aus. Was wird hier gespielt?
„Matteo, du könntest aber auch eine Schwester bekommen. Magda weiß noch nicht, ob es ein Junge oder ein Mädchen wird", mahnt meine Mutter ihn und sieht mich anschließend an.
„Ist sie? Aber wie?"
„Die Magen-Darm-Grippe in der Toskana hat die Wirkung der Pille verhindert", höre ich meine Mutter sagen.
„Wir wissen es auch erst seit heute und eigentlich war es nicht geplant, dass du es zwischen Tür und Angel erfährst", sagt mein Vater.
„Und wie geht´s ihr?"
„Solltest du sie das nicht selbst fragen?", antwortet mein Vater.
„Sie übergibt sich hin und wieder. Vor allem, wenn sie erschöpft ist", sagt meine Mutter, der mein besorgter Gesichtsausdruck nicht entgeht.
„Aber sie ist nicht krank", beruhigt Matteo mich. „Wir dürfen sie besuchen."

Um auf Augenhöhe mit ihm zu sein, gehe ich wie gewohnt in die Hocke. Zärtlich fahre ich ihm durchs widerspenstige Haar.
„Ich werde zu ihr fahren. Möchtest du mitkommen?"
Wieder schüttelt er den Lockenkopf. „Nee, ich habe sie schon gesehen und morgen feiert Henry im Kindergarten seinen Geburtstag."
„Dein neuer Freund?"
„Ja, er ist auch in meinem Schwimmkurs", teilt er mir freudig mit. Dann reicht er mir seine alten Schuhe. Ich soll sie fürs Baby mitnehmen. Seine offensichtliche Freude über die unerwartete Nachricht ist rührend. Bevor ich gehe, umarme ich ihn. Zu meiner Überraschung erwidert er meine Umarmung und wir verharren für einen Moment darin. Seine innere Ruhe überträgt sich auf mich. Leise sage ich ihm, wie sehr er mir gefehlt hat und, dass ich ihn liebe. Dann verabschiede ich mich von ihm und wünsche ihm eine gute Nacht.

Als ich um zwölf Uhr nachts in der Siedlung ankomme, wirkt diese wie ausgestorben. Nur in zwei, drei Fenstern brennt noch Licht. In Magdas nicht. Ich laufe einmal ums Haus. Weil ich gedämmtes Licht in ihrem Schlafzimmer erblicke, schöpfe ich Hoffnung und klingle an der Tür. Es dauert eine Weile, bis sie sie öffnet. Sie trägt eine Jeans und einen Kapuzenpullover.
„Du bist noch nicht im Bett?", frage ich besorgt, ohne sie zu begrüßen.

„Ich habe mit dir gerechnet“, sagt sie müde. „Ich wusste, Matteo würde es dir erzählen und du würdest kommen, um mit mir darüber zu reden.“
„Ich will nicht reden. Irgendwie schon, aber eigentlich bin ich aus einem anderen Grund hier“, sage ich.
Geduldig wartet sie darauf, dass ich weiterrede.
Scheiße! Wie sage ich das jetzt? Eigentlich sollte mein Lied für mich sprechen. Aber dummerweise habe ich mein Handy im Auto vergessen und rappen werde ich jetzt ganz bestimmt nicht - dafür bin ich viel zu nervös. Mir fällt auch kein einziges Wort mehr ein. Scheiße! Irgendwie läuft gerade nichts nach Plan. Nicht, dass ich einen ausgeklügelten Plan hatte. Aber immerhin hatte ich mir ein paar Worte zurechtgelegt. Jetzt ist alles weg. Mein Kopf ist eine einzige Wüste. Ich überlege, ob ich die Schuhschachteln, die ich am Treppenabsatz abgestellt habe, holen und sie für mich sprechen lassen sollte. Bei meinem Pech wird sie reingehen und die Tür zuknallen.
„Ich liebe dich. Möchtest du mich heiraten?“, platzt es aus mir raus.
Endlich!
„Nicht du auch noch“, entgegnet sie verärgert.
Wie bitte? Das soll die Antwort sein?
„Was meinst mit *du auch noch*?“, frage ich irritiert.
„Was glaubst du, wer mich vorhin besuchte, um mir dieselbe Frage zu stellen?“
Es war sicherlich ihr Prinz. Fassungslos starre ich sie einen Moment an. „Weiß er, dass du?“

„Ja! Und kein Mensch weiß, woher er diese Information hat? Herr Falk und sein Team versuchen die Quelle ausfindig zu machen“, erklärt sie mir. „Nachdem deine Eltern heute Mittag abreisten, war hier die Hölle los.“

„Hast du seinen Antrag…?“

„Natürlich habe ich ihn abgewiesen. Was denkst du von mir?“, regt sie sich auf.

Ich glaube nicht, dass die Aufregung für unser Kind gut ist. Aus diesem Grund halte ich meinen Vorwurf, dass auch ihr Prinz davon ausgeht, noch Chancen bei ihr zu haben, zurück.

„Übrigens, du musst mir nicht sagen, dass du mich liebst, nur weil ich von dir schwanger bin“, sagt sie aufgeregt.

Ich suche in meiner Hosentasche nach dem USB-Stick mit dem für sie komponierten Lied. Irgendwie muss ich sie davon überzeugen, dass mein Liebesgeständnis mit unserem Baby nichts zu tun hat.

„Hier!“ Ich reiche ihn ihr, doch sie unternimmt keinen Versuch, ihn an sich zu nehmen. Also greife ich nach ihrer Hand und stecke ihr den USB-Stick hinein.

„Was ist da drauf?“

„Ein Lied für dich. Aufgenommen in Paris.“

„Paris – die Stadt der Liebe. In der du wochenlang mit deiner Monique *gearbeitet* hast“, sagt sie bissig.

Sie ist eindeutig eifersüchtig und das ist ein gutes Zeichen.

„Sie hat eine feste Freundin“, informiere ich sie und endlich werden ihre Gesichtszüge weicher.

Kurz gerate ich in die Versuchung, sie mit ihrer Eifersucht aufzuziehen, entscheide mich dann jedoch dagegen. Was ist bloß mit mir los? Früher hätte ich diese Gelegenheit nicht verstreichen lassen.
Sie nimmt den Stick und fragt müde und distanziert: „Können wir morgen über alles reden?"
„Morgen?", frage ich ungläubig.
„Ich muss ins Bett. Ich kann mich kaum noch auf den Beinen halten", sagt sie und wendet sich zur Eingangstür.
Am liebsten würde ich sie ins Bett tragen, aber ich widerstehe dem Impuls, sie auf meinen Arm zu nehmen.
„Warte! Nimm die Schuhe mit", bitte ich sie lediglich.
„Welche Schuhe?"
Ich hole sie rasch. Dann öffne ich den kleineren Schuhkarton und ich höre sie lächeln. Als ich den großen öffne, teile ich ihr mit, dass ich das Pärchen für sie in Paris anfertigen ließ. Sie nickt und bedankt sich unterkühlt. Es bricht mir das Herz, zu sehen, dass sie nicht dieselbe Freude empfindet, wie bei dem Paar davor. Bevor ich dazu komme, sie zu bitten, sich dieses Paar genau anzusehen, geht sie rein und schließt die Tür.
Hätte ich ihr doch einen Diamantring kaufen sollen? Ich weiß, dass sie nicht materialistisch ist, allerdings ist ein Ring ein Symbol. Ein Symbol wofür? Den Teufelskreis? Und woher, zum Teufel, wusste ihr Prinz von ihrer Schwangerschaft. Der Gedanke daran, dass ihr Abhörteam abgehört wird, ist ebenso beunruhigend wie belustigend. Gedankenverloren laufe ich zurück zu meinem Wagen. Dort angekommen, sehe ich sofort

auf mein Handy, in der Hoffnung, eine Nachricht von ihr zu erhalten. Doch stattdessen lese ich eine Mitteilung von einer mir unbekannten Nummer, in der steht, dass ich die Finger von Magda lassen soll. Ansonsten würde ich alles verlieren.
Wütend steige ich aus dem Auto. Der einzige Mensch, der mir jetzt Informationen liefern und mir weiterhelfen kann, ist Steven. Deshalb steuere ich seine Wohnung an. Aber, als ich an dem Haus mit dem Taubenfenster ankomme, höre ich Nina meinen Namen rufen. Gegen die Erwartung, sie oben in einem der Fenster zu finden, erkenne ich nach kurzem Spähen ihre dunkle Gestalt im Vorgarten und frage sie, was sie dort macht. Sie erklärt mir, dass sie sich beim Müllraustragen ausgeschlossen habe und ihr Baby nun alleine in der Wohnung sei. Da die Balkontür offensteht, bittet sie mich, hochzuklettern und ihr die Eingangstür zu öffnen.
„Hoffentlich ist das kein Versuch, mich umzubringen", sage ich, während ich mich am Balkongeländer hochziehe.
„Dafür, wie du meine Freundin behandelt hast, müsste ich dich umbringen. Aber ehrlich gesagt, bist du mir im Moment lebend lieber", antwortet sie. Weil das Klettern anstrengend ist, erspare ich mir die Antwort. Ihre Wohnung ist im ersten Stock, deshalb dauert es nicht lange, bis ich ihr die Tür öffne.
„Danke", sagt sie und lässt mich an meinem Gehör zweifeln. Als Ben zu weinen beginnt, bittet sie mich darum, nach ihm zu sehen, weil sie zuerst Hände waschen möchte. Eigentlich müsste auch ich meine

Hände waschen, stattdessen eile ich dem Geschrei entgegen. Mein Versuch, ihn flüsternd zu beruhigen, verfehlt seine Wirkung nicht und er schläft wieder ein. Mir fällt auf, wie sehr er sich in dieser Zeit verändert hat und während ich ihn noch betrachte, klopft es leise an Ninas Tür.

„Er hat mich gefragt und ich habe ihn weggeschickt", höre ich Magdas Stimme. Sie klingt, als wäre sie außer Atem. Sie ist vermutlich gerannt.
„Wer?", fragt Nina aufgeregt und bittet sie, hereinzukommen. Geräusche in der Diele verraten mir, dass sie ihrer Einladung folgt. Ich hoffe, dass sie nicht von ihrem Prinzen berichten wird und komme in den Flur, damit sie mich sieht. Als Magda mich im Flur bemerkt, bleibt sie abrupt stehen. Ihre Wangen röten sich und ihre Augen glitzern. Ist es ihr peinlich, mich hier anzutreffen? Wollte sie ihrer Freundin gerade von ihm oder von mir erzählen? Mein Puls rast. Ihr tiefer, sehnsüchtiger Blick lässt einen Funken Hoffnung in mir aufkeimen. Verdammt, weshalb gelingt es mir nicht, ihre Gedanken zu erraten?
„Stimmt das, was du da singst?", fragt sie nervös und hält den USB-Stick hoch.
Dankbar vernehme ich die Hoffnung, die in ihrer Stimme mitschwingt und atme erleichtert aus. Sie liebt mich immer noch und sie ist meinetwegen hier!
„Jedes einzelne Wort", beantworte ich ihre Frage und sie entspannt sich sichtlich.

Allerdings kommt sie noch nicht auf mich zu, um mich zu küssen, wie ich es mir insgeheim wünsche, sondern holt die Schuhe, die sie von mir bekommen hat, aus ihrer Verpackung und dreht sie mit den Sohlen nach oben, auf denen MARRY ME steht.
„Gilt das noch?“
Kurz muss ich an die Scheiß-Drohung denken und daran, dass ich alles verlieren könnte. Aber darum werde ich mich später kümmern.
„Ja“, antworte ich mit fester Stimme.
„Ja“, antwortet sie - ebenso entschieden - im nächsten Augenblick.